民国通俗小说典藏文库·冯玉奇卷

水性杨花·闺中鸮影

冯玉奇◎著

中国文史出版社

目　录

水性杨花

闺中鹃影

水 性 杨 花

第一回

两性的情爱是多么神秘

春天的早晨，太阳刚从地平线上升起来，像血球似的通红，把蔚蓝的天空反映起五彩的云，真是分外美丽。这是七里溪附近的一个桃花村，村中的茅屋都呈现了朱古力的颜色，四周田野间满种植盛放的桃花，其间还隔植着一株一株的垂柳，在和暖的春风吹荡中，柳丝飘起来婀娜的舞姿，好像二八佳人在情郎的面前卖弄着风流的样子。雄鸡在引吭高啼，似乎在催逼村中人可以早起工作的意思，小鸟儿在枝头上吱吱喳喳地叫，它倒有些像信徒们在神像面前做着祷告的神气。太阳慢慢地升到天空中了，照临着整个的桃花村，是格外显得灿烂了。

王老实今年五十多岁了，但乡村里的老年人精神比都会里的小伙子还要好得多。他每天早晨六点钟就起身，先到院子里来呼吸空气，然后洗了一个冷水面，吸了一筒旱烟，在他旱烟吸完之后，就可以见到他的外甥女徐芳卿笑盈盈地走出来，招呼他到屋子里吃早饭去。今天当然是不会例外，王老实站在院子里，口中衔了旱烟管，抬头望着天空正在出神的当儿，那个芳卿姑娘窈窕的身子便在门框子里闪了出来。她只有跨出一只脚来，半个身子还在屋子里面，就招了招手，含笑叫道：

"舅父，早饭弄舒齐了，你进来吃吧。"

"哦哦哦，我马上来。"

3

王老实回头连声地应着，他把手中拿着的旱烟管在地上敲了敲，把烟斗子里的烟灰敲去了后，方才步入屋子内来。这屋子是个客堂的陈设，正中也悬挂了对联和画轴，不过已经是破旧不堪，那山水人物和字已经模糊不清楚，假使是个名家的手笔，倒可以算为是古董了。但可惜下款的姓名已经撕掉了，纵然是好手笔，也只落得是个无名氏的作品了。两旁也摆设了茶几、椅子，下首一张小方桌。这时桌子上已放了三碗下饭的小菜，王老实移了竹椅子坐下，只见芳卿由厨下端着盘子出来，盘内两副碗筷，一锅稀饭。芳卿盛了稀饭，自己也在下首坐了，秋波水盈盈地瞄了老实一眼，掀着笑窝，低低地说道：

"舅父，今天我贪了睡，起得迟了，累你一定等得肚子饿了吧？"

"没有没有，你今天也起得不算迟，我倒没有饿什么，其实年轻的人，血气旺，难怪要睡不畅的，比不了我，年老血衰，夜里几遍咳嗽之后，便再也睡不着。单等鸡一啼，我就非起身不可了。"

王老实一面说着话，一面把筷子划着饭粒向口里送。他望着芳卿的粉脸，忽然又微微地叹了一口气。芳卿觉得不解似的，眼珠一转，问道：

"舅父，你为什么叹气呢？"

"我在想着，自从你舅母死了之后，我这一份家务倒也全亏你给我照料呢。要没有你给我做伴的话，那我这一个孤老头不是更凄凉得可怜了吗？"

"可是我没有舅父母抚养成人的话，我此刻也许早已流落街头做乞丐了呢。所以我给舅父料理家务，那是应该的事情。说句亲热点儿的比方，我是舅父的女儿一样，舅父也是我唯一亲爱的爸爸，舅父，你愿意有我这么一个淘气的女儿吗？"

芳卿是个很会说话的姑娘，她要博得舅父老人家的欢喜，所以显出妩媚的意态，笑盈盈地说得特别动听悦耳。王老实拉开了瘪嘴，由不得呵呵地大笑起来，过了一会儿，也俏皮地说道：

"自己养的女儿，也许还没有像你那么孝顺，我当然愿意把你认作女儿看待，但是你的心中，恐怕未必真愿意做我女儿吧？"

"嗯，舅父，你这话太冤枉了我，我如何没有真心呢？"

"我倒不冤枉你，你口里不是还只管叫着我舅父吗？"

王老实见她撒娇的神态很令人可爱，这就一面说，一面又笑起来。芳卿听了，这才猛可理会了，于是连声"哦哦"地说道：

"爸爸，你不要生气，你不要生气，从今以后，我就叫您好爸爸。"

"哈哈，那么我就叫你好女儿。"

"爸爸，你再添一碗稀饭好吗？"

"本来我吃不下了，但我心中一欢喜，胃口便开了，我就再添半碗吧。"

一个才十八岁的姑娘，处处举动脱不了有些天真的成分。王老实心中非常高兴，居然连他胃口也会增强了。芳卿很欢喜地给他盛了饭，笑道：

"爸爸，我以后一定常常跟你说笑话，使你可以多吃几碗饭，这不是比吃补品更要好得多了吗？"

"所以啰，俗语说得好，'嘻嘻哈哈活了命，气气恼恼成了病'，常常说些笑话，也可以延年益寿的。只不过你也不能一辈子伴在我的身边，我想最多也不过两三年罢了。"

芳卿听舅父说到后面，神情大有凄凉之色，一时倒不禁为之愕然，显出奇怪的样子，急急地问道：

"爸爸，我听不懂你这话是什么意思，为什么我最多只能陪伴你两三年呢？这是什么道理？"

"嘻嘻，女孩儿家年纪大了，难道不预备嫁人了吗？"

王老实见她没有理会到这一层，一时忍不住嘻嘻地笑了。芳卿这才明白了，雪白的粉颊上立刻飞上了两朵桃花，娇羞欲绝地"嗯"了一声，赧赧然说道：

"爸爸，你放心，我不会嫁人的。"

"别说孩子话了，哪个姑娘不嫁人呢？看隔壁的凤姑娘今年才十七岁哩，上个月有人做了媒，前天不是就嫁过去了吗？何况你已经十八岁的了，所以我心里倒也代你很着急。"

"爸爸，你这话真有趣，我自己不急，倒叫你着急，那不是应着了皇帝不急急杀太监了吗？"

芳卿显出顽皮的样子，逗了他一瞥媚眼，忍不住哧哧地笑了。王老实吃完了稀饭，取了旱烟管，装着烟末子，划了火又吸着，说道：

"孩子，你不懂，我心里着急有两个原因：第一，你年纪一年一年大了，假使二十岁一过，要配个头婚，那就很不容易。倘然给你配填房，没有小孩子倒也罢了，万一有了三男两女，那你自己也像是个孩子那么的姑娘，一进门就要做起娘来，我想你一定做不出。况且做填房真难，对待前妻的孩子，真是重不得轻不得，假使不管教吧，总说晚娘没有爱护之心；假使做做规矩教训教训吧，倒说究竟不是自己养的，所以虐待别人的儿女了。你想，这个人不是不容易做吗？"

王老实说到这里，顿了一顿，便又连连地吸烟。芳卿对于这些话似乎感不到什么兴趣，所以不声不响地只管低了头吃稀饭，但王老实还继续地说下去道：

"我第二个着急的，就是村中的小伙子一个都不是十全十美的好人才，假使把你阿狗阿猫随随便便地嫁了人，那等于一朵鲜花落在污泥中，我心中也有些舍不得。我的意思，对方小官人至少要有些学问，要五官端正，还要家中有些积蓄，那么你嫁过去之后，才不至于吃苦，而且也不辱没了你这一副好模样儿。但困难的就是这样人才真不容易寻找。"

王老实自言自语地说着，当他回头去看芳卿的时候，谁知芳卿已悄悄地把碗筷收拾到厨下去了。王老实"嘿"了一声，连自己也笑了。等芳卿拿了抹布来抹桌子的时候，老实望了她一眼，笑道：

"怎么？我说的话你一句都没有听吗？"

"我听不懂你在说什么，那叫我听了也是莫名其妙啊。"

芳卿乌圆眸球一转，却说得相当俏皮。王老实知道女孩儿家怕难为情，遂呵呵地又笑了一阵，他站起身子，拍拍胸前沾着的烟灰，说道：

"芳卿，我该到镇上去一趟了，回来要不要带些什么东西来给你吃吗？"

"我不要吃什么东西，爸爸，你早去早回来吧，免得女儿在家挂念你。"

王老实点头说：

"我知道，你好生看守着家吧。"

他一面说，一面跨步已走出院子外去了。芳卿送着舅父走后，她回到屋子里，拿了活针，坐在屋檐下的太阳里，静静地干着针线。她刚才对于舅父说的话好像当作充耳不闻的样子，但此刻一个人却由不得暗暗地想起心事来了。舅父说我年纪不算小了，其实十八岁的年纪，说大当然不大，因为前村的玲弟姐，到如今二十五岁了，却还没有婆家哩。但是一个姑娘，到了二十岁年纪一过，好像身价会降低了一点儿，因为这个年龄，要想再嫁一个十八九岁的小伙子，那当然是件很不容易的事情了。比方说我，现在十八岁，嫁个十九岁的少年，那不是很相配的吗？芳卿这样想着，觉得舅父是确实真心爱护我的，否则他如何会这样地关切我呢？于是她脑海里浮上了一个少年的脸蛋儿，他是俊美的，而且又是忠厚的，性情不容说，再温和也没有，好像女孩儿家那么怕难为情，有时候我也比他要老练一些了。我和他从小一块儿长大，彼此感情是很好的。舅父也称赞他是个老实可靠的孩子，不过舅父说他好是好的了，就只是有一点儿可惜，他没有很好的学问。因为他家很苦恼，从小死了爸爸，只剩了他母亲和妹妹两个不会赚钱的女子，因此他只读了两年书，就天天到七里溪去捕鱼来维持这一家的生活，所以论他的环境是很恶劣。舅父的意思，就只怕我吃苦，所以没有一定要把我配给他做妻子。其实穷苦我倒并不计较，只要有情有义，那就是再苦点儿也不稀奇。常言道：夫妻恩爱，讨饭应该。不要眼痒有钱人家的少爷，他们大都是没有真心的爱，尤其是对我们乡村里的姑娘，他们无非是存了玩弄的意思而已，所以我要么不嫁人，嫁起来非嫁给李小明不可……芳卿一个人想到这里，连自己也忍不住难为情起来，由不得啐了自己一口，暗暗地想道：这妮子真是不怕羞的，想老公竟想昏的了。于是她低了头，又一针上一针下地干着活儿，不料就在这个时候，忽然她的背后伸出两只细皮白肉的纤手来，把她眼睛轻轻地扣住。因为这是冷不防来的举动，所以芳卿倒是吓了一跳，急得"呀"的一声叫起来说道：

"你是谁？你是谁？"

但没有人回答，只有咯咯的一阵笑声，笑得怪清脆的。芳卿对于这笑声很熟悉，一听就知道是李小明的妹妹小娥，这就恨恨地骂道：

"小娥，你这断命促狭鬼，偷偷摸摸的，你是做贼出身的吗？这冷不防的一下子，真把我的灵魂都唬掉了。"

"哎哟，你的胆子这么小，倒变成越剧花旦筱丹桂了。"

李小娥方才把手放下，走到她的面前，还显出怪顽皮的样子，很俏皮地笑盈盈说。芳卿白了她一眼，又笑又骂道：

"你这小丫头黑良心，倒咒骂人起来，筱丹桂在上海已经服毒自杀了，你把我当作筱丹桂，你骂我也死了吗？"

"哎，你弄错了，因为你胆子小，所以我叫你胆小鬼的呀！"

"瞧你，年纪这么小，一张嘴真是油滑，我说你女孩儿家不在家里做做针线，却跑到这儿来唬人，被你妈知道又得挨骂哩！"

"你这人也是没有良心，我好意来跟你做伴儿，谁知你倒教训我了。既然你讨厌我来，我马上就走好了。"

小娥听她这样说，也由不得生了气，鼓着粉脸，别转身子，匆匆向外就走。芳卿一见，倒又急了起来，立刻追了上去，一把拉住了她的手，说道：

"和你说着玩玩，你又认真了。别走，别走，我哪里讨厌你？凭良心说，我倒是很欢迎你来谈谈的。"

"哼！好听白话省省吧，我哥哥来跟你谈谈，你才会欢迎哩！"

芳卿听她说出了这话，倒又抿着嘴儿嘻嘻地笑出声音来了，这就恨恨地又摔脱了她的手，脸上飞过了一阵红晕，娇嗔地道：

"你这人真是待你好不得，对你客气些，你就胡说白道地乱嚼起来。我看你呀，人小心不小，明儿还是早些配个人嫁了吧！"

"芳卿姊姊，我也跟你说着玩玩的，你怎么也认了真呢？可见你跟我一样小心眼儿，别生气，别生气，我向你赔个道理吧。"

小娥见她很快地又坐到椅子上去，气鼓鼓的样子，低了头干活时，表示不理睬自己的意思，这就又笑嘻嘻地挨到她身旁，打躬作揖地赔罪。芳卿忍不住又笑了，便抬头白了她一眼，把旁边一张竹椅移过来，说道：

"马马虎虎饶了你，小姑娘这种话下次少说。你坐下来，我们谈谈正经的吧。"

"你舅父出去了吗？"

小娥点头笑了一笑，一面在她旁边椅子上坐下，一面低低地问。芳卿把手掠了掠被风吹散的云发，向她低低地关照着说道：

"哎，小娥，以后你不要说是我的舅父呀。"

"为什么？"

"因为我跟舅父彼此要显得亲密一点儿，所以从今后，他叫我女儿，我叫他爸爸了。所以你要说是我爸爸，那么舅父听了，心里才高兴哩！"

小娥"哦"了一声，她才明白地笑起来。过了一会儿，她转了转乌圆的眸珠，神秘似的笑道：

"我倒明白你的意思了。"

"你明白什么意思呢?"

"你向舅父拍拍马屁,是不是想叫你舅父早些把你嫁一个丈夫吗?"

芳卿被她这么一说,真是又羞又急,涨红了两颊,恨恨地啐了她一口,把手里拿着的引线向她嘴唇上一扬,嗔道:

"你这小妮子越说越不像话了,我恨不得把引线来缝住你的嘴。"

"哦哦,我下次不敢了,你就再饶我一次吧!"

小娥急得一面笑,一面捧住她的手臂,连连地央求。芳卿遂不再唬她,把手缩回来,笑道:

"你今年几岁了?"

"十六岁,阿拉还是一个小孩子。"

小娥预防她要取笑自己,所以先这样地声明着。芳卿嘁嘁嘴,笑道:

"你虽然还是一个小孩子,但说出话来一点儿也不像小孩子,小孩子懂得什么丈夫妻子呢?可是你自己心里一定先在想,要不要我跟你妈去说说吗?"

"啐!这会子可是你胡说白道了,我可不依你。"

小娥也急了,把身子向芳卿怀里一滚,像孩子那么地闹着不依起来。芳卿一面笑,一面抱着她,说道:

"谁叫你自己先来取笑我,说到自己头上了,便急得这个样子。小娥,快起来坐正了,当心引线刺痛了你,我不负责任。"

两人扭股糖儿似的说笑了一会儿,不知不觉时已十点钟了。芳卿站起身子,说该做中饭了,回头爸爸就要从镇上回来的。小娥也怕母亲找人,她便回家去了。芳卿在厨房里淘米煮饭,下锅烧菜,一个人正在忙碌着,忽听院子外有人叫道:

"芳卿,芳卿,你在哪儿呀?"

"我在厨房里,你进来吧。"

这叫唤的声音一听就知道是李小明。芳卿的心里也不知道为什么缘故，她就觉得分外高兴，遂提高了嗓子，笑盈盈地回答。随了话声，只见一个二十来岁的小伙子，背上负了一只渔篓子，匆匆地走进厨房来。芳卿拿了镬铲，回身说道：

"小明哥，你刚从镇上把鱼卖了回来吗？今天生意好吗？"

"这市面真了不得，我到镇上一打听行情，听说米要三十万一担了，百物都涨。人家鱼都要卖一千二百元一两，我想今天我捕了十五斤多的鱼，就便宜些卖掉，一千元一两，不上一个钟头，就全数卖完。可是生意虽好，别的日用品也涨得厉害，一双并不甚好的纱袜，要一万元钱哩！"

李小明带着女性化的口吻很轻柔地告诉着说，一面在袋内摸出一个纸包来，是给她看的意思。芳卿摊摊两手，表示她的手很油腻，不能够看的意思，一面却很感叹地说道：

"这年头儿越弄越糟糕，我记得刚刚胜利的时候，一千元法币好作二十万伪币用，拿了一千元钱出去，东西也有好几样可以买回来。但到了现在，一千元只能买副大饼油条，所以袜子卖一万元一双，我说倒不算贵哩。"

"芳卿，你看这肉色的还好吗？红的颜色我觉得太乡气，因为我见镇上那些漂亮女子都是穿这种颜色的。"

李小明把渔篓子放在地上，他亲自地把纸包透开，取出袜子来给她看。芳卿有些惊奇的神色，瞟了他一眼，问道：

"咦！你男人家买女人的袜子做什么用呀？"

"我买来送给你的。"

芳卿听了，扬着眉毛，自然十二分欢喜，但忽然又摇摇头，表示很肉疼的样子，低低地说道：

"小明哥，你这人真有些戆，这样贵的东西买来送给我，叫我怎么好意思呢？我不要穿。"

"你刚才说一万元一双袜子不是还便宜吗？怎么一会儿又说贵

11

了呢?"

李小明有些摸不着头脑的样子,望着她怔怔地问。芳卿笑了一笑,逗给他一个媚眼,掀着酒窝,说道:

"我以为是你自己穿的,所以才说不贵的。"

"这话我倒弄不明白了,我自己穿的便不贵了,买给你穿的就贵了,这究竟是什么道理呢?"

李小明益发目定口呆的样子,简直有些莫名其妙。芳卿转了转乌圆眸珠,昧昧地笑道:

"你辛辛苦苦赚来的钱,自己买双袜子穿,这也是应该的事。因为我知道你很做人家,恐怕肉疼钱,所以才说不贵的。谁知你买了是送给我的,我怎么无缘无故能接受你这挺贵的礼物?所以我是不要穿的。小明哥,我心领,谢谢,你还是带回去吧。"

"你一定不要穿,那你是嫌这袜子不好了,是不是?"

"不不,小明哥,你这人真会多心,瞧我脚上穿了什么好袜子,我还嫌这双袜子不好,那真是天晓得呢!"

芳卿见他有些不悦的神情,这才含笑连连说了两个"不"字,一面把她脚向上一翘,表示自己并非是这个意思。小明也有些柔媚地说道:

"你不收,你就是瞧不起我;你收了,我心里比什么都高兴。"

"好,我收我收,小明哥,你待我这么好,那叫我如何谢谢你?"

"一双袜子,还用得了谢吗?芳卿,你也太客气了。"

芳卿见他又笑了起来,在一个女人的眼里,也觉得小明是笑得非常好看,一时她那颗处女的芳心也由不得微微地荡漾起来。不料正在这时,忽然闻到一阵焦烘气,芳卿"呀"了一声,急急走到灶下去,把柴火都退了出来。原来两人只管说话,竟把那镬子饭烧焦了。小明见好镬子的菜也在扑扑地作响,遂忙说道:

"芳卿,你快来当心那镬子菜吧,不要把菜也烧焦了,那你舅父要骂你了。"

"小明哥，舅父现在我叫他爸爸了，他不会骂我的。"

"你这个舅父本来就像爸爸一样，我瞧他待你真好。"

李小明一面回答，一面在渔篓子里摸出两条鲫鱼来交给芳卿，说道：

"这两条鱼是我卖剩的，留着给你们吃吧。"

"你拿回家去给你妈吃去吧。"

"不要客气，瞧，我渔篓子里还有着呢。"

"那么我老实收下了，谢谢你。"

芳卿拿了镬铲，一面盛着烧好的菜到碗里去，一面笑盈盈地回答。小明忽然想到了什么似的，"哦"了一声，说道：

"我忘记告诉你一件事情，你舅父……哦，你爸爸我在镇上碰见他的，他说有个朋友请他吃饭，所以午饭不回来吃了，叫我关照你一声，你一个人吃吧。"

"真吗？"

"当然真的，我怎么会跟你开玩笑？"

"那么你能在这里吃饭吗？我请请你，虽然没有好小菜，还有一碗红烧肉，我知道你是喜欢吃红烧肉的。"

芳卿说这两句话的时候，秋波向他水盈盈地瞟，神情是显得分外妩媚。小明很快乐地笑起来，但踌躇了一会儿，方低低地说道：

"不过我先要回家去一次，因为我怕母亲会不放心的。"

"也好，那么我等着你，你可别失信用。"

李小明点头说了两声晓得，他心里是甜蜜蜜的，遂负了渔篓，又匆匆地向外跑了。等小明第二次到来的时候，芳卿连两条鲫鱼也烧好了，她把小菜都端在客堂里的桌子上，又盛出了两碗饭。小明很不好意思地搓了搓手，笑嘻嘻地说道：

"芳卿，累你辛苦了。"

"啊呀，辛苦什么呀，又没有什么好的菜请你吃。瞧，这两条鱼还是你送给我的哩！小明哥，那么坐下来吃吧，还站着干吗？"

随了芳卿这两句话，大家便在桌旁相对地坐下。芳卿是显得特别客气，一会儿夹肉、一会儿夹鱼地送到小明的碗内去。小明是乐得拉开了嘴，只管嘻嘻地笑，他连客气的话都说不上来了。芳卿见他红了脸，真是非常怕羞，一时反而暗暗好笑，觉得这样老实的青年在这个时代真也少有的了。小明这人表面上虽然老实，但心里却也不老实，他低了头，一面吃饭，一面暗想：假使芳卿已经做了我的妻子，她一定是很会服侍丈夫的。像今天我们这情景，不是很像一对恩爱的小夫妻吗？想到这里，全身一阵热辣辣，他的两颊益发红了起来，但是还怕芳卿发觉了他的忖头，所以把头也垂得更加低了。芳卿的心中也在这么地想，我们两人相对吃饭，真像一份美满的小家庭，假使有一日能够如愿以偿的话，这是一件多么甜蜜而安慰的事情呢！两人都在呆呆地想，忽然院子外一阵咯咯的笑声，只见小娥匆匆地奔进来，叫了一声"好呀！"说道：

"芳卿姊姊，你请我哥哥吃饭，怎么连带地也不请我一声呢？哎哟！这样面对面地坐着，怪亲爱的样子，倒活像一对小夫妻哩！"

两人心中暗暗在想的心事，却不料被小娥高声地嚷了出来，芳卿这一难为情，不禁连耳根子都红了，一时骂她不好，不骂她又不好。正在无可奈何的时候，倒是小明向小娥瞪了一眼，说道：

"妹妹，你又要闹孩子气了，胡说白道的，叫芳卿姊听了，不是要生气的吗？小姑娘这种话不要说。"

"那又有什么关系呀？芳卿姊真不会生气的，你瞧她掀着酒窝还在笑哩，说不定她耳朵是很爱听的。"

小娥显出淘气的样子，把舌一伸，弯着腰肢味味地笑起来了。

"你这鬼丫头，别发疯了，正经的，我给你盛饭，大家坐下来一同吃吧。"

"省省吧，你此刻就是用飞机来接我吃饭，我也不要吃，快坐下来陪我哥哥吃饭要紧，我是用不到你来招待的。"

芳卿无可奈何地站起身子，一面恨恨地骂，一面预备给她去盛饭的样子。谁知小娥很俏皮地又回答了这两句话，神情是非常有趣。芳卿真是被她取笑得无地自容，遂扬着手，追奔过去，娇嗔道：

"你这小妮子狗嘴里长不出象牙来，还只管胡嚼些什么呢？我非捶你两记不可。"

小娥是咯咯地一阵笑，她一骨碌翻身便逃到院子外去了。芳卿追到屋子门口，站住了，扶了门框子，笑道：

"小娥，你不要逃，你不要逃呀！我又不是来打你，正经的，你来一同吃饭好不好？刚才我原叫你哥哥请你一同来的呀！"

"谢谢你的马后炮。我也正经地跟你说，我饭早已吃过了，此刻妈叫我买洋线团去，顺路走过来看看你们，可是打扰了你们两口子，对不起对不起，你们还是相对地喝合卺酒去吧！"

芳卿末后这一句讨好的话，小娥偏偏刁刻地又不领情，还说穿她是马后炮。她一面像连珠炮似的说，一面早已奔出院子外去不见人影的了。这时，芳卿扶了门框子，觉得回身进内又不好，不回身也不好，因此倒是怔怔地愕住了一会儿。李小明却在桌子边说道：

"芳卿，妹妹走了吗？这孩子太顽皮，我们别理她，还是吃饭吧。你这碗饭要凉了，回头吃着就怕碍胃。"

"我刚才忘记叫你请小娥同来吃饭，此刻被她这么一说，我真觉得有些不好意思。"

芳卿这才回过身子，来到桌边坐下，秋波斜乜了他一眼，绯红了两颊，大有赧赧然的样子。小明却毫不介意地说道：

"没有关系，妹妹原不会计较这些，她不过嘴里爱说笑话罢了。"

经小明这样一说，芳卿也就不说什么了。两人低了头，只管默默地吃饭，室内的空气是分外沉寂，本来芳卿是很殷勤地招待着小明，但为了小娥说的什么小夫妻啦、两口子啦，因此要想招待而却招待不出来了。直等小明吃完了一碗饭，芳卿方才伸手去接，是给他盛饭的意思，但小明却做客着说道：

"谢谢你，我已经吃饱了。"

"怎么？你才吃了一碗哩，没有添过呀，难道你平日每顿只吃一碗的吗？"

"我好像已经添过了呀。"

小明这句话回答真有趣，芳卿忍不住扑的一声笑起来，暗想：他连自己吃了几碗饭都记不清楚了，可见他被小娥这一阵取笑，也弄得有些心不在焉的了。遂逗给他一个媚眼，扬着眉，笑道：

"没有添过饭，你不要糊里糊涂呀。我厨房里根本没有进去过，你饭打哪儿去添呢？小明哥，吃饭不要做客，我这儿不是饭店，多吃一碗饭，怕我问你算钱吗？"

"哦，对了，我在镇上吃过一点儿点心，所以此刻饱得很，芳卿，那么你给我盛半碗吧。"

老实人在不得已之情形下，也只好说了一句谎话，不过他的脸已是红得像喝过酒一样的了。芳卿明知他是说谎，因为凭他这么做人家的人，在外面是绝对舍不得吃点心的，不过自己也不去说破他，一面伸手接碗，一面笑嘻嘻瞅他一眼，说道：

"你们这样年轻小伙子，吃三碗饭是算不了什么稀奇的，我们女孩儿家有时候也得吃上两三碗哩。"

芳卿一面说，一面拿了饭碗走入厨房去了。小明心中暗暗地想道：我这人真也糊涂得有趣，连有没有添过饭都会忘记了，那不是笑话吗？其实呢，我确实被妹妹一取笑，所以有些神思昏昏了。妹妹这样明显地开玩笑，芳卿虽有娇嗔的表情，却并无恼恨的意思，可见她也有嫁给我的意思了。假使我果然能娶这么一个可爱的妻子，那我不是前世修来的福气吗？不过，我家太穷，芳卿的舅父到底还有一点儿积蓄，我若娶了她，她不是要为我过着清苦的生活了吗？所以我想起来，又觉得不忍心。小明在这样思想之下，因此在他心中便错综着喜悦和忧愁的成分了。

不多一会儿，芳卿把盛好的两碗饭拿出来，一碗交给小明，一碗自己拿着吃了。小明说声谢谢，当他接过饭碗的时候，似乎发觉那只饭碗和芳卿的一只掉错了。他本来想说明，但芳卿拿了自己吃过的饭碗已经在吃了，一时倒反而不好意思再说穿了，不过心中却在暗暗地想道：芳卿把彼此吃过的碗掉错了一只，也不知她是有心的呢还是无意的？但不管她是有心或无意，她既对我这样随便，可见她是不当我外人看待的了。小明想到这里，他心里是像春风吹动池水那样地微荡着，只觉甜蜜蜜的，连心花都有些乐开了。因此他大口地划着饭粒，吃得津津有味。大概是他心理作用的缘故，他鼻子里闻到碗口边好像有阵细细的幽香，心中奇怪着想，难道这是因为芳卿吃过的缘故吗？这就望着芳卿红红的嘴唇皮，他几乎有些想入非非起来了。

"小明哥，再添一碗好吗？"

"不，我真的吃饱了。你这一碗饭给我盛得又满又结实，我吃了一半，掏掏松，又是一满碗，好像吃上轿饭。芳卿，你真会和我开玩笑。"

芳卿听他这样说，忍不住哧的一声笑了，秋波逗了他一个媚眼，低低说道：

"你吃上轿饭？难道你预备嫁人了吗？"

"我是这么说一句比方，女孩儿才嫁人，我男人家怎么会嫁人？"

"我看你碰碰就会脸红，这就和女孩儿家有些差不多。"

芳卿哧哧地一笑，便拿了菜碗等匆匆走入厨房里去了。小明遂相帮她收拾碗筷，揩抹桌子，两人一阵子忙碌，早已收拾舒齐。芳卿给他泡了一碗香片，笑道：

"叫你吃一顿便饭，倒累你还帮着我忙一阵子，真不好意思。快坐下来喝杯茶，息息吧。"

"这些事我在家里也常常帮着做，那算不了什么稀奇。"

小明捧了茶碗，喝了一口，微笑着回答。芳卿雪白的牙齿微咬着红红的嘴唇皮子，沉吟了一会儿，方低低地说道：

"我说你是一个男人家，这些事最好不要做，空下来的时候，应该写写字、读读书，那么学问才会一天一天地进步。捕鱼为生，究竟是一件辛苦的事情，得能够有机会找些别的事情做，那就非得有好的学问不可了。"

"你这些话很不错，可是我已经是个二十岁的年纪了，学问根基一点儿没有，这种人才，将来还有什么大事业可做呢？所以一想起前途，我心里就非常难过。唉！"

芳卿这两句话倒引起小明的伤心来了，深长地叹了一口气，大有眼泪汪汪的样子。芳卿连忙安慰他说道：

"这倒也说不一定的，有几个大人物，苦出身的也很多，我以为只要有志气，能上进，那么将来总有好日子过。小明哥，你不要伤心，我相信你将来一定有出头的日子。"

"你相信？真的吗？"

小明听她这样安慰自己，倒由不得破涕为笑起来。芳卿点点头，却含笑不答。小明接着又很动情地说道：

"假使往后我有出头的日子，那我一定不会忘记你的情义。"

"只怕到了往后，就忘记了。"

芳卿秋波斜乜了他一眼，俏皮地回答。小明急了起来，红了脸说道：

"我要如忘记了你，那我就没有好死。"

"不许你说这些不吉利的话，你这人就真叫人可恨。"

芳卿急得连连跺脚，猛可走到他的身旁，逗给他一个白眼，恨恨地埋怨他说，但不知怎么的，却又慢慢地垂下头来了。小明笑了一笑，悄悄地去拉她的手，笑道：

"芳卿，只要我没有忘记你，那我是不会死的。"

"你还要说吗？我不许你再说死。"

"哦，我不说，我们俩长命百岁永远地一同活下去好吗？"

小明见她抬头又怨恨地阻拦自己说，一时便也油滑地安慰她。芳卿听了，这才感到喜悦，遂掀着娇媚的笑窝，报报然地笑起来了。

两人面对面地站着，大家脉脉含情地望了一会儿，小明究竟是个二十岁的小伙子了，他内心蕴藏着的热情似乎不能再抑制了，于是大了胆子，终于低低地问道：

"芳卿，你……你……真的很……很……"

"很什么？你说呀！"

小明说到"很"字，却又说不下去了，他心中的勇气被一阵羞涩又消失下去。芳卿听他吞吞吐吐的神气，心中有些焦急，遂迫不及待地追问。小明被她追问，因此也就愈加地说不出来。芳卿有些生气，遂转身走了开去，鼓着小嘴儿，恨恨地说道：

"你这人真有些娘娘腔的，要么把话索性藏在肚子里不要说出来，偏偏说一半藏一半，叫人听了不明不白，你想叫我急不急呢？"

"我……我……说，你……真的很……爱我吗？"

芳卿一生气，小明这就没有了办法，他口吃了语气，只好回答着告诉说，可怜他那颗心是跳跃得厉害，连额角上的汗水也像黄豆那么大地冒上来了。芳卿这才明白了他的意思，心中又喜又羞，红晕了两颊，回身逗了他一瞥媚眼，但立刻又背过身子，面对了墙壁，把腰肢一扭，说道：

"我们是从小一块儿长大的，你瞧我对待你的情形，你难道还看不出我的心来吗？"

"我虽然很笨，但我多少有些看得出来的。"

小明认为芳卿面着墙壁说话的办法很好，因为至少可以避免彼此的难为情，所以他把身子也别过去，面对了窗口，低低地回答。芳卿有些怨恨的口吻，哼了一声，说道：

"你既然有些看得出来的，你还故意问我做什么？是不是试试我的心吗？"

"不不，我绝对没有这个意思，因为我有些不能肯定，所以我要详细地知道一些。芳卿，我现在明白你是这么痴心地对待我，可是我心里很惭愧，因为我没有高深的学问，而且又没有家产，一个捕鱼为生的人，这不是会太以委屈了你吗？"

"小明哥，你干吗要这样说呢？难道你把我当作一个爱好虚荣的女子看待吗？"

小明的两眼虽然是望着窗口外蔚蓝的天空出神，不过他的耳朵是全神贯注在芳卿的身上。听她说这两句话的声音，已经有了颤抖的成分，接着好像有窸窸窣窣的声音，显然芳卿是在哭泣了。小明是再也不能望着窗口做隔壁戏了，他鼓足了勇气，回过身子来，只见芳卿两肩一耸一耸地动着，似乎哭得很伤心的样子。因此他内心被一阵浓烈的情感所冲动，忍熬不住地走了上去，伸手拍拍她的肩胛，温情地说道：

"芳卿，你不要哭呀！我并不是说你是个爱好虚荣的女子，因为我爱惜你，我怕你会吃不了苦的。"

"我又不是什么千金小姐，我怎么会吃不起苦呢？老实说，只要彼此有情义，苦得没有饭吃，我也情愿的。况且我们都是有脚有手，我就不相信难道会饿死了不成？"

"芳卿，你太好了。"

小明猛可抱住了芳卿的身子，他感动得说不出什么话来，眼泪像雨点儿一般地滚落了两颊。芳卿被他一泣，自己倒反而破涕笑了，说道：

"傻孩子，好好儿的哭什么呢？"

"不是哭，我是感激过分了的缘故，芳卿，那么你也不要伤心呀！"

"谁伤心？瞧我不是在笑吗？"

芳卿羞涩地推开了他身子，却挂了眼泪，娇媚地笑起来。小明见她海棠着雨般的粉脸，此刻有了一丝媚意，真是分外好看可爱，因此也好笑起来了。两人一会儿哭了，一会儿笑了，他们自己也觉得怪不好意思的，小明待了一会儿，方才低低地说了一声："我走了。"他便预备回家去。芳卿连忙叫住他，小明不知她尚有何说，遂回身来问她什么事。芳卿倒是愕了愕，因为无话可说，只好挥挥手，笑道：

"你去吧，明天有空，再来谈谈。"

"好的，明天下午我拿本书来，请你教我识字，因为你比我学问好得多，你不是读了四年多的书吗？"

"教你我可不敢当，大家温习温习吧，总可以有些进步的。"

小明这样说，芳卿听了很欢喜，遂扬了眉，笑嘻嘻地说。小明点头称是，他方才匆匆回家去了。芳卿等李小明走后，她一个人坐在室内，又想了一会儿心事，觉得自己和小明平日之间虽然很要好，但彼此始终没有明白地说出爱慕的话，今天总算完全地倾吐出来，那么我们这一颗悬宕的心也就有着归宿的了。芳卿这么想着，她全身会感到特别轻松和愉快，颊上的笑窝也就没有平复的时候了。

黄昏的时候，王老实方才从镇上回来，他向芳卿告诉，说那个朋友真客气，请自己吃饭，多喝了一点儿酒，因此在那朋友店里睡了一个中觉，所以回家就这么晚了。芳卿也没有说什么，便到厨下去忙晚饭了。吃夜饭的时候，王老实见了那碗鲫鱼，忙问是哪里来的，芳卿遂告诉是小明送的。王老实轻轻说道：

"这孩子很苦恼，还送鱼给我们吃，我们心里倒很过意不去。"

"爸爸，今天小明哥生意很好，他还买了一双纱袜送给我呢。"

"啊呀！挺贵的东西，你可不能收人家的呀！小明这孩子真有些戆，他妈知道了，真不知要多肉痛哩。"

"我也这样说，可是他一定要送给我，他说他妈是不晓得的。我没有办法，只好收了。爸爸，那么明儿再还给他好吗？"

"已经收下了，那倒不必再还给人家了，况且他妈又不知道的，推来推去，反而不好，但以后叫他千万别再送什么。这个年头儿，赚钱可真不是一件容易的事情哩。"

芳卿不知舅父心中存的什么意思，口里答应着是，心中却在暗暗地猜疑。王老实也在暗暗地想：照这样下去，他们两个孩子也难免有些情分的了。可是他口里也没有说什么,爷儿俩就匆匆饭毕。乡村地方,比不了城市,平日节省火油,不大舍得点灯。晚饭后没有事,也就各自安寝了。第二天中午时分,芳卿正在厨房煮饭,忽听有人在客厅里说话,她偷偷前来一张望,原来是小明的舅父费仁全,不知和爸爸在商量一件什么事情哩!

第二回

月老红丝把他们连系了

李小明和徐芳卿柔情绵绵地谈了一下午的话，直到黄昏的时候，方才别了芳卿匆匆地回家。小娥在院子里坐着绣枕头花，她见了哥哥，便把俏眼儿向他盈盈一瞟，还神秘地一笑。小明似乎有些心虚，脸微微地一红，故意搭讪地说道：

"妹妹，妈在屋子里吗？"

"嗯，有什么事情跟妈商量吗？先来向我告诉听听也没有关系。"

"没有什么事，我不过随便问一声。"

小明见妹妹转着乌圆眸珠，怪俏皮的样子，显然是另有用意，这就很快地摇摇头，跨步走入草堂里去了。李大妈坐在草堂里，折着锡箔，口里还喃喃地念着经卷。小明叫了一声妈，李大妈便停止念经，望了他一眼，含笑问道：

"王家伯伯可曾回家了没有？"

"还没有回家呢。妈，明天是爸爸的生日，这锡箔是烧给爸爸的吗？"

"是的，这年头儿真了不得，锡箔比钞票更值钱呢。我没有办法，只好锡箔少烧一点儿，把经卷多念上几遍吧。反正经卷多念了，就会值钱的。而我呢，不过多花一些时间，却不费什么钱的。"

李大妈絮絮地说着，这也表示她的盘算好，而按诸实际，也无非是穷人的一种经济办法而已。但小明对于这些迷信是不相信的，他认为孝顺死去的爸爸，倒不如孝顺活着的妈妈有意思。虽然这个妈是自己的后母，但小明就把她当作亲生娘一样孝敬。当下点点头，但又显出很惭愧的表情，低低地说道：

"妈，只恨孩儿没有能力，所以叫您老人家过着苦日子，我心里想想，真觉得难受。"

"小明，你不要这样说，我觉得像你那么听话的儿子，已经是很不错的了。虽然我是你的后母，但你也非常地孝顺我，我确实是心满意足的了。不过我做娘的，也没有三男四女，除了你妹妹之外，只有你一个儿子。老实说，我也很明亮，小娥虽然是我亲生女儿，但女儿到底是外头人，将来一到婆家，就得管理婆婆家中的事情了。所以我对于你，实在比你妹妹更要关心到十分。"

李大妈刚说到这里，忽然小娥由院子外奔进来，口里叫了一声"好呀"，说道：

"妈，您不该有两条心，疼爱儿子，就不疼爱女儿的吗？"

"哈哈！你这鬼丫头倒会听壁脚，幸亏没有说你别的坏话哩。小娥，你又不能一辈子伴着我，所以我预备给你哥哥娶一个嫂嫂，你难道不赞成吗？"

"给哥哥讨嫂嫂吗？那好极了，我不但赞成，而且还代为哥哥喜欢得跳起来呢。哥哥，你心里觉得甜蜜吗？"

小娥听母亲这样说，便真的跳了跳脚，望着小明哧哧地笑。小明虽然是个二十岁的年纪了，但还相当嫩脸，全身一阵子热辣辣，他的面孔立刻像喝过了酒一样地红起来。李大妈接着又说下去道：

"给你哥哥讨了嫂嫂之后，家中便可以多一个人料理了，明儿小娥嫁了人，那也没有什么问题的了。"

"妈，我不嫁人，我不嫁人，你可不要拉扯到我的头上来。"

"你此刻说不要嫁人，再过两年，那你就要闹着嫁人了。"

小娥向母亲啐了一口，她便怕难为情地逃入房内去了。这儿李大妈望着小明，又低低地说道：

"小明，你和芳卿姑娘的感情很好是吗？"

"……"

"妈，是的是的，他们真是恩爱得来。"

小明没有回答，谁知小娥却又从房内奔出来代替回答。小明白了她一眼，又恨又笑地说道：

"妹妹，你说到别人头上，又瞎起劲了。"

"我可没有冤枉你们，你跟芳卿姊姊真像一对小夫妻似的，难道还不能说恩爱吗？妈，讨嫂嫂除了芳卿姊姊外，恐怕别的姑娘哥可是一个也看不中意的。"

"芳卿这个姑娘，又美丽又温文，又能干又贤淑，我确实也非常地欢喜她。不过，我家贫穷，她舅父恐怕会不答应把她嫁到我家来，所以这个倒是一个问题哩。"

李大妈皱了眉尖，表示有些忧愁的样子回答。小娥沉吟了一会儿，却表示有把握的样子，说道：

"妈，我以为两性的相爱，绝对不会计较贫富问题的，你若不相信，我可以给你去做媒，保险会成功的。"

"给谁去做媒呀？"

小娥絮絮地说着，忽然院子外有人笑着问，接着走进一个四十左右的男子来。大家回头去望，原来是李大妈的弟弟费仁全。小明连忙让座，叫了一声"舅父"。小娥倒了一杯茶，笑嘻嘻地告诉道：

"舅父，我妈预备给哥哥娶嫂嫂呢。"

"真的吗？小明的年纪也应该早些结亲了。不知姊姊看中的是谁家姑娘？做媒总是我有几分把握的。"

"弟弟，就是王老实的外甥女芳卿姑娘，你说这女孩子好不好？"

费仁全听李大妈这样问自己，遂把大拇指一竖，哈哈笑道：

"好好，芳卿姑娘的人才是全村都知道的，数一数二，谁还能跟她比较呢？姊姊的眼力不错，你要娶了她做媳妇，那真是前世修来的好福气哩！第一，人才固然第一；第二，她的舅父很有一点儿积蓄，这副嫁奁一定不会错。哈哈，这是一件好姻缘啊！"

"但我忧愁的是怕王老实不肯答应。"

李大妈听弟弟这样一说，心中要娶芳卿的意思也就更加坚决起来，一面微微地笑，但一面又担忧地说。费仁全把手在胸部一拍，喝了一口茶，笑道：

"姊姊，你不要担心，一切由我，凭我三寸不烂之舌，保险叫王老实答应下来。况且我听说小明和芳卿私下的感情也很不错啊，那绝对有成功的希望。"

"好吧，那么我就托弟弟去做媒，假使事情成功了，我一定谢你十八只蹄髈、二十四甏老酒。"

"姊姊，外甥的事情，我做娘舅的也应该要尽一份力呀。那么明天早晨，我就找王老实去说亲，一定不会使你感到失望。"

费仁全眉飞色舞地乐得拉开了嘴笑嘻嘻地说，竭力表示讨好的样子。李大妈当然也很高兴，遂留仁全吃晚饭，小明、小娥便到厨房里去料理饭菜。这时，天色黑暗下来，李大妈上了油灯，费仁全见室内只有姊姊一个人，便低低地说道：

"姊姊，对于小明这头亲事，我一定尽力去说成，但弟弟心中也有一件为难的事情，不知道姊姊能否帮我的忙吗？"

"你有什么为难的事？你倒不妨说出来听听，我若能力及得到，那我一定帮你的忙。"

李大妈因为要劳弟弟去做媒，所以没有办法，只好显出十分热心的神情，向他关切地回答。费仁全欲语还停地支吾了一会儿，方才装了一副尴尬的笑脸，搓了搓手，说道：

"这件事情说起来真有些不好意思，上次我问姊姊借的十万元钱还没有还清，但今天我又想问您借钱了。本来我也开不出口来，但债主逼得紧，叫我走投无路，我觉得只有姊姊再来救济我一下不可了。"

"弟弟，我家的环境，你也明白的，没有一些家产，全靠小明捕鱼来维持生活的，所以手头上也很拮据，并非不肯借钱，你实在也得原谅我的苦衷才好。"

李大妈听他一开口又是借钱，虽然这是意料中的事情，但她的眉头就立刻皱了起来，絮絮地诉着苦楚，表示难以帮忙的意思。费仁全知道姊姊手里多少总有一些现金的，所以连忙又央求地说道：

"姊姊，我这次借了你，以后就绝不再向你开口了。况且到了五月里，我就有一笔收入可以如数地归还你。再说一句，比方我把亲事说成了，你那十八只蹄髈、二十四甏老酒就不用谢我了，姊姊，你千万总要救救我眼前的危急吧！"

"那么……你要借多少数目呢？太多了我是拿不出来的。"

费仁全这两句话，李大妈耳朵里倒也有些听得进去的，于是沉吟了一会儿，向他低低地问。仁全暗想：要么不开口，开了口十万二十万是派不来用场的。于是把手一伸，说道：

"数目也并不大，姊姊方便的话，最好借五十万给我。"

"啊呀！弟弟，你的派头倒不小呀！五十万还说数目不多，可是，叫我到什么地方去拿这许多钱来呢？"

李大妈听了，不由惊叫起来，她似乎有些生气的样子，摇摇头回答。费仁全很失望似的叹了一口气，又哭里带笑地说道：

"姊姊，并不是我穷鬼还说出这样派头大的话来，实在因为如今的钞票太不值钱。米要三十多万一担，五十万元钱还买不到两担米，你想想，这年头儿生活怎么过得了？"

"这年头儿钞票虽不值钱，但赚起来却不容易。姊姊有钱，弟弟借些去，那也无所谓，但我也是一个穷苦的寡妇，五十万的数目实在叫我拿不出来。"

"姊姊，那么爽爽快快地你有多少钱可以借给我呢？"

费仁全这一句话是近乎无赖的口吻。李大妈对于这一个弟弟真没有了办法，遂皱了眉尖，望着他呆住了一会儿，说道：

"最多我只能拿出二十万元钱来。"

"二十万？那够什么用？一担米钱都买不到呢！"

　　"弟弟，你这话不是奇怪，我也没有欠着你，你买不到一担米，叫我又有什么办法？老实说，前次借去的十万元钱，到现在两个月了，照米价计算，也要值到三十多万了呢！"

　　李大妈态度一强硬，费仁全只好又表示软化下来，赔了笑脸，狗颠屁股似的拱着手，低低说道：

　　"姊姊，我们到底是同胞手足，弟弟现在尴尬，将来发了财，二百万、三百万，照十倍地还你，那也没有什么问题的。你总不能看着我被人家逼死，那你也不忍心呀！"

　　"好，好，我就借给你三十万吧！再要多，那我是没有办法了。"

　　费仁全知道再逼也逼不出来了，遂只好委委屈屈地答应下来，抓抓头皮，叹了一口气，伸手说道：

　　"姊姊，那么你此刻就去拿给我吧，回头在外甥面前，倒有些难为情。"

　　"钞票借给你，可是做媒得起劲一些。"

　　"当然，当然，保险成功，姊姊，你放心是了。"

　　李大妈见仁全耸了两耸肩膀，笑嘻嘻地回答，这就白了他一眼，怨恨地走到房中去拿取钞票了。不多一会儿，李大妈把三十万钞票拿出房来，很舍不得似的交到仁全手里，叹了一口气说道：

　　"弟弟，我觉得你这样借债度日，那也不是一件根本解决的办法，所以我劝你总要找些事情做做才好。"

　　"我也这样地想着，看相的说我四十二岁交红运，今年四十一，明年我一定会发财。姊姊，那时候我一定还你两千万元钱。"

　　费仁全把钞票藏到袋内去，笑嘻嘻地说。李大妈哼了一声，说道：

　　"两千万元钱？我除非在梦想，只要你以后不再问我借钱，我也已经够高兴的了。"

　　费仁全还想回答什么话，但小明小娥兄妹俩已由厨房内开着晚饭出来，于是也就不再说什么了。大家坐下吃饭，小娥望着小明，低低笑道：

"哥哥，你今晚该多吃两碗饭才是。"

"那为什么？"

"妈给你娶嫂嫂了，而且娶的又是这个芳卿姊姊，你这样称心如意，还不该多吃几碗饭吗？"

"照妹妹这样说来，你是应该饿两餐的了。"

"那又是为什么？"

"咦，妈没有给你嫁丈夫，你既不称心，又不如意，怎么还能吃得下饭呢？"

小明这两句话说得小娥羞涩万分，通红了两颊，"嗯"了一声，忍不住撒起娇来了，遂向李大妈委屈地说道：

"妈，你听哥哥说这些下作话，我可不依。"

"谁叫你先去取笑他的呢？你可以打趣他，他就不能打趣你？你也太专制的了。"

"小娥，你不用着急的，娘舅先给你哥哥做成了媒，然后给你也找一份好好的婆家，那你也会多吃几碗饭了。"

小娥听舅父这样说，一时恨恨地啐了他们一口，便放下饭碗，逃进房中去了，倒引得众人都笑了一阵。费仁全在李家吃了晚饭之后，略坐片刻，方才兴冲冲地回去。

第二天早晨十一时敲过，费仁全匆匆来到王老实家里，这时王老实坐在草堂上吸着旱烟，见了仁全，便起身让座，含笑问道：

"仁全兄，你今天怎么倒有工夫到我家来呀？"

"老实兄，我是特地来向您讨一杯喜酒喝的。"

费仁全一面坐下，一面笑嘻嘻回答。王老实亲自给他斟一杯茶，"哦"了一声，在他身旁坐了，低低地问道：

"你是给我芳卿来做媒的吗？不知道对方的小官人是哪个？"

"小官人就是我的小明外甥，这孩子生得一表人才，若和芳卿姑娘结成夫妻，真可说是天生一对、地生一双，再好也没有的好姻缘了。"

费仁全竖起了两个大拇指，好像演戏那么的表情，很起劲地说着。王老实"嗯"了一声，沉吟着态度，过了一会儿，方才说道：

"小明这孩子确实很好，我也很欢喜他，只不过……"

"只不过什么呀？老实兄，你不要以为小明家境不大富裕，其实小明这两年勤勤俭俭地捕鱼，着实积蓄几个钱哩。"

"你不要误会，我倒并非嫌憎他家贫穷，因为一个人是绝不会穷到底的。我的意思，小明为人什么都好，就是没有受过相当的教育，我认为这是一个最大的缺点。"

王老实吸了一口旱烟，皱着稀疏的眉毛，表示有些难以答应的意思。费仁全哈哈地一笑，却认为毫无问题的样子，说道：

"老实兄，你这个思想也不对，才学好的人不一定会发财的，没有学问的人却照样地做高官发大财，这是算不了什么稀奇的。我说两个人给你听听。前村史家两个堂兄弟，一个是大学毕业生，有思想、有才学、有抱负，照理该发财了，谁知他到现在还是两袖清风，过着苦日子。因为他在战争开始之后，便离开上海，到内地去做宣传工作，胜利后回到上海，却在报馆里做一个记者，你想做记者的人怎么会发财呢？还有一个连小学都没有毕业，但敌伪的时候，在上海做生意做得很顺手，居然汽车洋房，如今什么银行董事长，什么公司总经理，成了一个社会闻人了。这完全是实实在在的事情，并非我构造出来的虚话。所以照此情形一看，读会了书本，有了好的才学，又有什么屁用呢？老实兄，你仔细想想，认为我这些话可对吗？"

费仁全这一番话说得唾沫横飞，表示极有见解的样子。王老实却始终沉默着，没有说什么话。仁全见了，自然很为焦急，遂又追问说道：

"老实兄，你为什么老是不开口呢？好歹也给我一个回话才好呀!"

"这事情不是儿戏可比,所以我也得问过芳卿自己不可。我想你过两天来听我的回音吧。"

王老实这才一本正经地回答,他又连连吸了两口旱烟。费仁全一面点头说好,一面却又很肯定的神气说道:

"据我所晓得,芳卿姑娘和小明的感情是很不错的,假使你去问她自己,我可以保险她会高高兴兴地答应下来。有情人成眷属,你想,她还有什么不喜欢的道理吗?"

"只要她自己喜欢,那我当然也没有不玉成之理的。仁全兄,你不知道,芳卿到底不是我亲生的女儿,所以对于她的婚姻,倒不能不加以特别谨慎才好。否则糊糊涂涂地把她嫁了出去,万一有什么委屈她的地方,叫我怎么对得住她已死的父母呢?"

"老实兄,你只管放心,我们小明这孩子的性情和女孩儿家一样温柔,他们做了夫妻之后,我相信他们不但不会吵闹,而且还会恩恩爱爱十分地要好呢!"

"小明的人倒确是很讨人欢喜的,那么你准定明天来听回话吧。"

王老实被他这么一说,也由不得嘻嘻地笑了。费仁全虽然没有得到他立刻的允许,不过事情看来大约有七八成希望,当下连连称好,遂站起身子,匆匆告别回去了。这儿王老实送仁全走后,他独个儿坐在桌子旁暗暗地想了一会子心事。直到钟鸣十二点半,还不见芳卿把午饭开上来,一时倒又暗暗奇怪,忍不住高叫了两声芳卿,说:

"你在厨房里怎么不出来了?时候可不早了呀!"

原来,仁全和老实这一番谈话,芳卿是偷偷地都听到的,所以芳卿躲在厨房里,那颗小心灵却像小鹿似的乱撞着,同时也呆呆地思忖不停。她心中想道:爸爸的意思,要问过了我自己,方才可以作复,虽然这头婚姻我是一百二十四分的称心和赞成,但回头叫我羞人答答的又怎么好意思说我是喜欢的呢?女孩儿为了终身的大事,不免神思昏昏地忘记了时间，因此被老实在外面一叫喊，她方才如梦初醒般地惊觉过来，立刻回说道：

"爸爸，你肚子饿了吗？我马上把饭开出来了。"

芳卿一面说，一面手忙脚乱地把饭菜盛出，放在盘子里，急匆匆地拿出外面来了。爷儿俩坐下吃饭，芳卿似乎唯恐爸爸跟自己谈起这桩婚事，所以低了头，连瞧望老实一眼的勇气都没有。王老实也有些忍熬不住地轻声地说道：

"芳卿，刚才小明的舅父来过了，你知道没有？"

"我在厨房里，一些也没有知道呀。他来干什么？"

芳卿竭力镇静了态度，她显出木然无知的神气瞟了他一眼，低低地问。王老实听了，微微地一笑，却并没回答，大有神秘的样子。芳卿因为自己是说了一句谎话，所以对于他神秘的微笑很有些吃惊，她那颗心的跳跃，几乎使她呼吸都感到有些急促起来。王老实方才徐徐地说道：

"他来给你做月老，对方小官人就是李小明……"

芳卿听到这里，两颊一阵绯红，粉脸早又低垂下来。王老实顿了一顿，接着又低低地说道：

"对于小明这个孩子，忠厚而温文，人是挺好的，那我常常这样赞美他的。但是十全十美的到底很少，我认为这尚有两个问题，所以使我对于这头婚姻还有些委决不下。"

王老实说到这里，慢慢地又划了一口饭吃。芳卿的心里虽然很想急促地要问是哪两个问题，但她口中却始终没有勇气问出来。等了好久，还是王老实自己说出来道：

"第一个问题，就是李大妈这妇人的角色很厉害，只怕在她手下做媳妇是很不容易讨好的，而且小明又不是她亲生的儿子，将来就难免有两条心的；第二个问题，小明不大识字，倘然一辈子捕鱼度日，这也没有出头的一天。所以我的意思，最好给你嫁个镇上开商店的生意人，那么商业一发达，你也不会过苦日子了。"

32

芳卿听到这里，心中有些失望、怨恨、焦急混乱的成分，虽然没有发表意见，但脸部上绝对可以看出她是很不自在的样子。王老实似乎也有些理会，遂忙又说道：

"不过话又得说回来，婚姻大事，有关终身的幸福，所以还得你自己做主才好。芳卿，你的年纪也不小了，所以你也不必怕难为情，你只管老实地告诉我，你假使喜欢的话，我明天在费仁全面前就可以答应他了。"

芳卿低了头，当然不作声。王老实见她这样娇羞万状的神情，倒忍不住又笑了起来，遂拍拍她肩胛，说道：

"芳卿，怎么啦？你回答我呀！"

"爸爸，你所考虑的，无非也是为了疼爱我的着想，我心中自然十分地感激。不过我和小明自幼一块儿长大，我对他的印象固然不坏，而他对我却是更加痴心。我不怕爸爸见笑，我老实地告诉你，小明曾经向我表示，他永远地爱……我。爸爸，假使我们给他一个失望，我怕他一定会疯哩！所以我……一切都预备让命运来支配我，幸福的是我命，痛苦的也是我命，我也只好管不得许多了。爸爸，你听了我这些话，不知道你老人家心中会生气吗？"

王老实见芳卿通红了脸，低低地说了这一大篇的话，说到后面，话声有些颤抖的成分，大有眼泪汪汪的样子。他虽然是个上了年纪的人，但他心头倒也相当开通和明亮，他能体贴年轻人的心理，他知道芳卿和小明在感情上已发生了很浓厚而又密切的关系，一时同情地点点头，说道：

"既然你愿意跟小明结为夫妻，那我一定玉成你们。不过我劝劝你，你在李大妈手下做媳妇，万事得小心才好。"

芳卿知道舅父是真心真意疼爱自己的，她感动得说不出什么话来，贮满在眼眶子里的热泪却忍熬不住大颗地滚下了两颊。王老实心头虽然有些难过，但口里还笑着说道：

"傻孩子，你好好儿的伤心什么呢？"

"我不是伤心，我觉得爸爸太好了。"

王老实听她这样说，一时倒又笑出声音来了。他既然明白了芳卿心中的意思，那么第二天费仁全来听回话的时候，王老实就一口答应了他。仁全乐得什么似的，当下笑嘻嘻地和王老实商量给他们订婚的日子拣在哪一个月里。王老实的意思，既然婚姻成功了，订婚当然得早一些，免得他们小孩子心里着急。费仁全哈哈地笑了一阵，连说不错不错，于是准定到瞎子店里在四月里拣一个日子作为下聘的佳期。如此过了一天，费仁全又兴冲冲地来告诉老实，说四月十二日的日子最好，可说黄道吉日，我们准定就在这一天给他们订婚。王老实听了，也就点头赞成。日子一拣出之后，一年两年也会到的，何况只有短短二十天的光阴呢！所以，一转眼之间，早已降临了四月十二这一个喜气洋洋的日子了。小明和芳卿的心头是都充满了甜蜜的滋味，虽然彼此反而有好久不见面了，但是他们很放心、很安慰，因为将来相聚的日子是多么久长、多么愉快啊！

这一天，热闹是悄悄地过去了，到了晚上，众宾欢然而散。王老实因为他们拿过来的聘礼聘金甚为微薄，所以心头颇为闷闷不乐。芳卿不知道他为什么缘故，遂含了娇笑，低低地说道：

"爸爸，您今天很累了，还是早些休息吧。"

"不，我倒不累什么，唉！"

王老实摇摇头回答，却微微地叹了一口气。芳卿这就感到奇怪起来，凝眸含颦地瞅了他一眼，轻声问道：

"爸爸，你为什么叹气？难道心中有什么不高兴的事情吗？"

"孩子，你不知道，费仁全这人太不忠实了，他完全欺骗了我。"

"怎么啦？他欺骗你哪件事情呢？"

"前天他和我讲好的，他们预备拿过来一对金镯、两只戒指、一朵珠花、一只手表，还有五百万聘金。谁知他们今天拿过来的聘礼聘金完全和说定的不相符了，那我们不是上了他们的当了吗？金镯和手表没有了，那倒不要说，而且一共只拿过来二百万聘金，我给

34

他们回过去一半，剩下这一百万元钱，又有什么东西可以购买呢？所以我觉得实在太委屈了你。"

芳卿听他说完了话，又微微地叹了一声，好像很难过的样子，一时含了媚笑，偎到王老实的身旁，柔和地说道：

"爸爸，您不要为我而难过吧。一个女孩子嫁人，就是嫁一个人的，只要对方人品好，对于聘礼聘金都是身外之物，我倒并不放在心上。假使我有福命的话，明儿自然都会买齐的。要如我的命不好，即使眼前都预备得舒舒齐齐，恐怕将来也都会败光的呢。所以我想得很明白，爸爸不要为这些事都闷闷不乐啊！"

"孩子，你这话也说得很有道理，我只希望小明能够争气，他将来有扬眉得意的日子，那你就如愿以偿了。"

王老实见芳卿本身并不计较这些事，自己也就展颜笑了，点点头，用了祈祷的口吻，低低地说。芳卿听了，表示无限的欣慰，她酒窝微微地一掀，红晕了海棠那么的娇靥，忍不住也得意地笑了。

光阴匆匆，不知不觉早已到了榴火照眼的盛夏季节了。计算小明、芳卿订婚以后，已经有了两个月的日子。然而在这两个月日子中，小明、芳卿倒反而很少有见面的机会，似乎彼此避着嫌疑的样子。这天下午，芳卿洗过了浴，把换下来脏的衣服拿到河埠头去洗濯，正在拿了木棒敲着石板卜放着的衣服，忽然有人伸了两手，把芳卿的眼睛扣住了。芳卿知道这又是顽皮的小娥在跟自己闹着玩了，于是笑嗔着叫道：

"小娥，你这淘气精，河埠头别开玩笑，回头掉落到河水里去，那就糟糕了，快放手吧！"

"芳卿，你猜错了，不是小娥，却是我呀！"

随了这温和的话声，那扣着芳卿眼睛的两手也放下了。芳卿回头去望，这就忍不住嘿的一声笑了起来，红晕了粉脸，又喜又羞的表情，秋波水盈盈地斜乜了他一眼，低低地叫道：

"原来是小明哥，好久不见了，你身体好吗？"

"身体倒不错，只是很想念你罢了。芳卿，我给你敲两下衣服吧，瞧你香汗涔涔的，不是很热吗?"

李小明见她红红的脸，额角上冒着珍珠似的汗水，显然是工作得怪吃力的样子。他心头有些肉疼，遂拿过她手中的木棒，代她敲着石板上的衣服了。芳卿蹲在他的身旁，心头不住地荡漾，遂低声笑道:

"这是女孩儿家做的工作，你们男人家做了不顺手，还是我来干吧。"

"洗衣服比不了绣花，我们男人家也做得来，芳卿，你息息吧。"

李小明话还没有说完，这一棒敲下去，因为太用力的缘故，那肥皂水溅起来，溅了两人一面孔。芳卿"呀"了一声，一面笑，一面说道:

"不行不行，这是衣服，又不是小贼，你用这么大气力干什么呢? 还是我来吧。快些洗好了，我们坐着可以谈一会儿话。"

芳卿说着话，把他拿着的木棒又接过来敲衣服了。小明见她身子一耸一耸，她高高的乳峰也会一颠一波地颤动起来，一时不免有些想入非非。因为这一个美丽的姑娘已经是自己的未婚妻了，那么早晚总有一日可以享受温柔的滋味，他心中一阵甜蜜，忍不住独个儿会笑起来了。芳卿敲好了衣服，在河水里洗净了之后，拧干了预备站起身子，小明却拉住了她，低低地说道:

"这很风凉，我们就坐在这里谈一会儿不好吗?"

"好的。"

芳卿点头回答，两人遂并肩坐在石级上，四目脉脉含情地互相望了一会儿，却又觉得没什么话可说。这时，河水并不甚涨，远远地游来五六只鸭子，显得十分活泼。岸旁的树木相当茂盛，在枝叶中还发出鸣蝉的叫声，吱吱喳喳地叫得很热闹。芳卿终于先开口说道:

"你近来好像清瘦一点儿了，大概太辛苦的缘故吧?"

"倒不是辛苦的缘故，因为我们多日不见，心中想念你，所以想得消瘦了。"

小明微微地一笑，情不自禁去握她柔软的纤手，低低地说。芳卿红晕了两颊，逗给他一个媚眼，赧赧然地笑道：

"亏你说得出的，不怕难为情吗？我们又不是远隔千里之外，原在一个村子里，哪里用得到想念呢？"

"我们虽然近在咫尺，但不常见面，这和远隔千里之外又有什么分别呢？"

"谁叫你不到我家来的？我还以为你另外有了爱人哩！"

凭芳卿这一句酸溜溜的话，可见平日之间，芳卿的想念小明之情也不减于小明之想念芳卿。所以小明很着急地分辩说道：

"天晓得，天晓得，我如何会另外有了爱人呢？那你倒不要冤枉我啊！因为我们已经订了婚，假使再在一起亲热地说话，村子里人见了就会说坏话的，我恐怕你受委屈，所以我反而不敢和你过分地接近。再说你爸爸对于这头婚姻好像并不表示十分满意的样子，我见了他心头就会吓丝丝，因此益发不敢到你家来了。唉，说来总是我没有能力，所以许多地方都使你受到委屈。"

"小明哥，你倒不要误会，我爸爸并非嫌憎你家贫穷，他是怕你后母的人厉害，说在她手下做媳妇，很不容易讨好，所以当初有些不大赞成。不过我完全是为了你，就是将来受了你后母的气，我为了你的面上，我也绝不叫一声冤枉的。"

小明听她这样说，心头这一感动，几乎要落下眼泪来了，遂紧紧地握住她的手，温情而诚恳的语气说道：

"芳卿，你待我这样情深如海、义薄如云，真叫我生生死死都忘不了你的恩情，我拿什么来报答你才好？"

"我们已经是夫妻了，还用说什么'报答'两个字吗？即使你要报答我，我别的都不要，只要你那一颗心。"

芳卿慢慢地偎到他的怀内去，伸手还在他胸口轻轻一指，她海棠那么娇艳的粉脸上，倒又赧赧然地怕起难为情来了。小明是甜蜜得好像吃了一块糖，伸手理着她被风吹飘起来的云发，笑嘻嘻地说道：

"这还用说吗？我那一颗心在五年前早已交给你了。"

"五年前？我还只有十三岁哩！难道你就存心看中我这么一个小孩子了吗？那我可有些不大相信。"

芳卿微仰了粉脸，秋波斜乜了他一眼，笑眯眯地说。小明红了脸，伸手摸着她又厚又软的耳朵坠，低低说道：

"那时候你虽然还只有十三岁，但个子已经长得很高大了，而且……而且……你的臀也很圆肥，我知道你发育得早，完全像个大姑娘的样子了。"

"好啊！瞧你一副老实相，原来心里一些也不老实的。你这个人也不是好东西，完全是假道学哩！"

小明被她手指在颊上划了划，同时笑嘻嘻地说出了这两句话，一时倒也不好意思起来，讪讪地笑道：

"芳卿，因为你是我的未婚妻了，所以我才不避嫌疑地向你什么话都囔了出来。你瞧我从前对待你可曾说过一句油滑的话吗？"

"那么你还承认你自己是个好人吗？"

"当然是个好人啰！我绝对不爱色的。"

"好吧，我往后瞧着你。"

"不过，在我爱妻身上，那是例外的。比方说，我此刻……"

小明说到这里，低下头去，用了迅速的举动，在芳卿殷红的嘴唇皮上偷吻了一个嘴，却是嘻嘻地笑起来了。芳卿"嗯"了一声，慌忙坐正了身子，逗给他一个白眼，嗔道：

"瞧你这人越发胡闹起来了，别人要如看见了这情景，那你我的名誉不是要扫地了吗？"

"你看四周静悄悄的，除了河面上几只鸭子，哪里有什么旁人呢？你何必胆子小？芳卿，我倒吻出滋味来了，给我好好儿地吻一下子好吗?"

芳卿见他拉着自己,却涎了脸笑嘻嘻说,一时那颗芳心的跳跃,真仿佛是小鹿般地乱撞,遂挣扎着不依说道:

"小明哥,我早晚总是你的人了,为什么要这样猴急呢?青天白日之下,像个什么样子?我可不依,你再吵我,我要恼了。"

"未婚小夫妻亲一个嘴,那也没有什么大不了呀。听说在上海的年轻男女,在大庭广众之下,照样搂抱在一起白相哩!"

"你这人真笨,这是叫作跳舞厅,可是乡村地方比不了上海,少见多怪,若被人传扬开去,那可不是玩的事。小明哥,我要回去了,你若等不到天亮似的,那么叫你舅舅早些拣日子过来吧。"

芳卿说完了这两句话,仔细一想,觉得一个女孩儿家到底是太难为情一点儿了,这就站起身子,很快地拿了衣服,匆匆地奔回家中去了。小明要想拉住她,却已来不及,一时望着她奔远了的后影,倒是怔怔地愕住了一会子,心中暗暗想道:芳卿这两句话分明也在催我早些跟她结婚的意思,虽然我是一万分赞成,但叫我怎么好意思向母亲去央求呢?小明一面想着,一面匆匆地回到家里,坐在自己的卧房内,呆呆地出神。这时,小娥悄悄地走进来,见了哥哥木然的样子,便好笑地说道:

"哥哥,你坐得毕恭毕敬的,倒好像小和尚在学打坐呢!"

"妹妹,你胡说白道地又来和我开玩笑了。"

小明白了她一眼说,一面在桌子上取过一本书来阅读,表示并没有什么心事的样子。小娥挨近身边来,低低地说道:

"我刚才找你大半天,你在什么地方?"

"我在外面散一会儿步,怎么?你找我有什么事情吗?"

"我是报告你一个好消息的,你听了一定喜欢得会笑起来。"

"真的吗?妹妹,是什么好消息?你快些告诉我吧!"

小娥显出神秘的样子,微笑着说。小明的心立刻别别地跳起来,遂迫不及待地向她急急地问。小娥还要故意卖关子似的,迟疑了一会儿，笑道：

"我告诉了你，你拿什么来谢谢我呢?"

"我给你留心着，有漂亮的美少年马上介绍给你做朋友。"

"啐！你还要取笑我，我可不告诉你了。"

"好妹妹，您不要生气，我下次不敢取笑你了，请你告诉我吧！"

小明见妹妹回身要走了，这就急起来，连忙拉住了她，急急地赔罪说好话。小娥方才低低地说道：

"我听母亲跟舅舅在商量，预备到瞎子店里去拣你们结婚的日子，大约在九月里，还有三个月，哥哥就可以跟芳卿姊做夫妻了，你听了喜欢不喜欢?"

"你骗我，我不相信，和我开什么玩笑?"

"人家正经地告诉你，你还不相信，那你这种人真是蜡烛。"

小娥似乎很生气的表情，白了他一眼，便匆匆地出房去了。小明口里虽然说不相信，其实心中是很相信很甜蜜的，眼瞧着妹妹去远，他忍不住安慰地笑了。不料第二天早晨，小娥急急来找小明，说王老实突然得了急病，十分危险，请哥哥快去一趟。小明聆此噩耗，由不得失声叫起来了。

第三回

伤心和喜悦一齐涌上心头

芳卿那天下午在河埠头别了小明，匆匆地奔回家里来，想着刚才自己对小明所说的话，那心头兀是别别地乱跳，一面把衣服晾在竹竿上，一面在屋檐下的椅子上坐下，呆呆地想了一会儿心事。不知怎么的，她的粉脸会感觉热辣辣的，好像全身血液都有些沸滚的样子，尤其是想到嘴唇皮上被小明热烈地一吻，她似乎已被爱火融化了一般，感到软绵绵起来。也不知经过了多少时候，她的明眸已瞧到蔚蓝的天空中浮现了五彩的云霓，使她意识到黄昏已经降临了大地。这时，小鸟儿三五成群地也掠空飞鸣，相继归窠。芳卿想到爸爸大概也要从镇上回家来了，我该烧饭烫酒去了，于是站起身子，离开了院子，走到厨房里去了。芳卿在厨房里正在烧火煮饭，忽听外面爸爸在叫自己了，遂急忙三脚两步走到草堂里来，只见爸爸坐在桌子旁，手托额角，连连地喘气。芳卿由不得吃了一惊，遂走了上去，向他望了望，说道：

"爸爸，你刚回来吗？怎么我见你面色很不好呀！莫非有些不舒服吗？一定是中了暑，快，我给你刮刮痧吧！"

"芳卿，我……是中了暑，只觉头晕眼花，两脚发软，几乎走不回家来了。我此刻胸口闷得厉害，头脑子像劈开一样地疼痛，快拿天工水来给我吞服些，病倒了可不是玩的。"

王老实气喘吁吁地告诉，他的面色已变成灰白似的凄惨了。芳卿急急到房中拿了天工水出来，又倒了温开水，让王老实吞服了半瓶天工水，然后给他衣服脱了，拿了一个铜板，在他背脊上连连地刮个不停。不上三分钟后，王老实满背脊被她刮得像血一般地通红。芳卿皱了眉尖，低低地问道：

"爸爸，你觉得痛吗？"

"不，我一些知觉也没有，好像不是刮在我身上的样子。"

王老实有气无力地说，他额角上是冒着黄豆般大的冷汗。芳卿暗想：背脊上几乎血水都刮出了，他还说一些知觉也没有，可见中暑的程度很不轻。心头未免有些忧煎，遂忙又说道：

"爸爸，你此刻还有什么地方不舒服呢？"

"我浑身都觉得不舒服，你扶我到房中去睡一会儿吧。"

芳卿听了，忙着扶了他的身子，走到房中的床边，给他躺了下来。王老实这时神情有些昏昏沉沉，歪在床上，闭了眼睛，看他样子，显然一些精神也没有。因为又怕他受寒，遂把一条线毯轻轻地给他盖上。正欲回身出房到厨下去的时候，忽听床上的王老实叫了一声不好，他竟猛可地跳起床来，这一下子动作倒把芳卿大吃了一惊，立刻又回身到床边，急急地问道：

"爸爸，你……你……怎么啦？"

"我……肚子难过得厉害，恐怕要泻起来了。"

王老实满面显出痛苦的样子，低低地说，他的两脚已跳下床来了。芳卿知道他有些迫不及待，于是也不说话，立刻扶他到便桶上去坐下，只听啪哧哧的一阵子响，见王老实脸如死灰，汗如雨冒，紧锁眉毛，这痛苦的表情，真是形容不出到哪一份的程度。芳卿是个才十八岁的姑娘，她心中又焦急又害怕，一时弄得没有了主意，搓着两手，几乎要哭起来了，含泪说道：

"爸爸，你……你怎么泻了？那……叫我如何是好？我……给你到镇上去请医生来诊治吧！"

"芳卿，你别忙，不要紧，泻一阵就好了。瞧天色已经夜了，到

42

明天再作道理，也许我睡一夜就会好起来的。"

王老实似乎还理会到芳卿那种害怕的表情，遂望了她一眼，低低地安慰她说。芳卿也竭力镇静了态度，熬住了眼泪，又轻声问道：

"爸爸，你要喝口开水吗？我给你去倒一杯来。"

王老实这时的身子整个地伏在一只圆凳子上，他已没有气力再说话，只"嗯"了一声答应着。芳卿遂匆匆到外面拿了一只热水瓶来，倒了一杯开水，服侍他喝了两口。谁知王老实忽然"哇"的一声，竟是呕吐起来。芳卿见他上吐下泻，这还了得？唬得魂飞魄散，忍不住哭了起来。王老实一泻一吐之后，神志有些糊涂过去，被芳卿一哭之后，且又被她连连叫喊，并摇撼着身子，方才悠悠醒了过来。虽然自知病势沉重，但口里还绝对安慰着芳卿，低声说道：

"芳卿，你不要哭呀！我没有什么要紧的，你扶我到床上去休息吧，我此刻倒觉得舒服一些了。"

芳卿听爸爸开口说话了，心中才又宽慰了不少，遂收束了眼泪，一面给他收拾清洁，一面扶了他身子走到床边来。王老实刚才从床上跳起身子的时候，他还有支撑的能力，但经过一泻一吐之后，他全身连一些气力都没有，完全靠在芳卿的身上。当他睡到床上的时候，简直是只有喘气的份了。可怜芳卿这一夜就没有合过眼睛，因为王老实每隔一个钟点就泻一次，泻到第二天早晨，他已经是不会上便桶了。齐巧小娥来问芳卿借花样子，当下听了芳卿的告诉，心中也吃了一惊，连忙回家来告诉哥哥，小明得此噩耗，遂也三脚两步地奔到王老实家中来了。这是小明做梦也想不到的事情，万不料王老实躺在床上竟已病得骨瘦如柴，变成了一副骇人的模样儿了。就是芳卿的人，云发蓬松，面色憔悴，显然也是因为一夜没睡的缘故，因此急急地说道：

"芳卿妹，岳父怎么一夜工夫就病得这个样子了呢？"

"爸爸昨晚泻了一整夜，而且还呕吐着呢！我给他刮痧，喝天工水，竟没有一些的效力，我急得没有了主意。你来得正好，快给我想个办法来救治爸爸才好啊!"

"我的意思,只有到镇上去请大夫来医治,否则还有什么办法呢?"

小明见她好像要哭出来的神气,遂皱了眉头,很快地回答。芳卿叹了一口气,望着小明央求地说道:

"那么事不宜迟,就劳您的驾,给我到镇上去请个大夫来吧。我要服侍在病床旁边,可分不开身呢!"

"好,我马上去,我马上就去!"

小明一面说着话,一面身子已向外面奔出去了。这时,床上的王老实从昏迷之中睁开眼睛来,向芳卿逗了一瞥惨淡的目光,低低说道:

"芳卿,你跟谁在说话呀?"

"爸爸,小明来望过你,因为你睡熟着,所以他没有叫你。"

"小明他在哪儿?我有话跟他说。"

"他给你到镇上去请大夫了,爸爸,你要不要吃些稀粥吗?"

芳卿坐在床沿边,用了温情的语气,低低地问他。王老实摇摇头,深长地叹了一口气,颤抖地说道:

"我这次病势来得太凶险了,只怕是不中用的了。"

"爸爸,你为什么要这样说呢?叫我心中不是太悲痛了吗?"

芳卿心头一阵悲酸,忍不住暗暗地啜泣起来了。王老实的眼角旁也涌现了晶莹莹的泪水,但他枯黄得像一张纸似的脸上还含了一丝苦笑,这笑的神情,瞧在芳卿的眼里,是更增加了几分骇人的成分。不过他还轻轻地安慰芳卿说道:

"孩子,你不要伤心,人老了是难免要死的。只不过我没有想到竟会死得那么快,这似乎有些出人意外。其实呢,死得快倒是病人的幸福,因为至少是减去了许多的痛苦。"

"爸爸,你不能死,你是会好起来的。我们父女相依为命,你若丢了我,叫我怎么样做人好呢?"

芳卿说到这里，抽抽噎噎地哭得很伤心。王老实也泪下如雨地叹了一声，呆呆地望着芳卿的粉脸，好像是带雨梨花那么地令人感到楚楚可怜，遂颤抖地去拉她的手，低低地说道：

　　"我心中放不下的，也就是你这个苦命的孩子。唉！生死大数，人力岂能挽回呢？好在你已有婆家了，我在未死之前，我一定把你会安摆好，那么我就是死了，也瞑目安心了。"

　　"爸爸，你老是说这些话，叫我的心都粉粉地碎了。我相信老天一定会可怜我，使爸爸病体会慢慢好起来。"

　　"天哪里管得了我们人间这许多啊！芳卿，你不要为我太难过，可怜你一夜没有已经好好儿地睡，累你消瘦了，我很不安心，你还是管自地去休息一会儿吧。"

　　王老实苦笑了一下，把手推推她身子，向她气喘喘地劝告。芳卿哪里肯去休息，说：

　　"我一些也不累什么，回头大夫来了，还得给爸爸撮药煎药哩。"

　　正在说时，小娥和李大妈也很慌张似的悄悄地走进卧房来了。他们本来是邻居，平日之间原也认识招呼的，所以她们虽然是个未过门的婆媳关系，但不用避什么嫌疑。芳卿迎上前去，低低地叫了一声妈，李大妈一面点头，一面很关心地问道：

　　"芳卿，你爸爸怎么了？"

　　"昨天下午回家来，就上吐下泻，整整一夜没有停止，病势来得很厉害呢！"

　　芳卿眼泪汪汪地告诉，她又亲自地给李大妈倒了一杯茶。小娥向床上张望了一眼，因为王老实的脸色太可怕了，不由伸了伸舌头，悄悄问道：

　　"我哥哥呢？还是叫他快去请大夫来诊治才是啊！"

　　"小明哥已经到镇上去了……唉，我爸爸光是泻，却一些东西也不要吃，年老之人，怎么能受得了呢？"

　　李大妈坐在桌旁，虽然没有开口说话，但心中却在暗想：照芳卿所告诉的情形而想，王老实竟是犯了噤口痢疾症了。这病症是多么危险，恐怕要十病九死，虽有名医，也难以治愈的。这就皱了眉尖，也代为担着心事。这时，王老实在床上又叫着芳卿说道：

"谁在房中说话呀？"

"哦，是小明的妈来瞧望爸爸了。"

李大妈随了芳卿话声，她已起身走到床边去了，向王老实叫声："亲家，你什么地方不舒服呀？"王老实点点头，也表示招呼她的意思，过了一会儿，方才气喘喘地说道：

"李大妈，你……你来得很好，我也想来请你，因……因为……我有事情要跟你商量呢。"

"你有什么事情？你只管跟我说好了。"

"我这个病是叫作霍乱吐泻，上了年纪的人抵抗力薄弱，所以我自己知道恐怕是没有活命的希望了。"

"亲家，你别那么说，小明给你请医生去了，回头吃了一剂药，就会好起来的，你放心是了。"

王老实说到这里，芳卿又在暗暗地啜泣了，李大妈心中也感到悲哀，遂用了凄婉的口吻向他低低地安慰。但王老实叹了一口气，摇摇头，流泪说道：

"医生只能医治无关紧要的小病小痛，我已犯了这样危险的真病，医生还有什么能力来医治我呢？李大妈，我知道我的生命已经是到了朝不保夕的境地了。所以我在未死之前，我要跟你商量一件事，芳卿已经是你家的媳妇了，只不过还没有过门而已。假使我死了之后，剩下她一个孤零零的弱女子，叫我心头又如何能放得下？所以我想给他们马上结婚，至于嫁奁问题，好在我没有别的亲属，我死之后，我所有一切也都是芳卿承受的了，那么将来慢慢地可以补买舒齐的。李大妈，我这个要求，你不知道能答应我吗？"

李大妈听他说他所有一切都给芳卿承受，那么换句话说，也就是归小明承受。再换句话说，他的家产，不是都属于我所有的了吗？

一时喜欢得眉飞色舞，连心花儿都朵朵地乐开了。但在表面上还不敢过分地显露出来，十足表示同情的悲哀，叹了一口气说道：

"芳卿既然是我家媳妇了，我当然也舍不得她孤苦伶仃地受痛苦，所以你这个意思，我非常地赞成。不过我们总希望你会好起来，但愿这样冲冲喜，你就病占勿药，这不是一件天大欢喜的事吗？"

"能够如你所说，这固然万幸，即使我不治而逝，但芳卿安身有所，我亦安慰九泉了。"

王老实含了一丝苦笑，说到这里，大有上气不接下气的样子。可怜芳卿心头是多么沉痛，她说不出什么话来劝慰爸爸才好，她伏在床沿边，只有像小孩子那么抽抽噎噎地哭泣不停。小娥也被她引逗得泪如雨下，遂拉了拉她的身子，低低地说道：

"姊姊，你别这样地哭泣呀，给伯伯瞧着，心头不是更加难过吗？"

"芳卿，事到如此，你伤心也没有什么用呀。我瞧你一夜没睡，脸色很不好看，还是去休息吧。你爸有我们服侍着，你放心好了。"

"妈，我没有疲倦，我不想睡。"

芳卿这才拭了泪痕，低低地回答。这时，王老实又在泻了，一阵一阵臭气很为难闻。李大妈恐怕要传染人，遂悄悄地拉着小娥避到外面草堂上去了。但芳卿却一些不嫌脏地亲手给王老实服侍着发物，换清了衣裤，见王老实已经人事不省，大有昏迷的样子，芳卿心中焦急万分，看看时候已经近午，但小明还没有把医生请来，照此泻下去，恐怕性命是真的保不成了。她一面想着，一面忍不住又流下眼泪来了。好容易等到十二时半的时候，小明走得满头大汗地才请了医生一同到来了。芳卿连忙招待医生先坐了一会儿，医生走到床边，先看了看王老实的面色，然后按过脉息，却连连摇头，立刻离开床边，走到草堂上来。芳卿、小明、李大妈、小娥四人也就跟了出来，急急地问他，说这病情到底要不要紧的。那医生很慌张地说道：

"这是急性的时疫症，我按他脉息也已经没有了，这还有什么救星呢？你们还是给他料理后事吧。"

"医生！您……千万救救他吧！您……就给他开一张方子吧！"

芳卿听医生叫他们料理爸爸的后事，显然是没有活命的希望了，她心中这一焦急和悲痛，忍不住泪流满面地向他苦苦地哀求着说。医生没有办法，也只好死马当作活马医，就草草开了一张药方，匆匆地走了。照李大妈的意思，这药根本不用给他吃了，也无非是多糟蹋金钱而已，但芳卿既有这一番孝心，自己也只好由她。等芳卿去撮药走后，李大妈就向小明告诉刚才王老实对自己说的意思，并且预备立刻拜堂成亲，免得王老实死在前面，事情就讨厌了。小明听了，当然没有什么话说。不多一会儿，芳卿把药撮来，李大妈就说道：

"芳卿，你把这药交给小娥煎吧，你马上跟我到家里去和小明拜堂成亲吧。等你们成了夫妻之后，料理你爸爸后事，也就可以心定的了。"

芳卿听她存心把爸爸是当作死定看待的了，一时心中十分不悦，觉得李大妈的心肠也太硬一点儿，但她是长辈，自己没有违拗的余地，只好把药包交到小娥的手里。她又恋恋不舍地走到床边去望爸爸，但王老实闭了双眼，连呻吟的声音都没有了，一时十分悲伤，眼泪扑簌簌地又直滚了下来。李大妈走上去拉她，低低说道：

"你不要延迟了，拜好了堂，马上双双回门，你仍旧可以服侍他的，快些跟我走吧。"

芳卿被她拉了向外走，一时身不由己地只好跟了她出房去了。小娥见哥还不走，遂推推他身子，抿嘴一笑，连说"快走，快走"。小明走后，小娥就到厨房里去煎药了。

他们拜堂成亲，真像戏台上表演一样快速，小娥在厨房里还没有煎好药，李大妈陪伴两人已双双回门来了。小娥惊奇地问道：

"怎么？你们已经成亲过了吗？"

"这时候你还预备怎么铺张？不是点一双蜡烛三支香，拜了天地，不就舒齐了吗？"

李大妈一本正经地回答。小娥于是向芳卿叫了一声嫂嫂，芳卿在这时候还有什么害羞的地步呢，也只好回叫了一声姑娘。李大妈遂向芳卿老实地说道：

"你爸爸的田地房屋一切契约藏在什么地方？有多少现钞？有多少家私？你都知道详细吗？"

"这个……我平日因为毫不过问爸爸的，所以我一点儿也不知道。"

芳卿愕住了一会儿，摇摇头回答。李大妈于是不说什么，暗暗地沉吟了一会儿，遂带了小明、芳卿走到房中来。这时，王老实却在连声地咳嗽，芳卿连忙倒了一杯开水，给他喝了两口。李大妈走到床边，就低低地说道：

"亲家，刚才我已给他们两个孩子拜过天地成过亲了，从此以后，芳卿是我李家新媳妇了，你不是可以放心了吗？"

王老实听了，点点头，脸上似有喜悦颜色，但望了芳卿粉脸，立刻又凄凉地叹了一口气。他伸手颤抖地在枕头下取出一串钥匙来，交到芳卿手里，含泪低声说道：

"可怜的孩子，真是太委屈了你，我……所有一切的东西，都在这四只箱子里，这串钥匙，你……拿着吧！"

"爸爸，你……躺着吧，我去拿药来服侍你喝吧。"

芳卿含泪接了钥匙，一面扶他睡下，一面匆匆走出房外拿汤药去。李大妈也急急跟到外面，把芳卿叫住了，说道：

"芳卿，你把这串钥匙交给我藏着，你昏昏沉沉地没有睡畅，回头掉落了，那可不是玩的事情。"

芳卿暗想：我和小明已拜过天地成了亲，那么我就是李家人了，这串钥匙交给她代为保藏，原也没有什么问题。当下就点头答应，把钥匙交给了她。李大妈接了钥匙，心中的欢喜好像是中了什么奖券一样，她这时倒又唯恐王老实不肯就死，忍不住暗暗地念了两声佛。王老实的病是已经入了膏肓，所以纵然有卢扁之医，亦难以收回春之效，何况这淡水似的药汁，根本是没有一些效力的。这天到了晚上，他的神色愈加不好了，照李大妈看来，今夜十二时是不容易过的，所以叫大家不要睡觉，但芳卿已经一日一夜未曾合眼，精神实在难以支撑，她坐在椅子上，不知不觉地打起瞌睡来。李大妈见了，遂故意叫小明到外面去买纸钱，等小明走后，她就吩咐小娥帮着她把箱子打开，只见有一只箱子里，除了现钞之外，尚有两三百元银洋钿。李大妈见了，不由喜欢得手舞足蹈，遂把现钞、现洋偷偷地取出，用一方白布包扎好。小娥对于母亲这种行为，甚是不满，遂嗔怪的意思，低低地说道：

"妈，你这是什么意思呢？"

"不许你多开口，我回家去去就来，你若走了风声，我可打死你。"

李大妈瞪着眼，向小娥恶狠狠地叮嘱着说，然后拿了钞票、现洋，蹑手蹑脚地回到自己屋子里去了。小娥心头十分怨恨，但却是敢怒而不敢言。不多一会儿，小明买了纸钱回来，问母亲上哪儿去了，小娥不敢明告，回说不知道。小明也没有追问，回头见芳卿却沉沉地睡熟着，显然是疲倦到了极点，遂也不敢惊动她，悄悄地走近床边，见王老实不声不响地躺着，好像已经死过去了的样子，一时倒有些着慌，遂向小娥叫道：

"妹妹，你快把芳卿喊醒了，看他老人家已没有了气哩！"

"嫂嫂，嫂嫂，你快醒来呀，伯伯已经咽气了！"

小娥听了哥哥的话，遂把芳卿身子连连地摇撼，还急急地说着。芳卿从睡梦中被小娥惊醒，一听这话，也不问情形，早已奔到床边，伏在王老实的身上号啕大哭起来。小明因为也还不知道王老实到底死了没有，被她一哭，遂急伸手扪住她的嘴，说道：

"芳卿，你且不要哭呀，岳父还没有……"

50

"爸爸，爸爸!"

小明说到这里，也忍不住泪水流了下来。芳卿这才收了哭声，向王老实连叫了两声爸爸，只见王老实微微地睁开眼睛来，似乎尚欲开口说话的神气，把嘴唇掀动了两下，但他的舌头已经硬了，要说的话竟说不出来，两眼呆呆地望着芳卿，眼角旁也涌上一颗晶莹莹的泪珠儿。芳卿见爸爸连话都不会说了，可见性命终是难保的了，她想到爸爸昨天早晨还好好儿地上镇里去，谁知回来就得了这样不救的急病，两天不到，竟一命呜呼，这是多么悲痛！因此她管不得许多地又呜呜咽咽地哭泣起来了。小明、小娥也劝不出什么话，只有在旁边扑簌簌地陪伴着流眼泪。正在这时，李大妈又匆匆地走进来，一见他们哭泣的情形，还以为王老实已经死了，遂情不自禁地说道：

"怎么？已经断气了吗?"

三人听母亲这样问，大家都没有作声。李大妈走到床边去一看，见王老实已没有了呼吸的气息了，遂故作伤心的样子，叹了一口气，说道：

"可怜可怜，亲家真的会没有救星了。小明，你快把纸钱烧些吧，也好让他一路上做些零用。"

李大妈刚说完话，忽听王老实喉间嚯的一声，这回他真的脱离人世一瞑不视了。芳卿叫了一声爸爸，不禁抚尸大恸。小明一面流泪，一面忙把纸钱化了。李大妈把芳卿拉过一旁，低低地说道：

"好媳妇，现在不是哭泣的时候，我们要料理你爸爸的后事要紧。这串钥匙，你且把箱子开了，看里面有多少现钞，衣衾棺椁，一切应用物件不是都要买起来的吗?"

芳卿听了，也只好暂时收束泪眼，拿了钥匙，把箱子开了，只见里面除了衣服之外，还有几张田地房屋的契约，现钞却一些也没有。小娥是完全明白的，但却不敢说出来。李大妈故意问道：

"你爸爸现钞一些也没有？那可怎么办呢？我想只有把田地卖

掉，但一时之间卖给谁好呢？难道盛夏的季节，把这尸体有三天五天可以耽搁吗？"

"这……这……叫我真没有办法，我想问人家去借一借，反正将来田地卖掉可以归还给人家的，不知小明哥能不能问人家去借一些款子吗？"

芳卿被李大妈这么一问，她急得眼泪又滚滚地掉落下来，两眼望着小明，有些悲切的口吻问着他说。小明觉得这一笔款子一定不是少数，一时之间问什么人去借好呢？他口里支支吾吾地没有回答，额角上的汗水却已急得像蒸气水那么地冒上来了。李大妈方才慢吞吞地说道：

"我平日总算还有一些积蓄，但不知道够不够用，我且先拿出来用了再作道理吧。将来这房屋估了价钿之后，或者就卖给我也没有关系，芳卿，你说好不好呢？"

"妈，爸爸已经对我说过，他所有的一切遗产都是我的。我既然做了李家媳妇，那么这所有一切，自然也是李家的了，何必还说卖不卖呢？妈，这些契约，您老人家都藏着吧。您肯拿钱出来成殓我的爸爸，媳妇心中实在已经感激万分的了。妈，媳妇向您叩恩吧！"

芳卿听了，方才宽慰了不少，她一面柔顺地说，一面已向李大妈盈盈跪了下去，还恭恭敬敬地拜了两拜。李大妈慌忙把她扶起，口称："好媳妇，我们自己人，你还客气什么呢？"她说着话，把这些契约便老实不客气地藏进自己的怀内去，一面拉了小娥，说："我们到家里拿钞票去。"一面叫小明和芳卿好生看守着王老实的尸体。芳卿待李大妈走后，她伏到床边去忍不住又哀哀欲绝地哭泣起来了。李大妈把王老实的钱偷偷地占为了己有，然后再拿出来给王老实成殓下葬。村中人知道了，都说李大妈良心好，气量大，真是很难得，她就因此赚到了一个美誉。但小娥心中是完全明白的，她也只有暗暗怨恨母亲的行为不良而已。

离开王老实的死已经有一星期的日子了，这天晚上，芳卿坐在房中，望着豆火似的油灯，忍不住又暗暗地伤心了一会儿。小明慢慢地走到她的身后，拍拍她的肩胛，低低地叫道：

"芳卿，你怎么又在伤心了？人死不能复活，你应该顺变节哀，自己身子也得保重些才好啊。"

"我没有伤心，小明哥，你刚进房来吗？"

芳卿见了小明，慌忙收束了泪痕，站起身子，含了一丝微笑，还亲自给他倒了一杯茶。小明点点头，拉了她纤手，走到窗口旁去吹风纳凉，明眸脉脉地望着她粉脸，因为她头发上戴了一朵白花，所以更衬托得清秀脱俗，无限可爱，遂低低地说道：

"并非我叫你不要想念已死的爸爸，因为你这几天来已经消瘦得多了，假使再忧忧郁郁地不想开一些，那会影响你身体的健康。所以我希望你暂时忘掉痛苦，我们还是来想想快乐甜蜜的事情吧，芳卿，你说好不好？"

小明这几句体贴温存的话是包含了一万分的多情，听进芳卿的耳朵里，真的把心中悲哀会让一阵阵甜蜜盖蔽了。一时由不得破涕为笑，秋波脉脉含情地逗给他一个媚眼，把娇躯偎到他的胸怀里去了，低低地说道：

"小明哥，你真好，你这样地安慰我，我心里是多么感激你啊！"

"我们是已经做了夫妻啦，哪里还用得到说感激的话呢？"

小明搂着她的腰肢，他的嘴要吻到芳卿颊上去了。芳卿两颊飞过了一阵红晕，向窗外努努嘴，是表示不要被小娥来偷看的意思。忽然听到客堂里有男子说话的声音，这就忙问："谁来了？"小明皱眉说道：

"还不是那个讨厌的娘舅吗？"

"他做什么来？又是借钱吗？"

芳卿知道小明是指点费仁全而说的，于是向他悄声儿地问。小明叹了一口气，显出生气的样子，说道：

"说起来真是又好气又好笑，我们的婚姻总算是他做的媒。当你爸爸生病的一天，我母亲原预备叫舅舅到瞎子那儿去拣结婚的日子，不料等他日子拣来，我们堂也拜了，亲也结了，同时你爸爸也逝世了。舅舅得此消息，认为大不满意，因为他做了媒人，不但酒也没有喝，而且谢媒也被赖了，他非常气恼地竟向我妈吵起来。我妈说这事情突如其来的变化，谁欢喜这样草草成亲呢？那也是出于不得已的办法。你做媒人辛苦了，我们也知道，妈就谢他三十万元钱，给他买几斤老酒喝。但这个舅舅真也无赖，三十万元钱拿去花完了，又来问我妈拿五十万，他的意思说，假使你爸爸不死的话，你爸爸一定也会谢媒的，现在你爸爸名下这笔谢媒钱也要归我母亲拿出来谢他。你想，这些话不是也亏他有这张脸皮说出来吗？"

"你舅舅没有生意在做，这样下去，也终不是一个根本解决生活的办法，那就叫作穷凶极恶的一句话了。那么你妈怎样说呢？可曾给他钱没有呢？"

"我妈说，舅舅在两个多月前已借去了四十万元钱，这笔钱就算你爸谢媒的，不要他归还了。但舅舅不肯答应，还说路管路桥管桥，借的钱当然有日子会归还，何必拉扯在一起说话呢？照他意思，今天非再给他五十万不可。我妈没有办法，就答应他三十万，可是他还认为不满意。我听得有些冒火，所以不愿再听，就回到房中来了。"

小明告诉到这里，也大有愤愤的神色。芳卿想想觉得很有趣，这就忍不住好笑起来，暗暗说了一句："天下真有这一种死要钱的人。"小明说："这就是你说的穷凶极恶呀。"于是两人都笑了。这时，又听到费仁全的脚步声从客堂里走到院子外去，好像又在说，"再会，再会！"小明把窗户闭上了，低低地说道：

"大概给他满足了欲望，所以走了。芳卿，时候不早，我们睡吧。"

芳卿听他这睡吧一句话，粉脸又红晕起来，秋波逗了他一个媚眼，低了头，向床边走，却并没有回答。因为是夏天的晚上，所以大家身上是穿得非常单薄，小明把一件白竹布的短衫脱去，里面已经是赤膊的了。他先躺到床上去睡下，回眸见芳卿却拿了一柄蒲扇在床上帐子里连连挥扇赶蚊虫。小明因为自己和芳卿虽然已做了一星期的夫妻，但彼此却还没有享受过夫妻的权利。这是因为芳卿新丧父亲，每日以泪洗面，十分悲伤，因此小明要想快乐，也不敢表示出来了。今天晚上，小明似乎有些再不能抑制内心火样热情的爆发了，所以单等芳卿跳上床来、放下蚊帐的时候，他就把芳卿紧紧地抱住了，先轻声儿地笑道：

"芳卿，你真是太美丽了，此刻我们在床上了，这世界完全是我所有的了，那你总该给我吻一个痛快了。"

"小明哥，你别大声儿说话，不要让小娥躲在窗口外偷听了去，那可要难为情死了。"

芳卿被他搂在怀内，是柔顺得像一头驯服的绵羊。因为帐子外的桌上还亮了一盏暗弱的油灯，所以还能见到芳卿的粉脸是显出了娇羞万状的意态，这意态是妩媚到了极点，在小明的心头是更会激起了像酒一般浓厚的春情，他把芳卿两瓣红红的小嘴唇终于像发狂般地吻住了。芳卿想不到平日之间这样斯斯文文的小明，今天夜里会施展出这样野蛮粗暴的举动来，她感到吃惊，但是却又不敢挣扎，她那颗芳心是跳跃得厉害，几乎要从她口腔内跳出来了，同时全身每个细胞都感到紧张。她觉得自落娘胎以来，这十八年中还只有今夜第一次感到这样剧烈的心跳，不知怎么的，她全身会起了异样的变化。

小明这时的情绪也非常紧张，他的心跟芳卿跳得一样快速，更使他几乎有些气喘。他这时的感觉，嘴唇是甜蜜蜜的，鼻孔里闻到的是香喷喷的，胸部是软绵绵而又高耸耸的。他手指所接触的，尤其是光滑滑的，从可知芳卿皮肤的细腻，真可以说是滑如凝脂了。小明在爱极欲狂的当儿，他在青纱帐中偶然望到芳卿的粉脸，尤其在不大通明的光线之下，瞧到芳卿的表情是格外娇媚得可爱。她那弯弯的两条柳眉是颦颦地微蹙着，雪白的牙齿微微地咬着殷红的下嘴唇皮子，大有不堪忍受的样子。她的明眸有时候偷偷地瞟了小明一眼，但终于因为小明目不转睛地望着她，使她感到难为情，而只好又微微地闭起来。不过小明还见到她小嘴一掀一掀，这情形实在使人感到楚楚可怜的成分，小明情不自禁地附了她耳朵，低低地问道：

"芳卿，你感到害怕吗？"

"不。"

"但，你的心为什么跳得这样厉害？"

"你自己也一样。"

芳卿似乎比较老练一些了，微微睁开星眸来，斜乜了他一眼，嫣然地笑了。小明被她这样一说，果然也觉得自己的心也和她跳得一样快速，这就笑嘻嘻地说道：

"我活了这二十四年来，真正还只有第一次。"

"你这话，我难道不是第一次吗？"

"我是第一次，你是破题儿。亲爱的芳卿，你给我做了妻子，我的幸福真是太好了。从此以后，我要像珍珠宝贝一样地爱护你。"

芳卿听了，心头是得意极了，她甜蜜得颊上笑窝却没有平复过。但忽然她又想到了爸爸，觉得爸爸的死真是太快太悲痛了，一时忍不住又伤心起来，眼皮一红，泪水在眼角旁展现了。小明自然感到万分的惊异，这就急急地问道：

"芳卿，你怎么哭了呢？"

"我想到今天是爸爸的首七，所以我又非常难过。假使我爸爸还在世上做人的话，他见了我们这一对小夫妻，他心里是多么高兴呢！"

"不过，我们唯一安慰他老人家在天之灵的办法，就是努力做人，将来能够做出一个小天使来，那么你爸爸总算也有一半的后代了。"

小明在这场合之下，他只有用这些油滑的话去引逗她的高兴。果然芳卿听了，恨恨地啐了他一口，挂着眼泪水，也忍不住又嫣然笑了。小明的话倒是很灵验的，光阴一月两月地过去，芳卿的腹部竟然也一月一月地大起来。李大妈十分欢喜，说自己可以抱孙子了。不过在欢喜之中，她也有一些忧愁，这忧愁是七里溪的鱼不能让村中人随随便便地捕捉了，捕鱼的人非向县政府去纳税不可。而近来雨水又不落，因此溪水很浅，鱼不多，甚为难捕，但捐税又重，因此小明的进益没有像过去那么宽裕了。李大妈想到孩子生产下来之后，又得多一笔开销，所以忧愁的成分倒也不减于喜悦呢。

这已经是第二年的阳春三月天气了，芳卿的腹部是高耸耸地好像覆了一只米淘箩，屈指算来，分娩也就在这一个月里了。李大妈说现在捕鱼没有什么好处，要小明改行做别的生意，每天唠唠叨叨地怨恨着说闲话，没有像过去那么地疼爱他们了。芳卿有些听不下去，遂暗暗地对小明说：

"还是到镇上去托托朋友，有什么差事，随便弄一个来做做，也省得听母亲的冷言冷语。"

小明说："镇上有家南货字号，里面账房先生沈伯贤和他倒还相熟，要么去托托沈先生留心留心。"

芳卿听了，很是赞成，当下叫小明禀明了李大妈，立刻到镇上去找沈伯贤了。小明在镇上见了沈伯贤，说明了自己的来意，希望他介绍自己在南货店里做一个小职员。沈伯贤见小明穿了一件自由布的长衫，打扮得倒还清洁，兼之俊美的脸孔，觉得这样小伙子在店里做职员倒颇有一点儿生意眼。因为南货店的买卖都是女人生意，这和什么公司里用漂亮女职员招揽男子是一样的道理。沈伯贤在这样转念之下，当下就答应他去跟老板商量，叫他三天以后来听回音。小明觉得他肯帮忙去介绍，事情总有五成的希望，所以非常欢喜，向他再三地道谢，方才兴冲冲地走回家里来。

这几天正是放春假的日子，所以从镇上到七里溪去游春的一班青年男女倒也不在少数，有的还带着照相机，三五成群，一路上嘻嘻哈哈地十分活跃。这瞧在小明的眼里，觉得这种黄金时代，在自己已经是成为过去的了。自己如今是快要做孩子的爸爸了，负担是一年一年地重起来了。看了这班游人无忧无愁的样子，也徒然增加自己的羡慕和惆怅而已。小明正在暗暗地思忖，忽然间身后驶来两辆脚踏车，车上骑着的却是两个女学生模样的姑娘，一面努力地驾驶，一面还嘻嘻哈哈地笑着，好像是在比赛谁快谁慢的样子。小明恐怕被撞，所以把身子闪过一旁，是避让她们的意思。一辆脚踏车很快地驶过去了，后面一辆也跟着追驶上来，而且那个姑娘口里说着"我偏来追上你"，不料刚说完话，忽听她又"啊"的一声叫了起来。小明回眸一看，只见她连人带车一齐跌了下来，那自由车车身竟压在她的娇躯上，这姑娘痛得倒在地上，哪里还有动一动的能力呢？小明在这个情形之下，当然不能袖手旁观，遂很快地奔了上去，把自由车先扶了起来，急急说道：

"你跌痛了什么地方没有？"

"哎哟！哎哟！"

那姑娘只会痛得连声地哼着，却回答不出什么话来。当她两眼望到小明脸的时候，芳心暗想：倒是一个挺俊美的青年。这就向他点点头，秋波向他一瞟，低低地说道：

"谢谢你，扶我站一站吧。"

小明虽然觉得男女有别，很不好意思去扶她，但人家已经跌痛了，这还管得了什么呢？于是把她身子扶了起来，不料那姑娘把一手挽了他脖子，一面弯了腰肢大有站不直身子的神气。这时，前面那辆自由车上的女子似乎也已发觉后面发生了乱子，遂把车身倒驶了回来，口里还笑着叫道：

"杨花美，你怎么啦？真不中用，还想追我，谁知你竟在测量土地了！"

"断命你这小妮子，幸灾乐祸，人家跌得站都站不住，你倒还取笑我吗?"

那个杨花美的女子又恨又笑地白了她一眼,娇声地骂着她说。那另一个少女这时已跳下自由车,见花美偎着一个漂亮的青年,似乎很亲热的样子,一时瞟了他们一眼,抿了嘴儿,倒又好笑起来,低低地说道:

"花美,你把这位先生当作狗肉架子了,人家帮助了你,你竟索性完全靠着人家了。"

"张琰珠,你这人真是狗嘴里长不出象牙来,我脚踝头恐怕出了血哩,哪里还能站得住呢?"

"那么你就在地上坐一会儿好了,这样靠着人家,不是很吃力吗?"

"泥土地上多脏的,把衣服不要弄坏吗?先生,你贵姓大名,给我靠一会儿,我很感激你。"

小明见她们两人你一句我一句地争论着,一时倒叫自己红了脸不知说些什么才好,这时,又见那个姓杨的姑娘笑盈盈对自己这样说,因此只好连连说了两声"没有关系",并告诉着说道:

"我姓李,名字叫小明。小姐,你瞧瞧膝踝上真有跌出了血吗?也应该拿块帕儿包扎一下才好。"

"擦去了一些皮,还好,可是这双丝袜已经跌破。"

杨花美见他很多情地关怀自己,心里倒是荡漾了一下,遂低头看看自己的膝踝,微笑着回答。张琰珠在一旁不耐烦地说道:

"花美,你到底还能骑自由车不能?否则,你怎么回家去呢?"

"让我多站一会儿,我能骑的,你为什么这样性急呢?"

杨花美有些怨恨似的白了她一眼,低低地说,一面又向小明问道:

"李先生府上在哪儿?"

"就在七里溪后面的桃花村里。"

"桃花村,多美丽的一个村庄,本来我们得请李先生做个向导,去桃花村游玩一番风景，如今我跌伤了，不能再走远路了。李先生，我姓杨，名叫花美，改天到府上来拜望你吧。"

杨花美自说自话地说到这里，方才把挽着他脖子的手放了下来，神情是分外妩媚。小明听了，心头别别地跳着，红了脸，却不知回答什么才好，只把头微微一点，他就匆匆地向前走了。李小明回到家里，把沈伯贤答应自己三天以后去听回音的话向母亲和芳卿告诉了一遍。李大妈听了，脸上方才略有喜色，芳卿也暗暗庆幸，心里祈祷着上苍，但愿这次职业能够成功才好。

匆匆过了三天，李小明别了芳卿，便急急赶到镇上去找沈伯贤听回音。沈伯贤笑着说：

"你来得正好，老板要见见你的人呢。"

一面说，一面便陪了小明走进一家很高大的屋子里，里面有很大的一个晒谷场，朝南有五间楼房。沈伯贤引导小明走入堂屋，里面陈设得很考究，遂叫他坐下，他自己走进内书房里去，大约三分钟后，只见沈伯贤跟着一个五十多岁老年人含笑走出来。小明知道这个老者就是店主人了，于是不敢怠慢，就恭恭敬敬地先站起身子来相迎了。

60

第四回

怀春的姑娘生了春天的病

杨花美呆呆地望着李小明的身子被树蓬儿遮蔽了后，她兀是失魂落魄般地出神。张琰珠见了她这种情景，忍不住暗暗好笑，遂伸手在她肩胛上轻轻地一拍，用了俏皮的口吻笑着说道：

"人已走得不知去向了，还待在这儿干吗？你假使舍不得和他分离，那么你还是追上去再和他说几句体己的话吧。"

"我觉得这位李先生很老实可爱，脸红红的，比我们女人家还要怕难为情哩。这样的青年我倒是第一次碰见的。"

杨花美倒并没有因琰珠取笑她而感到娇嗔和羞涩，她回眸微微地一笑，好像还在回忆着小明那种温文而柔媚的意态，使自己感到醉心。张琰珠鼻子里哼了一声，却不以为然地表示，讽刺地说道：

"你也真是少见多怪，左不过是个乡曲罢了，有什么了不得呢？镇上好的人才也不知有多多少少，我也没有见你像今天这样痴恋过，难道你就爱上这个身穿自由布脚踏布底鞋的寿头麻子了吗？那倒是桩笑话哩！"

"你不要骂人家寿头麻子。常言道，佛要金装，人要衣装。假使给他穿起笔挺西服、锃亮皮鞋，镇上哪个男子及得来他的俊美呢？"

"哎哟，我骂了他一句寿头麻子，你就肉疼起来了。"

"断命鬼丫头，谁肉疼他呀？我不过是这么比方说一句罢了。好啦好啦，真倒霉，膝踝上还是怪痛的，我们还是回去吧。"

张琰珠一味地取笑她说，杨花美也由不得羞恼起来，颊上飞过了一阵红晕，娇嗔地骂着她，一面扶了自由车，一面向后推着走了。张琰珠却跨身骑上了车子，望了她一眼，笑问道：

"你预备这样推着回到镇上去吗？这也太吃力了。"

"我一时里怎么还能驾驶？也让我走一会儿活活筋络，才能骑呢。你若性急，那么你先回去好了。"

"是不是我走了，好让你一个人去找寻那位李先生吗？"

"烂舌根的，我不睬你！"

杨花美恨恨地赶上去，把手向她一扬，做个要打的姿势，但张琰珠把两脚一踏，自由车早已向前飞般地驶过去了，而且还回过头来，望着她嘻嘻地笑。花美知道她是笑自己追不上她的意思，心里很不服气，遂勉强地跨身骑上，也向前驾驶了。一个逃，一个追，在不知不觉中，两人早已回到了镇上。时候已经三点多了，花美说道：

"琰珠，你到我家再去玩一会儿吧。"

"不，这一阵子驾驶，累得我浑身是汗，我要回家去洗个浴，明天到你家来玩吧。"

"是不是你那个亲哥哥等着你呀？"

"呸，下作坯！胡说白道，你才要烂舌根的。"

"那么我们到一家春去吃碗排骨面，然后分手各自回家好吗？"

张琰珠红了脸，啐了他一口，恨恨地说。花美忍不住也笑了，随后又一本正经地向她征求同意。琰珠被她一提到吃点心，她的肚子也有些饿起来，遂点头说好，两人来到一家春面馆门口，把自由车用锁扣好。伙计认识她们是老主客，遂含笑招待入座，不用吩咐，就来了两碗排骨面。花美和琰珠正在稀里哗啦吃面的当儿，忽见外面步入一个西服青年，他见了琰珠和花美，便走了上来，笑着叫道：

"表妹，我找了你大半天，原来你和杨小姐在这儿吃面呢。"

"秦先生，对不起，是我约了你表妹出来游玩的。倒累你冷静了一下午，我请客，坐下来大家吃面吧。"

杨花美回眸望去，原来这个青年不是别人，就是琰珠的表哥秦履忠。他虽然是镇上的人，但皮肤很黑，而且粗糙，若和那个李先生相较，真有天壤之差别。琰珠说李先生是个乡曲，我说秦先生倒有些像印度阿三呢。可是各人的目光不同，在琰珠眼中看来，把她这位表哥却当作宝贝看待呢。花美一面想着，一面笑盈盈地对他招呼。履忠点点头，遂在桌旁也坐下来，他向伙计吩咐："再拿一碗排骨面。"一面向两人问道：

"你们在什么地方游玩呀？门口两辆自由车大概是你们的了。"

"我们到七里溪去游春，谁知在半路上杨小姐跌了一跤，所以我们又折回来了。"

琰珠笑着告诉他，一面伸手把履忠西服上那个小袋内插着的小手帕弄弄好。花美见了这情景，心头不免有些刺激，但表面上把秋波向他们一瞟，却嫣然地笑了。履忠望了花美一眼，"呀"了一声，问道：

"这可太煞风景了，杨小姐，跌痛了没有？"

"连丝袜都跌破了，痛得我几乎哭起来呢！"

花美蹙了眉尖儿回答，她把膝踝头摸了摸，似乎还有些隐隐作痛。琰珠扑哧地一笑，怪俏皮地说道：

"不过，总算还有些代价的。"

"丝袜跌破了，这是一种损失，怎么说还有代价呢？"

秦履忠不解其意的神气，莫名其妙地问。琰珠向花美瞟了一眼，笑嘻嘻地说道：

"丝袜虽然跌破，但她因此认识了一个很俊美的青年，杨小姐认为发现了新大陆，所以要跟他交朋友了呢。"

"哦，原来是这一回事，确实，那代价是太伟大了。"

"这妮子胡说白道的真叫人可恨。秦先生，你相信她的话，你才是一个大傻瓜。"

花美红晕了粉脸，恨恨地说，大家都忍不住笑起来了。吃完了面后，花美要摸钞票，但早已被履忠抢着付了账。花美不依道：

"今天讲好是我请客，你为什么偏要客气呢?"

"今天我请，明天你请我们，那也没有关系，无非是迟早问题而已。"

"花美，他已经付去了，你就别推来推去了，被人家见了，怪不好看的。"

琰珠也插嘴劝着说，花美只好把钞票又藏入钱袋内去，但心中却又在暗想：听琰珠的口吻，和她表哥完全好像是两夫妻的模样，可见他们的交谊不是普通可比的了。一时暗暗眼痒，心中这就更加念念不忘那个李小明了。

三人出了这家春面馆子，遂各道再会，分路走开。花美见他们俩影双双地远去，方才惆怅地回到家里来。婢女小翠见小姐回来，便倒上了一杯茶，低低地问道：

"小姐，这样早回家了吗? 在哪里游玩了一会儿?"

"不要说，真真倒霉，在半路上跌了一跤，所以不高兴去玩了。小翠，你快把红药水拿来。"

花美坐在床边，脱了皮鞋和丝袜，穿上了一双月白绣红花的拖鞋，向她懊恼地吩咐着说。小翠连忙拿过红药水，蹲了身子，用药水棉花给她敷红药水到膝踝上去，说道：

"在哪儿跌的? 皮也擦了哩!"

"在一条公路上，连丝袜都跌破了，擦去些皮还算运气呢。小翠，我热得很，你去拿水来，我要洗个澡。"

"还只三月天气，洗澡不太早么? 当心受凉，要伤风的。我想小姐是刚走到家的缘故，过一会儿就不热了。"

小翠倒是一番好意，但花美却不以为然，还说她贪懒，不肯多做一些事儿。小翠只好给她去拿浴盆和热水，放在房中，又给她拉上房内的窗帘布，然后掩上房门悄悄地退到外面去了。花美待小翠

64

走后，她便脱了旗袍，里面穿的是一件粉红小纺的衬衫，再把衬衫脱去，那便只留一件月白色绝薄的丝衫了。花美对了着衣镜照了照，在镜内望到自己这一副肉感的情态，脸上不由含了一丝笑容，忍不住也欢喜起来。酥胸是又白又嫩，乳峰高高的，像两只奶油面包，在丝衫内还可以隐约地见到紫葡萄那么的两颗鸡头肉。再看到她的下身，是只穿了一条三角裤，这裤的料子也因为是丝质的缘故，所以发现到中间有黑黑的一堆。在花美的心中，好像只有她一个人具有这样肉的引诱，所以她很骄傲地转着腰肢，觉得自己的美一定可以疯狂无数的青年。假使我要爱上了这个姓李的小伙子，那么他当然就是我怀抱里的人了。

杨花美一面洗浴，一面胡思乱想地只管想着男女之间神秘的事情。在这春天的季节，所以使她想得更加春情横溢，大有昏昏沉沉的样子，遂急急地洗好了身子，穿好了衣服，开门出来，叫小翠倒去了洗浴水，她自己便走到母亲房中谈天去了。

晚上，花美一个人坐在房中，在油灯下看了一会儿《红楼梦》小说，当看到贾琏白昼戏熙凤的一回书时候，她真有些情不自禁起来，暗想：熙凤在大观园里也是数一数二的人物，她的风流真叫自己佩服。假使我也像她一样地跟宝玉玩玩，又跟贾蓉闹闹，再和自己的丈夫应酬应酬，那做人真是太有意思了。花美胡思乱想地想了一会儿，她放下书本，吹熄了灯火，也就脱衣安寝了。

杨花美虽然是睡着了，但她却是做起梦来。梦中她也在看《红楼梦》，好像给她发现贾琏和熙凤在房中嘻嘻哈哈的一幕。她有些心跳，更有些气喘。忽然间，她觉得自己又在洗浴了，但房外却走进一个男子来，笑嘻嘻地走到自己身旁，竟动手动脚地来搂抱自己。花美见那男子似乎印象中他就是贾琏，这就急急地说道：

"琏二爷，你可别胡闹，谁不知熙凤这丫头是个醋罐子，假使给她知道了，那还当了得吗？"

听那男子却嘻嘻笑道：

"你弄错了，瞧瞧我到底是谁呢？"

花美听了，慌忙向他定睛一看，不觉惊喜万分地叫起来，说道："啊呀！你你……不是李小明吗？你怎么知道我住在这里呀？"

只见李小明并不作答，竟抱着自己身子走到床边去了。花美心头是跳跃得像小鹿般地乱撞，她瞥眼见到小明的身子也是一丝不挂的了，而且紧紧地搂住了自己，把自己小嘴儿发狂似的吻了一个够。花美被他吻得透不过气来，忍不住叫了一声"啊呀！"经她这一声叫喊，谁知道竟是醒过来了。花美醒了过来，伸手揉揉眼皮，向四周张望，哪里有什么李小明的人？眼前黑漆漆的，时钟当当地正敲了三点，原来是做了一个梦。但自己心头仍旧跳跃得很厉害，同时热情也非常膨胀。她恍惚地好像见到床前还站了一个赤裸裸男子的身影，一时全身仿佛冷水浇头，由不得暗暗地害怕起来了，心中想道：我曾经听人家说过，在梦中做到这种事情，往往容易生邪病的，难道魔鬼也缠到我的身上来了？花美这样想着，遂忍熬不住连连叫了两声小翠。小翠原是睡在外面一间的，被小姐喊醒之后，心头倒是吃了一惊，遂连忙问道：

"小姐，你叫我有什么事情吗？"

"你过来，睡到我的床上来，我心里感到害怕呢！"

小翠听小姐说害怕，一时也不知道为什么缘故，她还是一个十七岁的女孩子，所以立刻也害怕起来，慌忙跳下床来，匆匆走到小姐的床边，急急问道：

"小姐，你为什么害怕？听见响声吗？是不是有贼进来偷东西呀？"

"不是不是，你且睡到被窝里，我慢慢地告诉你。"

花美把被掀开，小翠就睡进她的被窝里去了，觉得小姐的被究竟比自己睡的那条要软绵得多，而且还有些香喷喷的气味，真是非常适意，遂忍不住笑道：

"小姐，你一个人睡太冷静，所以叫我暂时来做你的姑爷吗？"

"小丫头，你敢取笑我，我可打你。"

花美被她竟是说到心眼儿里去了，一时恨恨地骂她说。虽然她口里说要打她，然而事实上却反把她紧紧地抱住了。小翠有些肉痒，忍不住哧哧地笑。花美两手摸着她的胸部，倒也颇觉肉感，一时很有兴趣地说道：

"假使我是一个男子，那多好呢。"

"你是男子的话，我还会睡到你的被窝里来吗？小姐，你到底为了什么事情害怕呢？你现在可以告诉我了。"

小翠躲在她的怀内，笑盈盈地说，接着又向她一本正经地问。花美不好意思把实情相告，只好圆了一个谎，说道：

"我刚才做了一个梦，梦见一个妖怪，生得红眼睛、绿头发，牙齿有一尺多长，朝我身上压下来，我心中一急，就醒了过来，吓得浑身都是冷汗。虽然是一个梦，但我越想越怕，所以叫你来陪伴我了。"

"小姐，你真是还像小孩子一样，做梦算得了什么稀奇？那也用得到害怕吗？我还以为有什么响动来了小贼哩！"

小翠这才放了一块大石似的安心下来，一面说，一面却又呼呼地酣睡了。花美却不能合眼入睡，她两手顽皮地在小翠身上活跃着，心中暗暗想道：假使小翠换了一个李小明的话，那我是多么快乐呢！一个怀春的女子，当然越想越苦闷的，所以虽然搂抱了小翠的身子，这好比画饼难以充饥，因此眼睁睁地瞧着东方发白，才觉得人疲神倦，遂沉沉地入睡了。等她这回醒来，时已十点多了，小翠早已起身，不在自己的身旁了。花美要想起身，却觉得软绵绵地没有气力。正在这时，小翠悄悄地进房，一见花美醒着，遂低低笑道：

"小姐，快起来吧，时候不早了呢。再过一会儿，就要吃午饭了。"

"小翠，我有些头晕，你倒摸摸我的额角，有没有热度？"

花美皱了眉尖儿，似乎很不舒服地回答。小翠遂伸手按到她的额角上去，却觉并没有什么热度，遂摇头说道：

"没有十分烫手呀，怎么小姐感到不舒服吗？"

"嗯，我懒得起床，你让我躺着吧。"

"那么你早晨要吃些什么呢？水浦鸡蛋好吗？"

"我也不饿什么，胸口有些闷闷地难过，吃了东西会更不好过的。"

"那么我去拿盆洗脸水来给你洗个面吧。"

小翠说着，遂到外面去端了一盆面水来，给花美洗脸漱口完毕，便匆匆地又拿到房外去。午饭时候，杨太太得知了消息，亲自到女儿房中来探望，问长问短地向女儿问了一会儿。但花美微闭了眼睛，却只管摇头，没有作答。杨太太是上了年纪的人，她是见多识广，觉得女儿这个病生得有些异样，心中不免暗暗地猜疑起来，遂拉了小翠到房外来，悄悄地问道：

"小翠，你知道小姐心中到底有什么心事吗？"

"太太，我不知道呀。看她平日无忧无虑，总是那么高高兴兴的，她又有什么心事呢？"

小翠目定口呆的样子，摇摇头回答。杨太太沉吟了一会儿，又低低问道：

"她在外面有没有男朋友，你知道吗？"

"有几个都是学校里同学，我看小姐对他们也都没有什么好感的印象，因为这些同学一个都不是俊美的人才。"

杨太太见问不出什么头绪，遂闷闷不乐地回到上房来。这样过了一天，到第二日上午，杨太太叫小翠到来，又低低问道：

"小姐昨夜睡得安静吗？"

"小姐一个人睡有些害怕，叫我陪伴她睡，可是翻来覆去地睡不着。今天早晨，我起身了，她却又睡着了，此刻还没有醒哩。"

杨太太听了，暗想：既没有头痛发热，怎么赖在床上茶饭不思地不肯起身呢？那还不是害了相思病吗？但她不知道想的是什么人，叫我真没有办法了，一时皱了眉头，忍不住深长地叹了一口气。正在这时，听仆妇王妈在外面叫道：

"张小姐，您来望我们小姐吗？小姐生着病哩。"

"张小姐不是花美的好朋友吗？你快去请她进来吧。"

杨太太灵机一动，遂向小翠急急地吩咐着说。小翠一点头，遂匆匆地走出去了，不多一会儿，小翠带了张琰珠走进上房来，琰珠含笑叫了一声伯母，说道：

"听说花美姊生了病吗？不知大夫可曾看过没有？"

"张小姐，你请坐下，我有话要好好儿地问你。"

琰珠见她拉了自己的手，一同在床边坐下，认乎其真地问，因为不知是怎么一回事，所以倒是怔怔地愕住了一会子。小翠倒上了两杯茶，悄悄地站在旁边。杨太太方才低声说道：

"说起花美的病，我真觉得有些奇怪，头不痛、身不热，但精神却一些也没有。一天到晚睡在床上，饭也不想，茶也不喝，闷闷沉沉的样子，好像是患了什么心病的样子。我细细地问她，她却又三不应四不响，仿佛有难以告人之隐的神气。我想你和花美是好朋友，平日一定是很接近的，她有什么秘密，当然也瞒不过你，所以我来请问你，花美到底有什么心事？你能告诉我一些听听吗？"

琰珠听杨太太絮絮地说出了这一大篇的话，一时由不得蹙了眉尖，暗暗地沉吟了一会儿。忽然想到了前天的事情，她不由"哦"了一声，正欲告诉，但转念一想，我倒不能冒昧胡猜，还是让我去问过了花美再作道理吧。于是转了转乌圆眸珠，低低说道：

"伯母，我和花美姊虽然常在一起，但她向来是个乐天派，我也从来没有见她有什么心事的。不过照伯母说来，她这次的病未免有些奇怪，那么让我细细地去探问她一下，也许她在我面前会把心事说出来的，那时候我再来告诉伯母吧。"

"好的好的，张小姐，这可要费心您了。"

"哪儿话呢？伯母，您也太客气了。"

琰珠一面笑嘻嘻地说，一面便匆匆地走到花美卧房内来。花美在床上听到脚步声，遂叫了两声小翠。琰珠走近床边坐下，望了她一眼，笑道：

"花美姊，怎么一天不见，你就生起病来了？"

"我道是小翠，原来是你，对不起，弄口开水我喝。"

花美向她点点头，红着脸向她央求地说。琰珠一面给她倒茶，一面伸手摸着她的额角，奇怪地笑道：

"你又没有热度，到底生什么病？这样春光明媚的好天气，赖在床上装生病，那也太没有意思了。"

"唉，人家全身怪不舒服的，你还是那么开玩笑地把我当作假装生病，那你真是枉为做了我的好朋友了。"

花美有些怨恨的表情，秋波白了她一眼，凄凉的口吻叹了一口气说。凭她这两句话，聪明的琰珠就觉得她是言在意外，可见自己刚才的猜测十有八九的了，于是故意又兜了圈子，低低地问道：

"你到底有什么不舒服？我见你好像有心事似的，难道你和伯母赌了气吗？我想你一定被爸妈骂过了。"

"我爸妈一共也只有我一个女儿，他们把我当作掌上明珠那么疼爱，如何会责骂我呢？你不要胡猜吧。"

琰珠听了，想了一会儿，故意又猜了三四桩别的事情，花美却只管摇头。琰珠忽然把手一拍，叫了一声"是了"，说道：

"花美姊，你是不是为了这个李先生而病的呢？这回我可猜得没有错的了。"

花美猛可被她说到心眼儿上去，一时粉颊更像玫瑰花朵般地娇艳起来，向她啐了一口，却把身子别向床里去了。琰珠伸手去扳她肩胛，扑哧地笑道：

"你是一个最开通的姑娘，这回倒又怕起难为情来了。老实说，为了这个事，你也犯不着生病，快，马上起来，我此刻就和你一同去找他好了。这种乡村里的男子，像你那么千金小姐肯去爱上他，还不是他前世修来的好福气吗？"

"你不要高声地乱嚷呀！被别人听见了，叫我怎么好意思呢？你叫我此刻跟你一同去找他，那也亏你说得出的。"

花美说到后面，秋波斜乜了她一眼，也由不得抿了嘴儿笑起来了。琰珠见她竟然是没有病一样地有说有笑了，一时暗暗地感到有趣，遂又劝慰了她一番，方才告别出房去了。这里花美经过琰珠一番劝告之后，她心中暗暗想道：我这人真的也太傻了，为什么要恹恹地病起来呢？既然我是爱着李小明，那我尽管可以去找他呀。常言道：男想女，隔座山；女想男，隔层板。何况我是一个有色相、有金钱的年轻姑娘，不要说是一个李小明，就是我要看中一个才貌双全的大学生，那也不算是一件困难的事情呀。花美在这样转念之下，她的精神便爽朗了许多，于是静静地合了一会儿眼睛养神。中午吃饭也很有滋味了，她在下午很想起床来走动走动，但恐怕被人家笑她病好得太快，所以只好在床上又静静地睡了一会儿。直到黄昏的时候，忽然见杨太太笑嘻嘻地走进房来，她在花美床边坐下了，喜悦地说道：

"想不到天下真有这样凑巧事情的，那也可说是天从人愿的了，花美，我告诉你一个好消息，保险你会高兴得笑出声音来哩！"

"妈，是什么好消息？爸爸又发了一票大财了吗？"

"不，是关于你婚姻的事情。"

杨太太摇摇头，满面堆现了喜悦的笑。花美粉脸立刻通红了起来，望着母亲，呆呆地愕住了。杨太太接下去说道：

"孩子，我听张小姐说，你不是爱上了一个姓李名叫小明的青年吗？我正预备设法成全你愿望的时候，谁知你爸爸从店里回家了。他告诉我，说账房沈伯贤要介绍一个伙计，到我们店里来工作，我问他叫什么名字，家住哪里，人生得怎么样，不知靠得住吗？你爸爸说，听沈先生告诉，他姓李名叫小明，家住七里溪桃花村，年纪很轻，人品很不错，脸很清秀，倒是老成可靠的。当时我听你爸爸说的李小明，竟和张小姐告诉我的李小明完全相同，我由不得暗暗惊奇万分，遂把你为了他而生病的话向你爸爸告诉……"

花美听到这里，一颗芳心也是又惊又喜，同时又觉十分羞涩，遂把秋波向母亲逗了一个娇嗔，低低地说道：

"妈，你怎么自说自话的呢？我几时为他生了病？爸爸知道了，他老人家不是会说我不知廉耻吗？"

"孩子，你别担心呀，爸爸是多么疼爱你，他不但没有责怪你，而且还十分同情你。他说一个女孩儿家年纪大了，照理原应该结婚了，都只为我们膝下没有三男四女，只有你一个独生女儿，所以你在今年已二十岁的年纪，还给你耽误着青春，说来倒是我们做父母的不应该了。"

"妈，你骗我，爸爸不会说这些话的。"

花美大有娇羞万状的意态，妩媚地一笑，抱着被角，靸靸然似信不信地回答。杨太太也笑了起来，说道：

"我骗你干吗？这是真实的话，你爸爸的意思，回头跟沈先生去说，叫他明天把李小明带到家里来，让你仔细认一认清楚，是不是这一个李小明。假使就是他，那么你爸爸就预备跟他开谈判了。"

"开什么谈判呢？"

花美怔怔地听到这里，芳心有些忐忑地跳跃着，她有些迫不及待地追问着说。杨太太拉了女儿的手，很得意地说道：

"你爸爸预备这样对他说，不但愿意给他在我们店里工作，而且还愿意把他在我家里做了入赘女婿。假使他肯的话，便马上给你们成亲，这样你固然是称了心愿，就是我们也不会感到孤零零的凄凉了。孩子，你说这样不是很两全其美吗？"

杨太太这些话听到花美的耳朵里，她心头真有说不出的安慰和甜蜜，虽然她有些羞涩地把粉脸别转去了，但她嘴角旁是暗暗地在微笑了。她觉得梦中的事情不久就可以实实在在地享受到了，一个挺结实强壮的身躯在她脑海里呈现着，她把被抱得紧紧的，好像全身感到一阵说不出的愉快。

又是过了一天的早晨了，杨太太和她丈夫杨志彬在上房里等候着李小明的到来。直到十点敲过，方见沈伯贤含笑进来，说李小明已经带到了。杨志彬遂对杨太太丢个眼色，杨太太点头表示会意，这里志彬跟着沈伯贤遂走到客堂里来了。李小明当时很有礼貌地站起身子，沈伯贤就给他们互相介绍了，小明很恭敬地又鞠了一个躬，低低叫声杨老板。志彬见他生得眉清目秀，唇红齿白，虽然是布衣布鞋，却也显得一表人才，分外俊美，一时暗暗欢喜，连忙把手一摆，说道：

"李先生，请坐请坐。"

随了志彬这两句话，大家便又坐了下来，仆妇倒上了茶，悄悄地退下。正在这时，小翠出来，请老爷入内，说太太有话相告。志彬听了，连忙匆匆进内，只见杨太太笑道：

"刚才我叫女儿出来偷看过了，就是他，正是他，你快去跟他说吧。我恐怕你没有把握，所以叫你进来关照你一声。"

"太太，女儿好眼力，果然是个漂亮的人物哩！"

志彬也忍不住笑嘻嘻地说。杨太太又连催快出去招待吧，别多说废话了，志彬方才兴冲冲地又走出客堂来，含笑问道：

"李先生今年贵庚多少呀？"

"很惭愧的，虚度二十五岁了。"

李小明口里低低回答，心头跳得剧烈，而且两颊也微赤起来。原来他怕志彬考试他的学问，所以非常着急。但志彬却暗暗盘算着想，比花美长五岁，倒是很相称的一对，于是又笑嘻嘻说道：

"李先生少年老成，我非常欢喜，所以我愿意你在我店里工作，将来成绩一定不会坏的。"

"杨老板这样抬举我，真叫小子太以感激了。"

李小明听他这样一口答应下来，心中立刻大喜，慌忙站起身子，向他又深深地一鞠躬，表示感谢的意思。志彬忙又说道：

"慢来，慢来，我还有一件事情要跟你商量，不知李先生心中的意下如何？"

"杨老板，你也太客气了，这用得到说'商量'两个字吗？只要您老人家吩咐一句，小子能力及得到，自当效劳。"

李小明表示不敢承当的样子，很奉承地回答。沈伯贤坐在旁边，听老板这样说，一时也很惊异，虽不开口插嘴，却怔怔地出神着。杨志彬沉吟着微笑了一会儿，方才徐徐地说道：

"我膝下只有一个女儿，今年二十岁了，品貌还算不错，李先生恐怕亦已经看见过了。就是那天路上踏自由车跌跤的那个姑娘，不是幸亏李先生救助她的吗？我的意思很想把女儿配给你，因为我没有儿子，所以希望你给我做个半子之靠。假使承蒙答应，我就马上给你在这里成亲，就是我将来所有的家产，也属于你所有的了。不知道李先生愿意做我的女婿吗？"

杨老板突然会说出这一番话，那不但李小明出乎意料之外，就是沈伯贤也觉得这是做梦也想不到的事情，一时倒代为小明很高兴，暗想：这小子竟交着桃花运了。不过事情完全靠我介绍之力，我将来非得问他要些好处不可哩！一面想，一面把两眼掠到小明的脸上。谁知小明连耳根子都涨得血红了，额角上还冒着汗水，却泥塑木雕一般地愣住着没有作答。伯贤暗想：大概他怕难为情吧。于是代为说道：

"老板，你这样看得起他，真是他的造化来了，老实说，那真是求之不得的事情，他如何还有不答应的道理呢？小明，你不要怕难为情，快向老板跪下来叩头吧！"

"不，我……不能。"

"什么？小明，你疯了吗？老板的小姐，真所谓是金枝玉叶，她肯嫁给你做妻子，你真是在前世敲碎了十七八只木鱼才修得来的福气呢！谁知你还不能，那你……你……不是在发神经病了吗？"

小明听沈先生自说自话地代替自己答应下来，心中一急，方才

74

回答了这"不能"两个字。但这话听到志彬和伯贤的耳里,两人也同样地感到吃惊。伯贤见老板变了颜色,显然是有些恼怒的颜色,这就向小明先瞪了一眼,声色俱厉地把他教训了一顿。小明的汗水像黄豆那么大地冒上来,他取了手帕,连连擦着,一面急急地说道:

"沈先生,你……你……不知道,老板这样抬爱我,我当然感激万分。但是,我……不能欺骗老板,因……为我家中已娶了妻子,而且妻子快要分娩了。你们想,老板这一份美意,我怎么能接受呢?"

"哦哦,原来李先生家中已有妻子了吗?"

"是的,所以我希望老板原谅我才好。"

杨志彬这才恍然大悟,不免"哦"了两声,他的脸色又缓和下来,暗想:这也怪不了人家。因此反而觉得这孩子诚实可爱,但想到婚事不成,他忍不住又深长地叹了一口气。小明愁眉苦脸的样子,也低低地向他求饶恕。原来小明是怕婚事不成,会连累职业也成泡影的,所以他表示无可奈何的神情,希望仍旧能够在他们店里工作。沈伯贤也默然了一会儿,方才奇怪地问道:

"你几时结婚的?我却没有听你说起过呀。就是你的舅舅,他常常到镇上来游玩,也没有跟我提起你已结婚的事情呀。"

"我在去年夏天里结婚的,不过我们乡下人结婚都是很简单的,并不过事铺张,所以很少有人知道的。"

小明说完了这两句话之后,大家都默然了一会儿,因此室内的空气就显得很沉寂。就在这时候,杨太太忧形于色地走出来,她附了志彬耳朵,低低地说了一阵。志彬叹了一口气,搓搓手,好像有些为难的样子,沉吟了一会儿,方才低低说了两声"你说吧"。杨太太为了疼爱女儿心切,遂硬着头皮向小明说道:

"李先生,这些话我本来不该说,但事到如今真没有办法,因为我女儿对你很痴心,所以我只好冒昧地跟你说出来。乡下女子大都没有什么知识的,见了钱,一定就会欢喜的。所以我想请你回家去跟妻子离婚，她要多少钱我们都肯依顺她，反正她有了钱，不是另外可以再去嫁一个种田的乡下人吗？李先生，你也要为你自己前途着想，假使你答应了我，不但身拥娇妻，将来还可以承受我们产业做老板哩，那在你不是一件终身幸福的事情吗？”

“杨太太这办法太好了，小明，你快些答应吧！我觉得你真是交了红运，杨老板肯这样委曲求全地向你商量，你实在太幸福了。杨太太，没有什么问题，保险在我的身上，小明就做你家的入赘女婿好了。”

沈伯贤一心想在小明身上借此可以得一些好处，所以他听了杨太太的话，当下不待小明开口，就又很兴奋的样子代替回答了。李小明虽然是个没有受过高等教育的捕鱼郎，但他心田纯厚，思想高尚，倒绝对不是见钱眼开、负恩忘义、爱不专一的薄幸青年，所以听了杨太太的话，心头便开始起了强烈的反感，暗暗想道：你们把乡下女子也看得太以低贱了，有钱可以压迫穷人吗？什么离婚？什么再可以叫她另外嫁人？这简直是放屁极了！正欲向他们加以拒绝，不料沈伯贤莫名其妙地代替自己答应了，因此非常愤怒，觉得在这情形之下，断断没有商量的余地，遂严肃地说道：

“不，不，你们这些话完全说错了。我和我的妻子不但堂堂正正地拜过天地结过婚，而且彼此感情融洽，不瞒你们说，我们真是无限恩爱，我岂能为了贪图个人的幸福而做出这等出卖良心的事情来呢？所以你们这个要求，对不起得很，无论如何也办不到的。我想小姐是个闺阁千金，镇上不乏有才貌的公子哥儿，何必要看中我一个穷苦的小子？那为小姐身份着想，也太以不犯着了，所以我希望你们再三地考虑一下，切不要弄得双方都发生痛苦才好。”

“什么什么？你这小子简直是太不中抬举了，我问你，你的生意究竟要做不要做？”

李小明这一番话听到杨志彬夫妇的耳里，不禁面面相觑，倒是怔怔地愣住了。但沈伯贤却自以为是小明的介绍人，他老气横秋的样子，向他大声地责问。小明平日是那么懦弱，但此刻也刚强起来，猛可站起身子，铁青了面孔，冷笑了一声，说道：

"你这是什么话？我有气力找工作做，你难道就拿这些来要挟我吗？那你想也不要想，头可断、血可流，就是饿死，也得清清白白，我若把我身子出卖来换这一口饭吃，那是万万不能。对不起，我情愿不做生意，我情愿回家去饿肚子吧！"

李小明鼓足了勇气，大声地回答了这几句话，他恨恨地把脚一顿，便头也不回地向大门外直奔了。可怜小明到镇上来的时候，内心是怀了火样热的希望，此刻踏上归家的途中，他是感到分外惆怅，望着这四周春天的景色，虽然是这么热情温和，但他感觉上好像是踏着荒冢一样悲凉，忍不住深深地叹了一口气。他心中暗暗奇怪着这个姓杨的小姐，不知是什么意思，就单单凭了那天在路上一面之缘，她竟会要想嫁给我了，这不是有些神秘得稀奇吗？况且我又不是一个有钱人家的少爷，说句可怜的话，连小学都不曾毕业呢，这种没有知识的穷小子，怎么能配有钱人家的小姐呢？再说我根本已经有了爱妻，而且快要做孩子的爸爸了。我正要好好儿负起责任来，我怎么反而能把妻儿抛掉吗？这我的良心除非被狗吃掉了。李小明想到这里，他把刚才杨家所遇到的事情抛过一旁，只当他是做了一个梦，不再去想它了。可是在他脑海里接着浮上了另一个的问题，就是自己回家之后，在母亲那儿怎么交代呢？她若知道我生意找不成功，不是又要啰啰唆唆地埋怨我不中用了吗？想到这里，愁眉苦脸地忍不住又接连地叹气不止了。黯然神伤地回到家里，已经是午后一点半了。家里已吃过了饭，芳卿见他面色很不好，心头已是暗暗地吃惊。李大妈板起了面孔，恶狠狠的样子问道：

"怎么？生意可曾成功了没有？"

"没有……"

李小明惨淡了神情，摇头回答。他的脸相当通红，额角上冒着珍珠般的汗水。芳卿看了，很可怜他，拧了一把面巾给他揩汗，一面柔软地问他说道：

"你还没有吃过午饭吧？"

"哼！生意找不到，还吃什么饭？"

李大妈冷笑了一声，睁了三角眼回答。芳卿、小明听了，不由倒抽了一口冷气，脸都显了灰白的颜色。倒是小娥在旁边听了有些不入耳朵，遂直接地抢白着说道：

"妈，你这是什么话？生意也不是哥哥喜欢找不到，这年头儿找生意本来很不容易，慢慢地找寻，将来总有机会的。嫂嫂名下的田也不少，眼前一口苦饭总有的吃的，你性急什么呢？"

"你这小妮子真是在放屁，什么嫂嫂名下的田？她爸爸死后一切的费用都是我拿出来的，这田还能算是她名下的么？"

李大妈瞪了女儿一眼，一面骂，一面又把眼睛白到芳卿的身上去。芳卿低了头，不敢作声。小娥却不服气，偏回嘴说道：

"算了吧！这种话在我面前少说！妈，哥可从前捕鱼也赚过钱的，你也放些良心出来，我这人欢喜顾全大家的面子，否则，我就什么都会说出来的。"

"瞧你这话，幸亏没有外人在这，否则，总以为我做晚娘有两条心，养你这种女儿，也算我倒霉哩！"

小娥这几句言在意外的话，大有向母亲做个警告的意思。李大妈到底有些心虚，虽然有无限怨恨，但表面上也只好软化下来。小娥听了，却仍旧不肯放松地说道：

"你明明有两条心，还说没有呢！哥哥来来去去跑得满头大汗，照理应该说几句安慰他的话才是，不料你却说生意找不到还吃什么饭，你难道预备把哥哥饿死吗？你也瞧瞧时候快近两点钟了，明天你倒也不吃饭，看你叫饿不叫饿？"

"好，好，你这小婊子竟来教训我了，我不过是这么说一句，难道真的叫他不吃饭吗？"

"我是小婊子，但有了小婊子，总有老婊子的，你骂我没有关系，横竖大家都做婊子。"

李大妈听女儿这样说，气得红了脸，但却是满腔愤怒发作不出来，只好把脚一顿，一面唠唠叨叨地骂，一面回到房中去了。小娥却匆匆到厨房内去盛出饭菜来放在桌上，叫哥哥快吃。小明心中所受到的刺激太深了，他只觉无限悲酸，因此忍不住滚滚地落下眼泪来。芳卿被他一哭，一时也泪珠滚落在颊上。小娥也含泪说道：

"哥哥，你不要难过，快吃饭吧！"

"我吃不下。"

小明低低地说，把手帕拭去了泪水。芳卿也温情地说道：

"你多少吃一点儿，饿坏了身子，可怎么办呢？"

"哥哥，嫂嫂的话不错，你就吃一点儿吧。要知道爸爸是只有你这一点子骨血，你有一错二错的话，我们女孩儿家还做什么人呢？"

"妹妹，你太好了，我生生死死不会忘记你这样深厚的手足之情，只怪我做哥哥的没有能力，把你们害苦了。"

小明听妹妹泪眼盈盈地说出了这两句话，他心中是感动到了极点，紧紧地握住了小娥的手，几乎失声欲泣起来。小娥也泣道：

"哥哥，你说这话，叫我听了更加心痛万分。想我三岁没有了爸爸，哥哥那时还只有十一岁，害得你没有受高深教育，一个才十一岁的孩子，就捕鱼来养活我们，所以哥哥是为我们而丢送前途的。母亲现在还这样对待你，我觉得她老人家真是太没有良心了！"

"妹妹，你不要这样说，母亲听了会生气的。"

小明慌忙摇摇手，阻止她不要再说这些话。小娥遂不再说什么，但却是鼓着小腮子，恨恨地哼了一声。芳卿又暗暗地劝小明快吃饭，小明遂吃了一碗，芳卿、小娥再三叫他添饭，他才又吃了半碗。

这天晚上，小明和芳卿睡在床上，两口子在白天里受李大妈的怨气，此刻却会忘记得一干二净了。小明顽皮地摸着爱妻腹部，笑嘻嘻地说道：

"芳卿，我想想真觉得稀奇，在一年前你的肚子是平平的，谁知我们做了夫妻之后，你的肚子便会高大起来，这不是神秘得有趣吗?”

“别说痴话了，不怕难为情吗?”

芳卿赧赧然地一笑，手指划在脸上羞他。小明却去吻她嘴，脉脉含情地温存她。芳卿过了一会儿，便轻轻地推开他，低低地说道：

“小明哥，你不要太顽皮，我们谈正经的。早晨你到镇上去找沈伯贤先生，他跟你怎么说呢？前天好好答应帮忙你，怎么今天就回绝了呢?”

小明被她这样一问，心头就感到有些痛苦，他觉得自己假使把实在情形告诉了芳卿，芳卿一定会很难过地伤心起来，所以他支吾了一会儿，方才轻轻叹口气，说道：

“其实他也没有办法，因为老板要节省开支，不肯多用伙计，所以他只好回绝我了。芳卿，我明天还是仍旧去捕鱼吧，免得母亲又唠唠叨叨地说闲话。”

“也好，你母亲真的太没有良心了，并非我背后说她坏话，她实在不该这样对付我们的。老实说，我爸爸的田地房产不是都交到她的手里去了吗？她竟这样不知足，还讨厌我们吃一口饭哩。倒是小娥姑娘真好，这样好良心的姑娘，世界上真也少有的，我心里真感激她。要不是她常常给我们抱不平，恐怕你妈更有一副恶手段对付我们哩。”

芳卿点点头，附了他耳朵低低地说，她噘着小嘴儿，显然内心有说不出的怨恨。小明听了，觉得非常对不起她，遂黯然说道：

“你今天吃这个苦，是我害了你的，早知母亲这样黑心，我就绝不跟你结婚了。现在她占了你所有的财产，还这样地苛待你，我真觉得对你抱歉。”

“不，小明哥，你不要这样说，我为了爱你，我一切都不叫冤枉。想我们年纪正轻，只要我们努力上进，那么我们一定有甜蜜的日子。”

芳卿见小明又落眼泪了，遂把娇躯偎上去，用小舌尖儿去舔他颊上的泪珠，含了妩媚的娇笑，向他低低地安慰。小明是感动得没有什么话再可以来形容了，遂吻着她香颊，说道：

"芳卿，你真是我的灵魂，我到死都是爱你的。"

"嗯！你为什么要说死呢？我不许你说死。小明哥，我们还是来说些快乐的话，你知道我这肚子里的小宝宝是男的还是女的？"

芳卿真是可人，她撒娇地"嗯"了一声，把小嘴儿凑到小明的唇上，是不许他再说不吉利话的意思。小明把肚子摸了一会儿，却笑嘻嘻果然忘记了悲哀，低低地说道：

"我相信，那一定是个男孩子。"

"可是万一生下来的是个女孩子呢？我想一般人大都是重男轻女的，那你心中一定会不高兴了，是不是？"

芳卿听他这样说，有些黯然的表情，向他轻轻地问。小明知道她的意思，遂慌忙连连摇头，抱着她娇躯，笑嘻嘻安慰他说道：

"不，不，其实我并没有重男轻女的存心，男孩子也好，女孩子也好，我都喜欢。假使养一个像他爸爸那么不中用的儿子，我倒情愿你养一个像她娘那么美丽的女儿呢！"

"哎，你这话靠得住吗？"

"为什么靠不住？我绝对没有跟你说半句虚伪的话。"

"小明哥，你真是我的好丈夫，不过我心里希望养下来的最好还是一个男孩子，那么婆婆心里也许会高兴一些。"

小明含笑点点头，两小口子搂抱着接了一个亲热的热吻，方才各自闭上眼睛沉沉地睡着了。从此以后，小明天天又到七里溪去捕鱼。虽然鱼不多，他也不敢一日间断地工作着。这是过了五天后的一个下午，小明正从七里溪捕鱼回家，在芳卿房中说话，忽然见李大妈匆匆地进来，她今天的神情有些异样，居然满面春风，好像非常喜悦的样子。小明、芳卿不知她有什么事情进房，两人心头忐忑地跳着，不约而同地站起身子来了。

第五回

一个出卖儿子的妇人多狠毒

李小明愤愤地走出了杨家之后，志彬杨太太忍不住连声地叹气。沈伯贤心头比他们更要恼怒似的，连骂了两声："这小子太不知好歹，真是岂有此理，可杀极了！"志彬倒是个忠厚的长者，摇摇头说道：

"其实也怪不了人家的，他们夫妻恩恩爱爱，无缘无故地叫他们去离婚，假使有情义的人，当然是不肯答应的。"

沈伯贤听老板还很同情着小明说话，一时也就默然无语，坐了一会儿，管自地告别回店里去了。志彬夫妇很闷闷地回进上房，却见小翠皱了眉尖儿，低低地说道：

"老爷，太太，小姐真是太痴心了，她知道了这位李先生拒绝婚事的消息，她竟倒在床上伤心地哭泣哩！"

"奇怪，这孩子竟如此痴情痴意，我觉得她未免太傻一些的了，凭我们这么豪富之家，老实说，难道还找不到一个才貌双全的好女婿吗？太太，你快到女儿房中去劝劝她吧，说我们做父母的一定给她留心，在半个月之内，保险给她找一个风流倜傥的好夫婿。你去吧，你去安慰她吧。"

杨志彬叹了一口气，向他夫人低低地怂恿。杨太太只好悄悄地走到女儿房中来，花美这时并没有在哭，但见到了母亲之后，却呜呜咽咽地又哭泣得很悲伤。杨太太坐到床边，轻轻拍着女儿身子，倒微笑着说道：

"花美，你也真太傻了，这种乡下人，你难道把他当作海宝贝看待吗？你爸爸说过了，他在半个月之内准给你找个漂亮的夫婿，你快不要难受了。被人家传到外面去，倒要当作笑话讲哩。"

花美口里虽不作答，但心中却在暗想：我倒也并不一定要嫁给他，只是像我这么一个美丽的姑娘，追求一个乡村里的男子也追求不到手，这似乎叫自己心有未甘感到痛恨罢了。所以越想越恨，越恨越悲，因此伏在枕上益发抽抽噎噎地哭泣起来了。杨太太没有办法，只好口出莲花似的把她又好好儿地慰劝了一会儿。花美哭得有些倦怠，也就沉沉地睡去了。杨太太遂叫小翠好生侍候，她就回到上房里去了。花美倒并非一定想着小明的可爱，她无非是觉得男子在她心中都是很可爱的，所以这两天晚上，她一合眼睛，就可以见到身材强壮的美男子偎着她睡在一起，在这样神思恍惚之下，花美就恹恹地病倒了。小翠见了这个情形，遂很惊慌地来报告杨太太。杨太太觉得女儿竟真的患起相思病来，因此也不免着了急，遂对志彬愁眉苦脸地说道：

"老爷，我看女儿这样下去，情形很不好啊！要知道相思入骨，这是没药可救的。我们只有这一个命根儿，万一不幸而死，这……叫我们做人还有什么滋味呢？所以无论如何你总要想办法去救救她才好啊！"

"可是，这……这……叫我又有什么办法好想呢？"

志彬见太太说到后面，大有眼泪汪汪的样子，一时搓着手，皱了眉尖，身子在房中像热锅上蚂蚁一般地团团打转，显然也是一万分的着急。杨太太沉吟了一会儿，方又说道：

"我想李先生既然和沈伯贤相熟的，那你还是跟沈伯贤商量商量吧，说不定沈先生还有挽救的办法哩。"

"也好，我马上叫人去把沈伯贤请来吧。"

志彬点点头，遂急急地到外面去吩咐，他自己等在会客厅里，独个儿暗暗地想了一会儿心事。不多一会儿，沈伯贤狗颠屁股似的匆匆奔来了。志彬见他满头大汗，遂奇怪地问道：

"怎么？今天很热吗？"

"还好还好，不十分热。我听老板叫我，所以跑得快一点儿的缘故。老板有什么事情吩咐我吗？"

沈伯贤含了笑容，一面摇头，一面拿帕儿连连拭汗，十分小心的样子，恭恭敬敬地问。志彬把手一摆，愁眉不展地说道：

"事情是有一点儿，你且坐下来，我慢慢儿跟你商量。"

"老板，你不用说商量，只要我有能力，我一定效劳。"

沈伯贤很会拍马屁地抢着回答，这态度完全有些像舞台上小丑的样子。杨志彬支支吾吾地沉吟了一会儿，方才很不好意思地说道：

"就是这里姓李的青年，他……"

"老板，我知道了，是不是小姐还有意思要他到府上来做招女婿吗？"

"是呀，你……有没有办法可以来玉成这头婚姻呢？"

杨志彬听他先说了出来，一时由不得红了脸，含了苦笑，向他只好老实地说了出来。沈伯贤伸手捻着人中上的短须，摇晃着头，似乎在动脑筋的样子，过了一会儿，方才低低地说道：

"老板，常言道，钱能通神。只要多花一点儿钱，我想事情总有成功的希望。"

"花钱倒不在乎，只要婚事能够成功，我女儿称了心愿，那就好了。老沈，那么你用什么方法去说服李小明呢？"

杨志彬略有喜色的样子，他连忙递过一支烟卷去，急急地问。沈伯贤对于老板这样招待他，未免受宠若惊，连忙欠了身子，一面很快地划了火柴，先给志彬燃着烟卷，然后自己吸了一口烟，说道：

"小明有一个娘舅，名叫费仁全，他时常在镇上茶馆里喝茶赌钱的。据我所知道，此人很贪财，假使叫他去想办法，他见了钱必定会尽力的。"

84

"不过，李小明家庭中的事情，他怎么有能力去管呢?"

"说来其中还有一个缘故。因为小明的母亲是晚娘，听说平日为人也非常贪财，而小明这个孩子不但性情懦弱，而且又很具孝心，倘然运动了他的晚娘，叫他晚娘逼他前来成亲，我想小明不敢违拗，那事情至少有九成把握。"

"哦，原来如此，那么照你意思，大概要花多少钱呢?"

沈伯贤见杨老板展现了一丝微笑问着，遂沉吟了一会儿，在肚子里暗暗一盘算，方才一本正经地说道:

"费仁全这个人的脾气我也知道，他的财欲是很大的。假使要运动他，至少得五百万元钱不可。"

"能够一定成功的话，五百万倒也不成问题。"

"但是这还只有第一关，第二关当然是他晚娘面前了。她要把儿子逼过来成亲，老实说，等于把儿子卖了一样。所以没有一千万的代价，恐怕也打她不到的。"

"一千万也没有关系，人家儿子做了招女婿，这一千万也应该给她的，那么还有什么别的费用了吗?"

"第二关打通，当然还有第三关，就是李小明的妻子问题。你们不是叫她另外嫁人吗? 但也许那女子不肯嫁人，那么至少也得给人家五百万的养老金。老板，你说这话可有道理吗?"

沈伯贤说得头头是道，理由十分充足。杨志彬听了，遂连连点头，喷了一口烟，说道:

"只要你有把握可以把事情成功，我准定拿出二千万元钱来，并且外加一成两百万给你做赏钱，那么你准定去办起来吧。"

"老板，你这是什么话? 我们做伙计的给老板效劳，这是分内的事情，'领赏'两字，这就不敢了。"

"我喜欢赏给你，你就不用客气，否则我的心里就会不高兴的。那么要不要先付一点儿呢?"

"钱是开路先锋，有了钱，先可以跟费仁全去说话。否则空口白话，他也许会不相信哩。"

沈伯贤嘎嘎地一阵子怪笑，低低地回答，他的表情是形容不出他有卑鄙到这一份样的程度。杨志彬点点头，叫他坐一会儿，他便匆匆地走进上房里去了。五分钟后，志彬拿出五叠钞票来，说道：

"这五百万元钱，你先拿去使用，明天我再付给你。"

"好的好的，老板，那么我走了，明天一定给你好消息。"

沈伯贤伸手接过钞票，笑嘻嘻地说。他一面站起身子，一面向志彬鞠了一个躬，就告别走了。当他走出大门的时候，却再也忍不住笑出声音来了，还暗暗地叫了一声"天哪"，自言自语地说道：

"我真是大交红运了，这一件事情承办下来，我至少有七八百万元钱好赚呢，那不是天下掉下一笔财香来吗？"

沈伯贤说到这里，又恐怕被路人听见，慌忙用手扪住了自己的嘴，左右张望了一眼，见四下没有什么路人，方才安心。于是三脚两步地匆匆来到茶馆里，只见费仁全此刻一个人正坐在桌角旁闷闷地喝茶，脸红红的，好像很不快乐的样子，遂走上去叫道：

"仁全哥，几天没瞧见你了，你的气色很好，想来一定发财了。"

"哼！发财，要么发棺材哩！这几天也不知交上了什么死运道，赌钱不顺手极了，叉麻雀牌，四圈不和一副；打牌九，拿着的不是一点，就是别十。你想倒霉不倒霉？"

费仁全见了伯贤，一面请他坐下，一面也给他倒了一杯茶，显出一副哭里带笑尴尬的面孔，叹了一口气，懊丧地告诉着说。沈伯贤在袋内摸出一包金鼠牌香烟，递了一支给他，笑着道：

"你这两天一共输了多少钱呢？"

"前天输二十万，昨天输四十万，今天刚刚从老五家里出来，是阿九推的庄，我押到哪里吃到哪里，眼睛一眨，又是三十多万。三天来就输了一百万，你想，真是要命！"

费仁全一面给他划火柴，一面自己也点了烟卷吸着，心中暗想：我输的钱，你又不会来赔还我，所以故意多说了一倍上去。但伯贤听了，却摇摇头，毫不介意地笑道：

"还好还好，是一点儿小数目，小数目。"

"伯贤哥，你别说风凉话吧！一百万数目也不算小了，赚起来可真不容易呢！"

"但我是财神菩萨，你今天遇见了我，一定会发财。"

"是不是你预备借钱给我去翻本吗？"

"借倒不用借的，我预备送给你两百万用用，你看怎么样？"

沈伯贤这两句话听到仁全的耳朵里，忍不住惊喜欲狂起来，但钞票没有见面，这是不能相信的，遂立刻又淡淡地说道：

"伯贤哥，你跟我寻什么穷开心呢？"

"谁骗你？你瞧，这不是钞票？"

费仁全见他果然从袋内摸出五叠钞票来，两叠放在桌角上，其余的又藏入袋内去。在仁全的心里几乎乐得心花都开起来，这就"啊"了一声，眉飞色舞地伸过手去，把钞票紧紧地抓住了。但沈伯贤却很快地把他手按住了，瞟了他一眼，笑道：

"慢来慢来，仁全哥，你也未免太以性急了。"

"哦哦，对不起，我实在是乐糊涂了。"

费仁全红了猪肝色那么的脸，方才想到这是别人家的钞票，我怎么就能够伸手去抓呢？一时又把手缩了回来，赔了笑脸抱歉着说。沈伯贤却又微笑道：

"仁全哥，假使你能办得到一件事，那么这两百万元钱就是你所有的了。"

"什么事情呢？你说吧，除了谋杀人之外，什么我都干。"

费仁全的两眼聚精会神地集中在这两叠钞票上，似乎有些馋涎欲流的样子回答。沈伯贤附了他耳朵，遂喊喊喳喳地说了大半天。费仁全也不住地点头，还"嗯嗯"地响着，等伯贤说完，便故意沉吟了一会儿，心中暗想：这件事情倒并不困难，但是他要拿这一点儿钱来运动我，显然他其中还揩了油的，因为他刚才摸出来的钞票不是还有许多吗？一时故作为难的意思说道：

"这件事情，恐怕办不到吧。况且小明夫妻之间是很恩爱的，我给他们硬生生地拆开，这也有伤阴鸷的呀！对不起，我这两百万元钱是不敢接受的了。"

"其实，这也算不了硬生生地拆开他们，小明做了杨家的女婿之后，你们将来沾光的地方就不少了。至于你外甥媳妇，这种乡下女子，再给她配一个丈夫，在她也是无所谓的事。你若不肯干，我也没有办法，只不过为你着想，有钞票不要拿，未免太可惜了吧。"

沈伯贤也是一个老奸巨猾的老屁眼，他知道仁全绝不是真心地怕伤阴鸷，无非是故意地刁难自己而已，这就冷笑了一声回答，他把桌角上放着的两叠钞票又藏入袋内去了。果然，伯贤这一下子举动，在患着贫血症的仁全心里，是会感到着急起来的，这就又很快地说道：

"既然你这样说，我也喜欢爽爽快快地告诉你，因为我背了一身的债，两百万元钱实在无济于事，假使能够多出一点儿代价的话，我也就横了心肠干一下子了。"

"照你意思，预备多少数目呢？"

费仁全说出老实话来，沈伯贤虽然感到他的可恨，但事情没有他是不成功的，因此也只好忍气吞声地向他低低地问。仁全暗想：要么不开口，开起口来总要一榔头敲足输赢，因为这种机会也可说千载难逢的啊。于是伸出一只手来，好像谈生意经似的，说道：

"事情是看大小而论的，像这种事情，拿他五百万元钱，也算不得太多吧。"

"五百万？"

沈伯贤学着他口吻反问了一句，心中不免暗暗骂声："他妈的，这狗日的难道已经知道了吗？倒是可恶的，他竟不许我揩油一个钱呢！"一面想着，一面立刻摇摇头，说道：

"你真预备在这事情上想发财了，那数目相差太大，我可没有办法做主意，那么也只好另想办法的了。"

沈伯贤看准他的弱点，所以也刁恶地说着，同时站起身子预备要走的神气。费仁全心中着慌，但表面上也装作不介意的样子，说道：

"现在钞票不值钱，几百万根本不稀奇。伯贤哥，那么你多少数目才可以做主意呢？"

"杨老板的意思，在你这方面至多出两百万代价。不过你既然背了这么多的债，我当然也要为朋友而着想的，所以我不管杨老板责怪，自作主意地加你一百万。假使你认为再不够的话，那我就没有办法再可以请你帮忙了。仁全哥，你自己决定一下吧。"

沈伯贤虽然是站着了没有走，但他却并不坐下来，表示说得不合，还是决心预备要走的意思。费仁全暗想：三百万钞票，他妈的，我从来也没有见到过这么多数目过呢！今天我能轻易地拿到了手，这是多么幸运呢！再不答应，一个子儿也拿不到手，这岂非太傻太可惜了吗？这就立刻拍拍长凳，笑嘻嘻说道：

"伯贤哥，你且坐下来，我们自家朋友，当然不会斤斤较量。既然你加到三百万了，闲话一句，这件婚事，保险在我身上，一定给你办成功是了。"

"那么我先付你两百万，还有一百万，事成之后，绝不少你一个钱。"

沈伯贤在桌子旁方才又坐下来，把两叠钞票从袋内又摸出来，放到仁全的面前去。这回费仁全放大了胆子把钞票紧紧地去抓住了，笑得拉开了嘴，连说"好的好的"。一面很快地向怀内藏，一面说道：

"伯贤哥，天下不怕事情难，只要身有七钱三。我跟姊姊去商量，当然也得钞票呀。那么杨老板预备出多少数目把我外甥去买过来呢？"

"杨老板的意思，预备五百万元钱。"

"这是买不到的，你也太开玩笑了，我做一个介绍人，佣金也拿三百万呢，姊姊卖掉一个儿子，五百万怎么够？姊姊恐怕不答应的，那我这三百万也拿不下手的了。"

费仁全不等他说完，就连连摇头，一面说，一面把手伸到袋里去是还他两百万的意思。沈伯贤连忙把他手一拉，笑道：

"你别忙呀，我这人也喜欢爽快的，这样吧，七百万好不好？"

"姊姊的脾气我摸得着，没有一千万，是打不倒她的。"

费仁全一本正经地回答。沈伯贤暗想：这老枪真厉害，说出来的数目竟完全已经知道了一样。于是皱了眉尖，说道：

"一千万的数目到底太大，杨老板恐怕不会答应，我最后做个主意，算八百万吧，再要多那是难的了。"

沈伯贤的意思，假使八百万可以成交，自己又可以揩油两百万。但仁全心中也有一个打算，我跟姊姊去说，六百万数目，只怕姊姊不肯答应，那么八百万也是少不了的。我八百万包下来，八百万付出去，那我忙些什么？仁全这样想，所以坚持到底，非一千万不可。沈伯贤自然很生气，遂板起面孔，预备拿回他两百万再来做作一下子，不过又怕事情弄僵，在杨老板面前没有了交代。忽然他眼睛一转，计上心来，低低地说道：

"仁全哥，事情已经谈到这样程度，若半途闹得决裂了，那也很不好意思。常言道，金钱是身外之物，我们朋友的交情长哩，说不定彼此还有互相帮忙的时候，大家斤斤较量，也很难为情。我的意思，一千万就一千万，不过此外外费是一个钱也没有了。假使你答应的，我还要到杨老板那里去费一番口舌哩。因为杨老板的意思，是最多八百万哩！"

"那当然，整数一千万依了她，姊姊绝不会再要外费的了。"

"好吧，一言为定，你姊姊名下，我先付三百万定洋，其余七百万，明天银货两讫，你说好不好？"

他们把小明的人真的当作了一件货色看待，完全用做生意的口吻来谈交易的样子。当下费仁全听伯贤答应下来，心中喜欢万分，遂连声称好地把三百万钞票又接受下来。伯贤心里也有他的算盘，因为他还有五百万给小明妻子做养老金的钱就不再提起了，那么他算下来这笔买卖，自己名下可以赚七百万，再加老板赏自己两百万，便成了九百万元。他妈的，我做了一年账房的薪水，也不过一千万左右呢！他们两人心头都很满意，当时谈妥之后，也就握手分别。费仁全性急万分，马上匆匆地赶回桃花村里去了。

李大妈对于这位穷鬼弟弟到来，是并不十分表示欢迎的，所以勉强招呼了一声，管自地干着她手中的活针。费仁全却笑嘻嘻地向四周张望了一眼，见芳卿、小娥都不在，遂低低说道：

"姊姊，我来跟你商量一件事情，不知你答应吗？"

"对不起，借钱两字，免开尊口，这几天自己穷得要命哩！"

李大妈恐怕他又是借钱，所以先截止他回答。费仁全哈哈地一笑，伸手摸了一下人中上的小胡须，一面在袋内取出三百万钞票，向她扬了一扬，说道：

"姊姊，你也太小觑我了，今天不谈借钱，我是送钞票来给你派用场呢！"

"啊！弟弟，你哪儿来的这许多钞票呀？"

耳闻是虚，眼见是实。李大妈的两眼在发现了他手里拿着的钞票之后，方才惊喜地相信起来，由不得"啊"了一声，急急地问。仁全附了她耳朵，低低说了一句："我们到房中谈吧。"李大妈这回果然很服帖地跟他走进了自己的房内，又迫不及待地问他这到底是怎么一回事。费仁全把房门掩上了，方才详详细细地把杨家小姐看中小明的话一五一十地告诉了李大妈，并且又很高兴地说道：

"姊姊，你想，这不是一件大喜的事情吗？小明不是姑娘们，原是一个小伙子，那怕什么？老实说，名义上是做了杨家招女婿，而实际上还不是他讨小老婆一样吗？况且杨家是大财主，将来老头子一死，家当统统都是小明所有。再说眼前呢，你还可以进账八百万元钱，这数目可也不算少。姊姊，你若答应，这三百万先放在这里，明天再付你五百万，你看如何？"

"我当然答应，就只怕小明和芳卿不肯分离。"

李大妈喜洋洋地扬了眉，一面说，一面把两眼是盯住在钞票上发呆。费仁全冷笑了一声，俏皮地说道：

"你是一家之主，你若这一点点颜色都没有，你还做什么娘呢？老实说，你看在这八百万元钱的面上，你也得咬紧牙齿，凶一凶不可呀！"

"好，好，我就准定这样做吧！反正给小明去享福的，多困一个千金小姐，不是他的艳福吗？弟弟，你把这三百万钞票留着吧，我回头马上跟他说好了。他若强一强，我就拿出手段来叫他服帖。"

李大妈被他一刺激，遂咬紧牙齿，说了两声"好"字，还握了拳头，表示她有手段的意思。费仁全把钞票交到她手里去的时候，忽然又想到了什么似的，说道：

"姊姊，你且慢慢儿跟小明去说，怕他明天会悄悄地逃走的。我们要出其不意，攻其不备，那么他就没法逃避了。"

"用什么办法呢？"

李大妈紧紧地握了钞票，得意扬扬笑嘻嘻地问。费仁全附了她耳朵，又低低地说了一阵。李大妈听了，不住地点头，连说这样很好。商量既定，仁全方才匆匆地回去了。李大妈刚把钞票藏好，只见小娥匆匆地奔进房中来，问道：

"妈，我见舅舅鬼鬼祟祟的样子，他又来借钱吗？"

"不，他这回不是借钱来的。"

"那么他做什么来的？"

"他说来望望我，我没有多理睬他，他也就走了。"

李大妈保守秘密地回答，小娥也就没有追问下去。到了第二天下午，小娥到河埠头洗衣服去，小明刚捕鱼回来，在房中跟芳卿说话。这时，费仁全带了沈伯贤还有两个身强力壮的健仆，匆匆到来了。李大妈连忙招待入座，费仁全拉了李大妈到房中，把袋内五百万钞票取出，交到她手里，笑道：

"姊姊，钞票已全数交清，小明这人今天我们也要带回杨家去的。"

"闲话一句，你放心，我马上去说，你给我招待招待外面这位先生吧。"

李大妈见了钞票，把胸部一拍，一面笑嘻嘻地关照仁全，一面便匆匆地走入芳卿的卧房里来了。这时，小明在房里正和芳卿情切切地说着温柔的话，见母亲满面春风地进房，遂不约而同地起身，叫了一声"妈"。李大妈遂很高兴地说道：

"小明，你交了红运了，这真是一件大喜欢的事情，你听了一定也很快乐的。"

"妈，什么事情呀？"

小明莫名其妙地问，他的心开始有些跳跃。李大妈眉开眼笑地告诉道：

"镇上有个姓杨的小姐，她看中了你，她是个独养女儿，所以她父母要你做她家的招女婿，而且还送我们八百万钞票，这样便宜货，真是很难得。你譬如讨小老婆，乐得去成亲。明天他们父母一死，你还可以承受他们的遗产，所以为娘已经答应了。杨家的人等在外面，我把钞票都收了，你快些跟他们去成亲吧！"

这消息好像是晴天中起了一个霹雳，把芳卿、小明两颗心震得粉碎了。小明急得血红了脸，暗想：杨家的人真也太可恶了，居然来买通我的母亲，这……叫我怎么办才好呢？一时急急地说道：

"妈，我……我……已经有了妻子，我……怎么还能够去跟别个女人结婚呢？况且我做了人家招女婿，就不是李家儿子了。妈不能为了八百万元钱就把儿子卖了。再说，芳卿的终身怎么办？她快要给我们李家养孩子了，我们还能够害她做一个活孤孀吗？妈，这件事万万也不能答应，我希望妈还是去回绝他们吧！"

"什么？为娘做的主意，你敢违背吗？那你的胆子也太不小了。要知道我家穷得这个样子，况且芳卿又要养讨债鬼了，家里多一个人，就得多一笔开销。没有金钱，你们能活得下去吗？做做活孤孀，算得了什么稀奇？比方拿我来说吧，也不是做了十多年的孤孀了吗？再说你又不是死了，多年夫妻，暂时分开，将来恳求了杨小姐，说不定你们还有团圆日子。难道一年两年没有丈夫陪着睡，就要死了吗？那我十多年来是怎么过的呢？小明，不用你再多说废话，快些走吧！"

李大妈满面含了杀气，恶狠狠地说着，两眼却睁得大大的，白到芳卿的身上去。芳卿又急又恨，又怨又愤，她怕小明真的被母亲逼到杨家去，一时泪下如雨地向李大妈跪了下去，低低泣道：

"婆婆，你……千万发发慈悲心吧！并非媳妇不知羞耻，要求婆婆不要把小明逼到杨家去成亲。因为我们李家是个独生子，假使小明做了杨家的人赘女婿，李家岂不是没有后代了吗？婆婆，铜钿银子是吃得光用得完的，小明的人又岂是千两黄金所能买到的呢？婆婆，你仔细想一想，你应该快些打消这个主意才好呢！"

"放你的臭狗屁，小明穷得这个样子，还值到千两黄金吗？卖给了你，你要不要？老实说，有八百万好卖，已经是上天大喜哩！你苦苦地哀求什么？是不是你这只烂腐货不惯独宿吗？那么你也尽管可以去嫁人的呀！"

芳卿向她跪下哀求的情形，是不能打动李大妈铁石的心肠，她还满面恼怒的表情，瞪着三角眼，大声地责骂着说。这时，费仁全匆匆地走进房来，冷笑着说道：

"姊姊，你怎么啦？这一点点命令都不能发生效力吗？外面沈先生在发脾气了，他等得不耐烦了哩！"

"小明，快走快走！你再不跟他们走，我可要打了！"

李大妈听了仁全的话，便猛可走上去，把小明一把拖过来，好像雌老虎那么凶恶地催逼他说。芳卿当然不愿意亲爱的丈夫投到别

94

人的怀抱里去，所以她管不得许多地拉住了小明衣服，忍不住呜呜咽咽地哭泣起来。小明怎么肯抛掉美丽而贤德的妻子呢？所以回身抱住芳卿，也失声哭了。就在这时候，小娥洗完衣服匆匆回家了，她见客堂上坐了三个陌生男子，又听哥哥房中一片哭泣之声，一时大吃了一惊，也来不及晒衣服，就匆匆奔进哥哥房里，一见这个情形，便急急地问道：

"妈，这是怎么的一回事？这是怎么的一回事情呢？"

"你一个女孩儿家不许来多管闲事，小明，你走不走？我给你颜色看，你才服帖哩！"

李大妈见了女儿回来，知道事情又多了麻烦，遂瞪着眼睛，向她喝阻着说。一面把手挥去，小明的后脑就给她重重地量了一掌，她这时已没有了母子之情，好像猛兽一般地残忍起来。小娥莫名其妙的神气，却忍不住又急急问道：

"妈，你叫哥哥走到什么地方去呀？你好歹也告诉我一个明白呀！无缘无故地打人，这算什么意思呢？"

"妹妹，我告诉你吧，妈竟逼我做招女婿去呢！"

李小明一面流泪，一面急急地向妹妹告诉。芳卿也把详细情形对小娥说了一遍。小娥听了，由不得微竖柳眉，恨恨地说道：

"妈，你……听了哪一个不要脸的东西的话呀？怎么贪财贪得如此地步，八百万元钱就把哥哥的人卖掉了吗？妈，你这种手段太不好了，你怎么对得住已死的爸爸呢？"

"你这个小姑娘也越弄越没有规矩了，怎么竟教训娘起来了？我做娘舅的听不过去，我劝你说话得留心一些才是。"

费仁全听了小娥放着和尚面前骂贼秃，心里有些光火，遂老气横秋的表情，像煞有介事地向小娥教训。小娥怎么会服帖他，遂把手一指，冷笑了一声，怒冲冲地说道：

"你没有资格做我的娘舅，你站在旁边，免开尊口！"

"什么什么？这真是放屁极了，我为什么没有资格做你的娘舅？

你这小姑娘目无尊长，简直是疯的了！"

"你才是疯了，你看你游手好闲，不想干正当的事业，只知荡来荡去，你异想天开地又要在我哥哥身上赚钱了吗？要知道拆散人家夫妻，这是伤阴骘的，只怕你将来就会没有好结果哩！"

小娥咬牙切齿的，把秋波恨恨地怒视着他，万分痛恨地说出了这几句话。仁全被她骂得满面惶恐，正欲恼羞成怒的时候，忽听外面伯贤在连连拍桌子，大声地叫着仁全哥，唠唠叨叨地大发脾气，表示等急了的意思。费仁全趁此机会，便奔到外面去了。这儿李大妈又逼着小明喝道：

"小明，你到底走不走？你再不走，我不客气地又要动手打了！"

"妈，你饶了我吧！我……实在不能抛弃芳卿呀！"

"妈，你太狠心了，你不该这样地逼哥哥。"

"不许你管，当心我一巴掌打落你的门牙。"

"婆婆，你……千万可怜可怜我……小明哥，你走不得，你一走，我们岂不是永无见面的日子了吗？"

"好，好，你这只狐狸精，你胆敢迷恋着小明吗？你叫他不要走，你明明和我在作对，我……我……可要你的命！"

李大妈听芳卿眼泪鼻涕这样地说，这使小明当然更不肯走了，所以把满腔的怨恨都移到芳卿的身上去。她好像猛虎扑羊似的猛可把芳卿头发抓住了，拳打脚踢，把芳卿几乎要打死了的样子。小娥去拉她，也被李大妈量了一记耳光。小明去劝拉，这当然是更被李大妈打了一个够。她这时已疯狂了一样，见人就打，两眼凶锐，好像是一只噬人的豺狼。芳卿被她一阵子结结实实地痛打，可怜她身子已倒向地上去了，因为她在这个月内本来要分娩的，此刻一震动，她的腹部便刀绞似的疼痛起来，所以倒在地上，哎哟哎哟地哼个不停。小明、小娥一齐奔了上去，蹲身去扶她，只见芳卿两颊发青，额角上汗冒如珠，神情惨白，好像痛昏了的样子。小娥哭叫着道：

"嫂嫂，嫂嫂，你怎么啦？你……"

"芳卿！芳卿！"

"装什么死腔？轻轻地打了两记，难道就会打死了不成？小明，你若迷恋着这个贱货不肯走，当心我真的把她打死了，看你还守着这个死鬼吗？"

李大妈站在旁边，却还冷笑不止地说，她的心肝好像掉落在粪缸里了。这时，芳卿睁开眼来，望了小娥、小明一眼，痛苦地说道：

"我……我……腹痛如绞，只怕要生产了，你们快扶我到床上去吧！"

小明、小娥听了，又急又怕，慌忙把芳卿扶到床上躺下。小明心头暗想：生产之人是受不了惊吓的，我且等芳卿产下了再作道理。于是转身向李大妈说道：

"妈，芳卿要养孩子了，等芳卿养下之后，我一定就走，妈，你总能答应我了吧！"

"好，好，你就等她养下孩子走吧！我是不进血房的，我在外面等着你。"

李大妈总算答应了他，遂走到房外去了。小明暗想：芳卿分娩在即，也应该去请个收生婆来，否则，我是个男子，妹妹又是一个年轻姑娘，那不是糟了吗？正欲回身出房，忽听一阵婴孩哇哇的叫声已送入了耳鼓，一时惊喜万分，只见妹妹在床边回头来急急说："快拿盆水来。"小明听了，慌忙奔到厨房里，倒了一脚盆的热水，三脚两步拿到房中，只见妹妹真能干，她居然把孩子的脐带已经割断，向小明笑道：

"哥哥，恭喜你，是个男孩子。"

小明也来不及说话，把芳卿预先给小孩制好的衣服拿出来。这时，小娥已把孩子洗濯清洁，小明帮着妹妹给孩子穿了衣服，只听李大妈在房门外问道：

"孩子已经养下了，小明为什么还不走出房外来呀？"

"妈，嫂嫂养了一个男孩子，你瞧，白白胖胖的，怪可爱哪。你老人家就可怜可怜他们，不要叫他们夫妻分离了吧！"

小娥听了母亲的话声，遂把婴孩抱到房门口来，给李大妈看，并且又代为低低地央求。谁知李大妈却看也不要看地说道：

"男孩子又有什么用？他又不会马上赚金钱。小明，你怎么啦？到底走不走？你若再不走，我顾不得许多地到房中来拉你了。"

"妈，我走，我走，我……和芳卿再说几句话，我一定走。"

小明在房内听了，只好连连地回答。他走到床边去，只见芳卿脸色惨白，眼角旁涌着泪水，愈显楚楚可怜，这就伏在床沿旁，紧紧握了她的手，低低叫声芳卿，忍不住哭泣起来。芳卿把另外一只手颤抖地抚摸到小明的颊上，流泪说道：

"小明哥，你不要哭泣呀！我……我……总算给你养了一个儿子，李家是有着后代了，那……你……你……就放心地去吧。"

"不，芳卿，我怎么忍心地能丢下你？我……情愿死，我不情愿到杨家去做雄媳妇。"

小明想不到芳卿却会叫自己去了，他心里惨痛得什么似的，遂摇摇头，坚决地回答。芳卿叹了一口气，泪下如雨地说道：

"你不要说死，妈既然逼着你去，你只好去呀，你若不去，她会起狠心害死我的。小明哥，我做梦也想不到，我们一对恩爱的鸳鸯会遭到这样突如其来无情的棒打。唉，人生是太苦味的了。"

"芳卿，我不能去，我要和你永远地做夫妻。"

"你放心，你虽然去了，我也把你当作在着一样，我会好好儿抚养孩子成人，我绝不变心，我永远做你的妻子。"

芳卿这样痴心痴意地安慰他，这在小明的心头是更会增加无限的悲痛。他偎着芳卿的粉脸，几乎泣不成声。但李大妈在房门口又大声地骂道：

"断命哭有什么多哭头呀！就是说诀别的话，也可以说完了。看时候不早，天快黑下来了，小明，你再不出房，我来拖你了。"

"小明哥，你去吧，别留恋我了，你自己身子保重吧！"

芳卿恐怕李大妈进房对自己又有野蛮的举动，所以她很害怕地推推小明身子，催他出房去。小明泣道：

"芳卿，我……身子虽然走了，但我的心是留在你身旁的。芳卿，你……保重吧！"

"我知道，我明白你的苦衷，他们虽然用这些卑鄙手段来强迫你，但是他们只能得到你的身子，他们绝不能得到你一颗心的。小明哥，我希望我们有重圆的日子，你快去吧！你……你……快去吧！"

芳卿说到这里，听李大妈又在大骂大吵地催逼了。小明没有办法，遂在芳卿淡白的嘴唇上吻了一下，两人的眼泪早已混流在一起了。当他回身过来的时候，却见妹妹抱了孩子站在身后，她也满颊沾了泪水。小明走上两步，把婴孩望了一会儿，含泪叫声"苦命的孩子"，他低头吻了一下香，几乎又要哭起来。小娥低低地说道：

"哥哥，你给孩子取一个名字吧。"

"妹妹，我此刻心乱如麻，哪里还有心思取名字？况且我的学问又不好，还是让你嫂嫂自己取吧。妹妹，我知道你是同情我们的，你实在也没有能力来救助我们吧，但我走后，嫂嫂和侄子总要你好好地照顾，那么你可怜的哥哥虽在九泉之下，一定也深深地感激你了。"

"哥哥，你别说这些断肠话，叫妹妹听了太痛心了。唉，我恨我的妈，她似乎太没有心肝了。"

小娥听了哥哥这一番可怜的话，她也忍不住窸窸窣窣地哭泣起来。这里三个人正在难舍难分，谁知房外忽然奔入两个粗手毛脚的健仆，将小明身子一把拉住，向外就拖。小明连说："不要拖，我自己走，我自己走。"但人已脚不落地地被架出房外去了。小娥恐怕哥哥受委屈，连忙把婴孩放在芳卿的身旁，她也急急地追了出去。

芳卿虽然是躺在床上，但她那颗心也早已跟出去了。她只听一阵杂乱的脚步声响出院子外去，还听到小明的哭泣声在暮霭的空气中传送过来。芳卿的心碎了，肠断了，眼泪大颗地滚落下来。

天色是整个黑暗了，房中阴沉沉的，悲切切的。凄凉、恐怖笼上了四周。

婴孩的哭声哇哇地叫着。"苦命的儿，你爸爸被逼走了。"芳卿含了热泪，跟着婴孩一同哭了。这呜咽之声，还有什么能比它再伤心触耳辛酸呢？

第六回

水性杨花又转移了爱的目标

　　春天的夜里，是温情而又带了美丽的风韵，好像一个村姑那么朴素幽静，令人感到可爱。尤其在今夜这个烧着融融花烛的卧房里，似乎更包含了一点儿神秘而喜气洋洋的气氛。这时，杨花美坐在床沿上，秋波脉脉含情地望到站在窗口旁小明的身子，她脸上浮现了一丝欣慰而带得意的笑容，觉得穿着蓝袍黑褂、头理西发的小明，是比初次见面时的小明更俊美可爱了。她脑海里想着甜蜜的一幕，她觉得不到一小时后便可以实现了，她乐得心花儿也要朵朵地开起来了。

　　但这时候的小明，可怜他的心境齐巧和花美完全地相反。他站在窗口旁，抬了头，呆呆地望着窗外黑漆漆的天空，那一钩眉毛似的缺月，好像对他也在愁眉苦脸，黯然神伤，显出凄凉的样子。他心里是滋长了悲痛的意味，两眼贮满了晶莹莹的泪水，他仿佛在半个月亮里面见到芳卿在哭泣，又见到那个才落地的孩子在哇哇地啼哭。他的心几乎碎了，他已不知自己站在什么地方，虽然房内是这么温暖，而还包含了一阵新房的香味，然而他的感觉，似乎身子已关在黑魆魆的监狱里，他恨不得失声地要哭泣起来了。

　　四周是静悄悄的，一些声息也没有了，显然，夜是深沉了。花美见小明痴然独立，呆然出神，一时非常怨恨，觉得小明这个人太没有感情了。照理呢，在新婚的夜里，总是做丈夫的先来向妻子表示温存亲近，但如今小明这样泥塑木雕的样子，难道大家就这么坐一夜不成？杨花美在这样思忖之下，她只好站起身子，暗暗叫了一声"冤家"，一面悄悄地走到小明的背后，伸手在他肩胛上轻轻地一拍，低低地说道：

"唉，你怎么老是呆呆地出神呀？夜风很大，当心着凉，快关上了窗子吧。"

小明听她在对自己说话了，心头这就不免跳了一跳，他俯身去关窗子的时候，连忙收束了泪痕。花美见他不敢向自己正视的神气，遂索性伸手拉转他的身子，逗给他一个媚眼，忽然见他泪痕，遂眉尖儿一蹙，低低地说道：

"怎么？你在淌眼泪吗?"

"不，没有……"

小明似乎有些害怕，红了脸，急急地辩白。在灯光之下，见到小明怕羞红脸的意态，花美觉得他有些像女孩子似的，不免感到了特别的兴趣。同时使自己的羞涩完全忘了，她仿佛是个新郎对待新娘的样子，拉了他一同坐到床边，说道：

"时候不早，我们睡吧。"

花美这话听到小明的耳朵里，他那颗心几乎要从口腔外跃出来了，但是他并不作答，仍旧呆呆地坐着。花美见他竟像是个鲁男子般木然无情，心头恨得什么似的，不过她有决心，一个女子总有办法使男子屈服的，于是一屁股坐到小明的怀内去，手臂挽了他的脖子，低低地说道：

"我跟你说的话，你难道没有听见吗？"

"小姐，你……这是什么意思？被人家见了，不当笑话吗?"

小明想不到她有这一下子举动，觉得她的淫荡真不亚于娼妓之流，心中又急又怨，遂通红了脸，口吃着回答。花美却哧哧地笑道：

"有什么笑话呀？我们是新婚夫妻呀！夫妻在闺房中的亲热，是尽量可以发挥和表演的，这是正正当当，绝对不会被人家笑话的。

我奇怪你这么一个俊美的青年，会老实得这般可怜，那不是太傻了吗?"

花美说完了这些话，伸手把他额角一推，小明的脸就成个微仰之势。花美很快地低下头去，在小明嘴唇上紧紧地吻住了。小明到底不是坐怀不乱的柳下惠，被花美这么热狂的手段一挑拨，使他全身的细胞也会起了异样的变化，呼吸有些迫促，四肢竟也软化起来了。花美吻了良久之后，方才满足地离开了他的嘴唇，透了一口气，得意地笑道:

"你太好了，我心里非常爱你。"

"我真奇怪，你是一个千金小姐，为什么要爱我一个乡村里的村夫，而且已有了妻子和孩子的人，我觉得你不犯着了。"

小明要想推开她身子，但却没有力量推动她，因为听她这么说，遂表示奇怪地问她。花美知道他是并不爱自己，这次成婚，完全是用强迫手段把他弄来的，在他心中也许是心有未甘的。然而自己刚才已享受到初步的温柔，觉得很够快感，假使回头进展到第二步工作的时候，那当然是格外甜蜜了，所以她显出柔情绵绵的意态，妖媚地笑道:

"乡村里的青年老实可靠，比市镇上的青年有良心，所以我要爱上你。至于你曾经有了妻子的丈夫，那更使我满意，因为我觉得你既然是过来之人，那么闺房中的乐事，你当然比普通一班小伙子要有经验得多啦。小明，万事都有一个缘分的，我当初一见到你，心里就爱上了你，而且回家之后，合眼就梦见你对我亲热、对我温存。今天夜里，由梦境而成了现实，你想，我是多么快乐呢!"

"可是，你也未免太以自私了，你感到快乐，但可知道我心中是多么痛苦。"

小明皱了眉毛，至少有些怨恨的表情，低低地回答。花美冷笑了一声，她鼓着小嘴儿，有些生气的成分，说道:

"你痛苦? 你这话简直是太不知好歹了。老实说，你家中有这样

103

富丽的卧房吗？你房中有这样绣花的被褥吗？你手下用过丫头使女吗？你一切生活，从小到现在，有过这么舒服吗？所以我爱上了你，在你可说是青云直上、一步登天了。况且像我这么美丽的姑娘，不叫你花费一个子儿的钱，陪你睡觉，和你亲热，这种艳福，你应该说快活似神仙才对，怎么反而说痛苦？你痛苦在什么地方，你这人说话也真是太没有良心的了。"

"小姐，你这话虽然有理，但我有我的环境，我并不希望过这种舒服幸福的日子，因为我的良心是太对不住我的妻子。你不知道，我的妻子是多么可怜，她为我吃了许多的苦楚，受了不少的委屈，而且又给我养了孩子。我如今硬生生地抛弃了她，被你占据了我，假使你换作了我妻子的地位，你心里悲痛不悲痛、伤心不伤心呢？"

小明说到这里，一阵子悲哀，大有眼泪汪汪的样子。花美听了，一时倒也默然了一会儿，但她的同情是只有一刹那之间，在不到两分钟之后，便又淡然了，冷冷地笑道：

"这算不得什么，我们不是有钱给她吗？她拿了钱，可以另外去嫁丈夫的呀！"

"她……她……绝不要钱，我相信她是终身守着我的，她怎么忍心肯拿了你们的钱卖掉一个心爱的丈夫呢？"

"可是我也没有拖你来的呀！你既然用你自己的脚走到我的家里，跟我结了婚，你就得忘记你的妻子，把你平日对待你妻子的举动来对待我，知道了没有？"

"我妻子是个非常怕羞的女子，她绝对没有这情形来对付我，同时我也规规矩矩地对待她。"

花美用了命令式的口吻向他低低地吩咐，她两颊是像映日海棠那么血红，眉宇间的春情已到了不可抑制的程度了。小明却死样怪气地回答，他竭力用冰样的理智来扑灭这火般的热情。花美听了，心中自然非常怨恨，猛可拧了他一下面颊，说道：

"你果然这样规矩老实吗？那么你的儿子是怎样养下来的呢？"

"这个……"

花美这一句话倒是把小明问住了，红了脸，却是说不上话来。花美由娇嗔而展现出微笑，瞟了他一眼，说道：

"哦，莫非是和尚同你妻子养出来的吗？"

"不，你别胡说，是我自己养的。"

小明老实得可怜，他很慌张的表情，急急地辩白。花美由不得哧哧一阵子笑，扭动着腰肢，低低地说道：

"好，只要你说这句话，那么快和我也来养一个儿子吧！"

花美一面说，一面再度地低下头去，在小明嘴唇上吻了一个够，同时她的手去解小明的衣纽，她完全站在新郎的地位了。小明糊糊涂涂地被她拖进被窝内，但是他忽然又想到了芳卿的可怜，这就心头又悲伤起来，他躺在被窝内，仿佛木头人的样子，眼角旁而且还涌上晶莹莹的泪水。花美这时的芳心里是很需要小明的安慰来满足她火样的情欲，谁知小明还像没有感情地木然着，这在花美的感觉上，等于搂抱了一个枕头，她是多么怨恨，遂恨恨地说道：

"今夜是新婚的日子，只有笑，没有哭，只有喜悦，没有伤悲，你只管淌着眼泪做什么？我可不喜欢你了。"

"谢谢你，你假使不喜欢我了，我终身都感激你，因为我不是可以回家去跟我妻子团圆了吗？"

小明听她这样说，猛可从床上坐起身子，倒是破涕为笑地说着。花美见他对自己根本没有爱情，心头非常着恼，暗想：我不爱你原也可以，但我心里有些气不过，你越是爱你的妻子，我越是叫你们分离在两旁。这就把他狠命地拖倒床上，冷笑说道：

"你预备和你妻子去团圆，那你简直在梦想。老实说，你是我们出了金钱买来的人，你的自由完全交给我了，你在我身上不尽一些力量，我就叫你死在我的家里，也不许你回家去。哼哼！你也看看我手段的厉害！"

"什么？你……这话也太侮辱我了，我早知道你没有真心的爱，你原来果然是存心玩弄我的吗？一个千金小姐，玩弄我们男子，这成什么世界，岂不是造反了吗？"

小明在不能忍受的情形之下，他绯红了脸，也大声地呵斥她说。花美紧搂了他身子，却又嫣然地一笑，说道：

"哎哟，想不到你也会发脾气了。小明，我亲爱的丈夫，实实在在我是真心爱你，因为你一些也不爱我，所以我有些恨你。假使你有……唉，我的好宝贝，那我还会恨你吗？"

花美说到这里，她把不能行动的也行动起来，完全有些疯狂的样子。小明有些不能坚持了，但他立刻提出要求来，说道：

"小姐……"

"不，请你别这样称呼我，你得叫我妹妹。"

"哦，我就叫你妹妹吧。你爱我，我非常感激，但是我希望你答应我的要求，使我不做一个负心的人。"

"你有什么要求？你就说吧！"

"我不能抛弃我的妻子，请你允许我每星期回家三次，那么我就高高兴兴地在你家做女婿了。"

花美听小明这样说，虽然有些酸溜溜地不很受用，但为了急切需要解决今夜的欢娱，她不得不委屈地答应下来。小明听她答应，这才感到良心上有些安慰，于是终究满足了花美的欲望。

当当当……时鸣钟敲了十二下，小明已感到相当疲倦，他闭了眼睛，暗暗地叫着惭愧，但花美却认为十分兴奋，她紧紧地偎着小明的身子，满面春风地笑道：

"小明，你太美太好了，我觉得你真像我的宝贝一样。"

"花美，请你不要忘记给我每星期回家三次的一句话。"

"不过，在我们新婚三个月之内，你是不能一天离开我的。"

"啊！你又反悔了吗？"

"我并没有反悔，这是我们风俗如此。就是我答应了你，我的爸妈也不会让你回去啊。"

小明听花美这样说，他有些悔恨了，他觉得自己是上了她的当，这就又低低地央求着说道：

"三个月的日子太久长，能否在一个月之内呢？我想新婚一月中小夫妻不分离，这是有这个风俗。"

"好吧，一个月就一个月，只要你在一个月之内好好地服侍我，把我亲亲热热恩恩爱爱地对待，我就准许你一星期回家三次，去探望你的妻子。"

花美心中另有盘算，遂点点头，温情蜜意地答应他了。小明听了，十分安慰，一时倒激起了一点儿感情作用，他这会子才主动地把花美娇躯紧紧地抱住了。

花美自从和小明结婚之后，她什么事情都忘记了，连学校里的书也不去读了，一天到晚和小明躲在卧房里，卿卿我我地恩爱异常。小明到底是个苦出身的青年，他在家里的时候，不是出外捕鱼，就是帮着操作家务，但现在的生活完全不同了，固然是饭来伸手、茶来开口，一些不用操作，而且还住了富丽的房屋，整天陪着风流娇艳的花美。他回想过去，简直是在做梦一样，所以慢慢对于花美，倒也发生真正的爱情来了。

这已经是有着半个月的日子了，那天花美、小明坐在房中，两人正在调情玩笑，小翠匆匆地进房，见他们坐在沙发上嘴对嘴地接吻，一时倒不免绯红了脸，连忙缩住了脚，故意退到房门口去，叫道：

"小姐，老爷请姑爷过去一次。"

"有什么事情吗？"

花美听了，慌忙推开了小明，站起身子，低低地问。小翠也不走进房来，就在房门口回答了一句："我不知道。"人却走开去了。花美笑嗔着说道：

"断命鬼丫头，房中有老虎在着吗？说话像做隔壁戏似的，不走进来做什么？"

"也许刚才我们接吻的情形已经被她看见了，所以她怕难为情不进来了。"

"我们不怕难为情，倒叫她怕难为情吗？"

"人家还是一个小姑娘哩，这种情形给她看了，如何不要害羞呢？花美，爸爸叫我，我们一同去吧。"

"我不高兴去，你去好了，有什么事情，回来告诉我。"

小明答应着一个是，他就匆匆地到上房里去了。花美坐到桌子旁去，她把桌上放着小明写的小楷簿拿来，看了一会儿，不由摇摇头，暗想：怪俊美的人儿，竟写出这样画花那么字来。爸爸本来想叫他到南货店里去做银根账房，但这种人才，如何能当此重任呢？真所谓绣花枕头烂草包，幸亏我家有的是钱，不在乎叫他去赚，否则，嫁了他这样呆笨丈夫，岂不是要饿死了吗？花美这样想着，觉得像小明这种男子，只配给有钱人家的小姐玩弄玩弄是很有胃口，假使要作为终身配偶，那就得好好儿另找对象不可了。

花美呆呆地思忖着，可想她对于小明已经有了遗弃的意思了。这时，小明从上房里回来，他向花美含笑告诉道：

"爸爸明天一早预备动身到南京去，大约要半个月才能回家，所以爸爸叮嘱我一番，叫我好生地照顾着家里，别的没有什么事情。"

"爸爸因为你做不来什么大事情，所以只好把你当作狗似的看守着家里，否则，早已叫你到南货店里去握大权了。"

花美用了讽刺的口吻向他似笑非笑地回答。小明听了，有些脸红，显现了羞愧的颜色，叹了一口气说道：

"从小没有好好儿念过书，这也真是没有办法。我想请你每天教我一课书，那也许慢慢会进步的。"

"你好比八十岁学打虎跳，这是来不及的了。我劝你还是在女人身上的功夫多研究一点儿，凭你这张小白脸儿，将来还不至于会没有饭吃吧。"

"花美，你侮辱我？"

"嘻嘻，这倒是正经话，我侮辱你什么呢?"

小明有些痛苦，遂不喜悦的表情严肃地说。但花美却抿嘴笑起来，她站起身子，把小明拖在怀内，又甜甜地吻了一个嘴。小明不乐意地挣脱了，站到窗口旁去，正经地说道:

"我们新婚的日子也可说是过去了，以后在青天白日里，我们不要太显亲热的样子，我要好好儿读书写字，希望你能随时地指点我。"

"省省吧，等你学会了，只怕要进坟墓了。反正我家有的是钱，我总不会饿死你。"

"那你也太小觑我了。常言道，有志者事竟成。我非努力起来不可。"

小明通红了脸，遂在桌旁坐下，一面磨墨，一面开了笔套，在小楷簿上又学习字了。花美忍不住咯咯地笑着，她便管自地走到房外去了。

从此以后，小明一本正经地在房内读书写字。光阴匆匆，这样地过了五天，这日，小明照例在房内习字，花美坐在沙发上，却看着小说解闷。正在这当儿，小翠匆匆进房，说道:

"小姐，太太叫你们过去，有上海来的潘家九华表少爷来了。"

"小明，快把小楷簿收拾过去了，回头给表哥看见了你写的字儿，倒让人家笑痛了肚皮哩。我们快到上房里去见他，人家是上海来的，你举动得留心些，别显出乡曲的样子，知道吗?"

潘九华是姨妈的儿子，花美一听这个好久不见的表哥到来，心里寂寞之中也会感到一些热闹的安慰，遂放下小说书，很快站起身子，一面向小明叮嘱，一面含了喜悦的笑容。小明因为人家是从上海都会中来的，所以也有些慌张，当下急急收拾笔墨，便跟着花美走到上房里来了。

潘九华是个二十八岁的年纪了，但个子生得很高大，一面孔显出很雄伟强健的样子。若和小明相较，齐巧相反，一个有些不禁风文质彬彬的姿态，至少是包含了一些女性化的成分。但九华完全有西洋男子的作风，尤其穿了笔挺西服、光亮皮鞋，在花美眼睛里看起来，好像是美国电影里的硬派小生，类如贾莱古柏、爱罗弗琳之流。所以，花美心头的感觉，自己过去为小明而相思成病的一回事，这实在是太幼稚、太不值得了。像表哥这样青年，才令人感到可爱哩！当花美一眼见到九华的时候，心里就那么想。杨太太早已先介绍着说，这是花美，这是花美的丈夫李小明。一面又说这是潘九华，是你们的表兄。九华当然是带着欧化的举动，立刻走上一步，和小明握了一阵手，小明因为是从来没有和人握过手的缘故，所以态度自不免有些忸怩。花美看了，十分不快乐，觉得自己有这样一个丈夫，实在是太以寒酸一点儿了，于是立刻也走到九华面前，自己先伸手过去，和九华大大方方地握手，笑道：

"九华表哥，我们好久不见了，差不多整整有十二个年头了吧？"

"可不是？我们在上海分别的时候，记得你还是一个小孩子哩。我的印象中，你好像还只有这么高，梳了两条小辫子，走起路来蹦蹦跳跳的，谁知你现在就这么高大了，而且连妹夫都有了哩。哈哈，这日子真也过得太快了。"

潘九华见这位在乡下的表妹居然也很开通，竟自动地前来握手，一时握了她软绵绵的手，也就多温存了一会儿，但生恐旁边的小明吃醋，这才放下了她，一面笑嘻嘻地说，一面却望着她粉脸细细地打量。杨太太也含笑插嘴说道：

"所以啰，我们是当然要老的了。"

"表哥，听说你在八年抗战中是曾经为国去出力过的，那么你现在是干什么工作呢？我想你到过的地方一定很多吧？"

花美和大家笑了一会儿，方又笑盈盈地向他搭讪着说。潘九华吸了一口烟，慢慢地吐去了之后，点点头，说道：

"'八一三'战事开始后的两年，我已十八岁了，便即离开上海，加入抗战工作。我到过的地方确实不少，缅甸之战，我也参加在内的，总算在九死一生之中得了性命。现在胜利了，我在去年十二月才回到上海的。母亲告诉我，说姨爹在无锡开了店，现在就住在乡下，所以我来望望姨爹姨妈的，不料姨爹有事到南京去了吗?"

"是的，爸爸到南京去还不多几天哩。表哥，你真是一个民族英雄，我心里非常钦佩你。"

"我们在八年抗战中确实是受了不少的苦楚，但胜利后的环境也不是我们理想的乐园。除了长官快活外，我们小公务员真是倒了前世的霉，他妈的，完全是给别人卖性命，要不是为了'国家'两个字得到一些空虚的安慰，身历其境的我几乎活活地要气破肚子哩!"

"但是表哥身上西服笔挺，皮鞋锃亮，我觉得你现在的境况也不算坏呀。"

"这是全靠自己动脑筋、想法子，才有这么衣服穿的。否则，只怕还是一件破棉袄哩! 唉，这个年头儿做人，把我们过去爱国的思想会完全地转变了。"

潘九华倒也说出老实话来，还深长地叹了一口气。花美这时脑海里因为另有考虑，所以对于他这些话倒也并没有什么感触，还含笑瞟了他一眼，低低地说道：

"表哥，你老远地到这儿来望我们，那么总有几天可以游玩的了。"

"嗯，有一星期可以耽搁。"

九华一面回答，一面向小明望了一眼。因为小明很怕难为情似的不开口，这就向他也搭讪了几句，心中可在暗想：表妹怎么会嫁这样一个老实的丈夫? 这似乎有些不大相配吧? 就在想时，仆妇把点心拿上，杨太太遂叫小明、花美陪着九华吃点心了。

点心吃毕，花美向九华说，我们后院有个竹园子，风景很美，叫九华去欣赏一下。九华点头说好，因叫小明同去。三人出了上房的时候，花美却向小明吩咐，说：

"你到房中去读读书吧。"

小明也觉跟了去没有什么兴趣，遂匆匆别去回房了。九华对于他们这一种情形，心头着实感到万分的惊异，但一时里也不好意思相问，遂跟着花美到竹园里去了。

后面那个竹园很大，竹林参天，可遮蔽太阳，风吹竹叶，沙沙地发出一阵响声，好像在落雨的样子。那边还有一个小小的田园，里面植了青青的菜、黄黄的花，十分可爱。四周很幽静，除了小鸟儿在竹林内上下飞鸣，却一无嘈杂的声音。花美偎了九华身子，十足表示亲热的意态。九华对于这位已婚的表妹竟对自己这种情景，因为四下无人，遂低低地问道：

"表妹，你们结婚多少日子了？"

"一个月还不到。"

"那是还在新婚里呀。我瞧表妹夫斯斯文文的，你们一定十分恩爱吧？"

九华这一句话是故意探问她的。果然，在花美面部上立刻浮现了怨恨的颜色，她皱了眉尖儿，摇摇头，冷笑着说道：

"这种乡下曲死，我和他之间根本是谈不到什么'爱情'两字的。"

"你这话太奇怪了，既然没有什么爱情，你为什么要嫁给他？"

九华虽然有些恍然表妹所以对待自己这样亲热的缘故，但是对于这一点儿问题，还感到不明白的神气，向她低低地问。花美乌圆眸珠一转，觉得非撒一个谎是不能自圆其说了，于是微微地叹了一口气，表示非常委屈，哀怨地说道：

"谁愿意嫁给他呢？都是爸爸的主张，说他人品好，性情又老实，所以招他做了女婿。在这专制家庭之下，叫我又有什么办法呢？"

"他几岁了？还在学校里读书吗？"

"二十五岁了，读什么书？说出来很惭愧，他连小学都没有毕业哩。我见他胸无点墨，所以叫他没有事读读书习习字，这样才会进步一点儿呢。"

"原来是个这样的人才，那真是太以委屈了你，看他外表倒很英俊哩，谁知是个绣花枕头烂草包。"

花美听九华这样说，益发感到十分惶恐，红晕了两颊，秋波脉脉含情地向九华望了一眼，遂低低地问道：

"九华表哥，你可曾结过婚没有？"

"我一年到头在外面打仗，哪里有工夫结婚呢？"

"我想你爱人总也有一个了吧？"

"没有没有，我连一个女朋友都没有呢！"

"哼！我不相信，你真的这样老实吗？"

花美噘了噘小嘴儿，逗给他一个娇嗔，妩媚地笑着说。九华见她把自己手握得紧紧的，好像有种说不出热情的意思，这就暗暗想道：表妹已经有了丈夫的人，她难道还能爱上我吗？假使她真有这个存心，我在情场之中也不妨猎艳一次呀！于是憨憨地一笑，故意用话去挑逗她说道：

"表妹，我倒并非是老实，因为没有人肯爱上我，所以我也只好孤零零一个人过着冷清清生活呀。这次我到无锡来的目的，原是预备向你来求爱的，谁知你已经有了妹夫，这叫我是多么失望呢。"

"表哥，你这话可是真的吗？"

"当然真的，我如何会骗你？唉，现在我只好带了一颗失望的心，快快地回上海去。"

九华认乎其真地回答，他叹了一口气，大有黯然神伤的表情。花美听了，猛可偎到他的胸怀里去，微仰了粉脸，说道：

"表哥，你不要难过，我虽然是嫁了丈夫，但我仍旧可以爱你。只要你不嫌我是个已婚的女子，那么我们不妨互相地……"

花美说到这里，把她两条臂膀钩到九华的颈项上去，眉开眼笑地瞟着他，逗着他勾人魂灵那么地娇笑。九华似乎已明白她这举动的意思，遂大胆地捧了她粉脸，在她红红的嘴唇上吻住了。花美觉得他这股子力量很有劲，全身都觉痒丝丝的十分快感，她用最热情的动作去对付他，两人的血管几乎要爆炸起来了。要不是一阵狂风吹消他们的欲火，也许他们真会像野狗般地打起架来。

"表妹，我们的爱，假使进展到这样地步为止，那我心里恐怕是更会感到痛苦的。所以，你得想个办法，我们非达到这个真正爱情演出的目的不可。"

"你放心，我当然和你有同样的感觉，让我想一想……"

九华这个要求，在淫荡成性的花美心中，原是乐而接受的一回事情，遂点点头，一面说，一面向前走了两步。九华是感到意外的惊喜，他乐得心花怒放地跟着她走，瞧了她窈窕的腰肢、圆肥的臀部，他脑海里曾浮现了不可思议神秘的一幕，于是他忍不住微微地笑了。花美走到那边一棵月季花的旁边，在那条石凳上坐了下来。九华也跟了过去，在她身旁紧紧地偎坐着，含笑问她可曾想出了什么好法子没有。花美瞟了他一眼，附了他的耳朵，低低地说了一阵。九华一会儿笑，一会儿又皱了眉尖，摇摇头，说了一句："只怕不大妥当吧。万一被妹夫醒来知道了，那还了得？我的名誉扫地固不必说，就是姨妈也要把我赶出去了。"花美白了他一眼，恨恨地说道：

"你这样胆小，就不要想干风流的事。"

"这并不是胆小，因为危险性的成分太多。"

"绝对不会发生意外，即使发生，我自有主张。老实说，这种乡曲，我也无非把他当作玩物而已。他若声张，我就拿手段给他一个厉害。表哥，我实在也非常恨他，因为他死样怪气地也没有真心爱我的意思，所以我对他绝对没有好感。"

花美想到结婚第一夜的晚上，自己好容易地才称了心愿，小明是搭足了架子，自己是受了无限的委屈。所以她此刻非常痛恨，预备给予小明一个报复，来泄过去的怨恨。九华听她这样说，沉吟了一会儿，到底色的引诱力是相当厉害，他冒了危险性，终于下了决心地答应下来了。

当天的晚上，花美和小明在房中坐了一会儿，花美故意咳嗽了一阵，小明见她脸咳得红红的，遂给她倒了一杯茶。花美喝了一口，望了他一眼，低低地说道：

"我这咳嗽恐怕要传染人的，所以今天晚上我预备跟你分床睡。我叫小翠拿一张帆布床来，放在窗旁，你就睡在帆布床上好不好？"

"好的，我们就准定分床睡吧。"

小明听花美这样说，觉得那是求之不得的事情，遂点点头很快地回答。原来这二十天的日子，小明每夜被花美缠绕得没有好好儿睡觉，他觉得照此下去，自己的精神消耗得太厉害，本来就暗暗地担忧，现在听花美肯自愿地分床睡，他哪儿还会有反对的理由呢？当下花美吩咐小翠把帆布床在房中下首铺好，两人又谈笑了一会儿，方才各自熄灯安睡了。小明一个人睡在被窝里的时候，他心里立刻又想到了自己的爱妻芳卿来了，觉得芳卿真是太可怜了，她在这二十天中一定是悲悲切切地十分伤心，尤其怀抱刚落地的爱儿，她是多么地会想念我呢！不过我虽然身在这儿享福，但我心头也是无限悲痛，我恨不得马上就回家去跟我芳卿见面，诉一诉小别的衷情。好在我和花美已经讲定了，一个月之后，她允许我每星期回家三次。小明想到这里，心中似乎稍觉安慰，含了热泪，暗暗地说道："芳卿，再过十天，我可以回家来看望你了，你千万不要伤心吧。"小明胡思乱想地流了一会儿泪，又怀念了一会儿，这才沉沉地睡熟了。

小明这一睡下去，十分香甜，直到第二天六点钟敲后方才醒来。所以他对于昨夜房中发生了一件轰轰烈烈的事情，他却根本没有知道。这在花美的心中，自然是感到分外得意和喜悦。次日下午，她和九华在竹园里见面，两人紧紧地握了一阵手，花美先笑盈盈地说道：

"表哥，你瞧这办法如何？鬼不知神不觉，那不是太舒服了吗？以后天天晚上，你只管放大了胆子干下去吧，绝对没有什么问题的。"

"我真没有想到他竟会睡得像死过去了的样子，此刻想来，真是有趣得好笑哩！不过我觉得我这行动究竟近乎冒险，好像探险家在荒山中去搜寻珍宝一样地提心吊胆，万一虎狼出现，那我岂非糟了吗？"

九华笑了一笑，一面回答，一面抱住了她腰肢，来了一下子轻薄的举动。花美并不认为这是女人的耻辱，她却感到满意，遂白了他一个媚眼，扑哧笑道：

"你把他当作虎狼，那你未免胆小如鼠。老实说，我把他当作一只兔子、一只松鼠那么地看待，就是给他发现了你在荒山中偷宝贝，我们也不用怕他呀。"

九华觉得她说的荒山中偷宝贝这句话，不免近乎神秘性的成分，一时望着她粉脸，倒也忍不住又哈哈地笑起来了。花美不明白地问道：

"你为什么这样好笑呢？"

"我笑你这座荒山上的景致倒也并不荒芜，昨夜经过一游之后，我此刻回忆起来，觉得高峰对峙，草木茂盛，还有溪水潺潺，只不过缺少着几条鱼儿罢了。"

"断命下作坏，我以为你在说些什么话，原来你把我倒在口头写生了。"

花美红了粉脸，啐了他一口，娇嗔地说，于是两人都又大笑起来了。小明在晚上这么地好睡，因此给他们增加了不少的勇气，所以一而再再而三地继续下去，这已经是到了第五次的晚上了。

这晚，小明在睡梦之中到底被一阵子响声惊醒了过来。他揉了揉眼皮，见房中是黑魆魆的，伸手不见五指，显然还是在深夜的时间。他侧耳细听了一会儿，觉得响声出自花美的床底下，暗自想道：也许是耗子在作祟吧。遂静静地又听了一会儿，但忽然有阵轻微的说话之声触入小明的耳鼓，这使小明由不得吃了一惊。他别的倒也不害怕，怕的是有小贼挖墙洞来偷东西，所以故作咳嗽的样子，还连连喊了两声花美，只听花美"唉"了一声，问道：

"小明，你叫我做什么？"

"我听见房内有响动，不知道会不会有小贼进来吗？"

"别说傻话了，我们的房屋都是石板打底脚的，小贼哪有这本领进来偷东西？半夜三更，不要吓人了，快给我安安静静地睡吧！"

"那么刚才这声音一定是耗子了，明天叫小翠放一只猫进来。"

"你不要多说话了，我要睡哩，被你叫醒了之后，真是怪不舒服的。"

小明听花美这样关照，于是不敢再开口说话，可是这会子却再也合不上眼来，东思西想地只是睡不着，而且还时常地咳嗽着。小明的咳嗽，分明是在告诉床上的花美和九华，知道小明并没有睡去，这在九华的心里当然是相当着急，一时没有心思留恋，遂咬着花美耳朵，说要逃出房外去了。花美虽然不情愿他离开，但九华已悄悄跳下床来，一时也没法去拉住他。不料小明偶然回头望过去，忽然见到房门口有一个黑影子，他认为这一定是贼，遂猛可跳下床来，一面大叫"有贼"一面鼓足勇气地追赶黑影子去。九华心慌意乱，竟被小明一把抓住了衣袖，他心中这一焦急，遂用尽气力，把小明一拳击倒在地。这时，花美也早已匆匆下床，听小明"哎哟"一声，倒下地去，她又见九华的黑影尚在房门口，遂心生一计，立刻拉住九华，低低说声："打吧，打吧。"九华会意，这时候真所谓奸夫淫妇心如蛇蝎，他们扑倒地上，掀住了小明身子，结结实实地痛打了一阵。九华是个身强力壮的人，拳头像铁般地坚硬，小明如何挡得住他雨点儿般的毒打？要想高喊救命，却被另一只软绵绵的手扪住了嘴。常言道，最毒淫妇心，于此也可见斯语不虚矣。

《水性杨花》到此告一小结束，欲知小明的生死如何，以及芳卿的凄凉身世结局，尚有花美、九华种种令人曲折离奇、悲欢离合的情节，且待续集《闺中鸽影》里，自有一番详详细细的交代。

闺中鹄影

第一回

春雨连绵　坐对孤灯泣黄昏

　　暮春的季节，这几天春雨连绵，淅淅沥沥地落个不停。天空中满布着灰暗的浮云，阴沉沉的，好像一个心事重重的人，不住地流着悲泪，显现了无限抑郁哀愁的样子。

　　这已经是晚上八点钟光景了，在乡村地方，比不得都市里，朝朝寒食，夜夜元宵，日作夜，夜当日，灯红酒绿，仿佛是鬼的世界。乡村中只要天色一黑暗下来，家家户户都闭门安息了。这里是一间光线很暗淡的卧房，房内是十分静寂，在一盏豆火似的油灯光芒笼映之下，可以见到桌子旁边坐了一个十八九岁的少妇。她虽然是个美人的胎子，然而被恶劣的环境所磨折，使她的脸会憔悴得可怜。蓬松松的头发，淡白的两颊，一些血色都没有。此刻她在灯下干着小孩子穿的活针，眼角还流着晶莹莹的泪水，好似雨打梨花一般地更显出楚楚可怜的意态。

　　除了一阵阵的雨点儿打着院子里那棵高大银杏树的枝叶，发出了洒洒的声响外，还有屋檐上铅皮管子内的雨水流到水缸里激成了叮叮咚咚的音韵，这在凄凉人的心头更会感到了无限的悲哀。因此那少妇的眼泪，和雨点儿似乎在比赛多少一般，也益发大颗地滚下来。

　　这个少妇到底是什么人呢？原来就是李小明的妻子徐芳卿。说起芳卿姑娘的身世，真是孤苦伶仃凄凉第一人。她从小就死了父母，幸亏她的舅父王老实把她领归抚养。但没有几年，她的舅母又一病归西，剩了年老的舅父和芳卿相依为命。王老实固然少不了芳卿来料理家务，芳卿一个十八岁的小姑娘，当然也少不了舅父来教养的。谁知芳卿实在太苦命了，连一个舅父都不能伴在身旁，王老实竟会得了急症，也就呜呼哀哉了。不过王老实在临终之前，急把芳卿嫁与李小明为妻，因为他明白他们两人是心心相印，十分情投意合的。那么王老实这个人，可说是到死都爱护着外甥女儿的好舅父了。

李小明是个温文的少年，容貌生得也很俊美，他对待芳卿柔情如水，两小口子真是十二分恩爱。芳卿在嫁到这么一个好夫婿之后，照理可说是苦尽甜来，从此是幸福无穷的了。但所可惜的是，李小明因为是个苦出身，所以并没有受过高深的教育程度，因此他的职业是捕鱼为生。李大妈是个势利的妇人，大概又因为是小明后母的缘故，所以对于儿媳并没有真正的爱心，她怨恨儿子不会赚钱，时常唠唠叨叨地讽刺着小明。小明在冷粥冷饭好吃，而冷言冷语难受的情形之下，便决心放弃捕鱼生活，另找出路。他到镇上去找沈伯贤，这是南货字号的账房，请求他介绍，收留在店内做一个小伙计。万不料店主人的女儿杨花美竟会看中了小明，要想嫁给小明做妻子。小明虽然不是个读书明理的知识分子，但他的人格高于常人，他的道德胜于常人，他绝对不是见了新人忘旧人、得了富贵丢贫穷的薄幸青年。他倒是个爱情专一、富贵不能淫的大丈夫。所以他宁愿打碎饭碗，职业不成功，拒绝婚事悄悄地回家来了。虽然回家后是被后母恶狠狠地责骂，但他含了眼泪承受着。他宁愿担受一个做事不小心没有能力的罪名，也不愿把真实的情形告诉芳卿，为的是怕芳卿得知了这个消息，会伤了她的心。可是花美却恹恹地害了相思病，她表示不嫁小明宁愿绝食而死的意思。因此她的父母着急起来，由沈伯贤这家伙想出了主意，买通了小明的娘舅费仁全，用强迫手段把李小明逼到杨家来做招女婿。好在杨家有的是钱，常言道钱能通神，有钱能使鬼推磨，所以他们愿望当然是达到了目的。只不过可怜了李小明和徐芳卿两小口子，恩恩爱爱的一对小鸳鸯，被这无情的棒竟是硬生生地打开了。

最最使人伤心的，就是李小明被逼到杨家去招亲的那一天，徐芳卿在万分焦急和心痛的交织之下，又被李大妈打倒在地，因此腹痛如绞，竟产下了一个儿子。李小明一面见爱妻产子，一面被母亲、娘舅苦苦相逼，在这夫妻生离的一幕，真是比死别更如伤心。作书的一支秃笔再巧妙一些也形容不出万分之一的来了。

光阴匆匆地过去，可怜的芳卿，她抱了孤儿天天以泪洗面，不知不觉地已过去二十多天了。在富贵人家，一个妇人做产，最起码要休养一个月，考究一点儿，甚至休养一百二十天。固然是茶来伸手、饭来开口，而且是山珍海味、燕窝银耳滋补着身体。但芳卿这个可怜人呢，不要说没有一些食物补补产后的身体，而且没有到一个月的日子，李大妈就叫她淘米煮饭、洗衣洗菜，对待十分凶恶。倒是小明的妹妹小娥看不过去，帮着嫂嫂做事情，叫芳卿在做产时期内，切不可过分地操劳，因为这是大伤身体的。同样的一个产妇，并非是就有了贵贱的分别，唉，还不是为了贫富的关系吗？所以世界上的人，人比人气煞人，永远是没有平等的时候哩。

天气是渐渐地热了，芳卿为了爱儿没有单衣服换身，所以找了一些破布条，七凑八补地缝拢来，给孩子制衣服。白天里被李大妈逼着做家务事情，所以只好在夜里抽空干活针了。此刻芳卿手里是干着活针，但心中却在想念她夫婿李小明。我们夫妻分离至今，一转眼已二十四天了。可怜小明到杨家去招亲，这不是变成雄媳妇了吗？我知道小明是个志高气傲的青年，他懂得廉耻两字，所以他心中一定是万分不愿意。他身子虽在杨家，他的心一定是在我的身上。唉，两地相思，这是多么心痛呢！

芳卿想到这里，耳听窗外洒洒的雨声，只觉得点点打在心头一样地疼痛。她轻轻地叹了一口气，泪水也像雨点儿般地滚落下来，一会儿转念又想道：我在这家中虽然时时刻刻地想念着小明，但小明到底是否和我同样地想念，这究竟还是一个问题。因为杨家是有钱人家，杨小姐当然是个很美丽的人才。况且穿得好，吃得好，久而久之，在小明眼睛里看来，也许把杨小姐当作天仙化人一样地爱护，到那时候只怕我们母子俩早被小明遗忘得一干二净了。我固然是成了活孤孀，好像黄鹄的影子一样，形单影只，再没有幸福的日子。更可怜的还是这个苦命的孩子，他不是一下了地就等于没有爸爸一样了吗？芳卿在这么一想之下，真是沉痛的悲哀激起了泣血的伤心，她忍熬不住掩着脸呜呜咽咽地哭泣起来了。

芳卿这一哭不打紧，却惊动了外面对过房中的李大妈了。她悄悄地走到芳卿房门口来，恶狠狠地敲了两下子门，喝骂道：

"你这个小娼妇！一天到晚，哭死哭活地在哭些什么花样精来呢？已经这么晚了，还不好好儿安睡，你一个人在做什么？如今火油这么贵，你还亮着灯呢，真是我李家的扫帚星白虎星！我苦苦地守了十多年的寡也不过如此，你这小婊子才一个月不到没有男子陪着睡，你就难过煞了吗？明天我送你到妓院里做婊子去，那你便可以夜夜找快乐，再不会眼泪鼻涕哭给我看了！"

"妈，够了，够了，你给我少说几句话好吗？其实原也怪不了嫂嫂要伤心的，你把哥哥出卖了，你还要束缚嫂嫂不许伤心，那我觉得妈也太专制了。妈，我们管自地去睡吧！"

芳卿一听婆婆的骂声，她唬得脸无人色，芳心别别乱跳，这就连忙停止了哭泣，正欲辩说几句，忽听姑娘的声音在劝着婆婆回房去，于是没有作声。但婆婆仍旧凶巴巴地把门乱敲，大声骂道：

"你这死坯！你在里面死了吗？为什么一声不开口？快把门开了，让我来咬你几口肉，出出心头的怨气！你这贱货！问你下次还要大出丧般地哭泣吗？是不是我死了你要这么伤心呢？"

"婆婆，你饶了我吧！我下次再也不敢哭泣了！"

李大妈要芳卿开门，还要咬芳卿两口肉。可怜芳卿听了，真是急得全身瑟瑟发抖。因为李大妈心如蛇蝎，她说得出做得到。万一

124

我把门开了，她真的将我一顿毒打，那我如何受得了？于是口吃地叫了一声婆婆，向她低低地哀求。接着就听小娥在门外又说道：

"妈，你听到了没有？嫂嫂已经在求饶了，你就马马虎虎饶恕了她吧！"

"这贱货还不快给我熄了灯火吗？真是败家精！"

"婆婆，我把灯火熄了。"

芳卿一面回答，一面凑过嘴去，把桌上亮着的油灯吹熄了。房外已不见了灯光，李大妈方才心满意足地被小娥拉回房中去，不过她口里叽里咕噜地还骂个不停。直等对过房门砰的一声关上了，芳卿才算惊魂稍定地放下心来，在黑暗之中呆呆地坐着出了一会子神。她虽然不敢再哭泣，但眼泪是扑簌簌地流了下来，心里暗想：婆婆为了贪图金钱，硬生生地出卖了自己的儿子，拆散了我们夫妻。她还一些没有可怜我的意思，把我当作眼中钉般地苦苦地虐待我。唉，我做人做到这般地步，还有什么乐趣，还有什么希望可说呢？一个人到了孤苦无依、没处诉苦的时候，无论谁都会起了厌世之念。那么苦命的芳卿自然也不能例外。尤其她此刻坐在黑魆魆伸手不见五指的卧房里，她更觉得永远不会有光明的日子了，于是她脑海里浮上了一个"死"字，觉得死也并不十分可怕，在自己环境之中，也许死了倒反而可以解除一切的烦恼和痛苦哩。

芳卿在这么思忖之下，她是决心预备死了。本来她心中还记挂着小明，不过一想到小明在新婚之中，此刻真是甜蜜无比，他也许把我早已忘怀了，那我何必还要留恋他呢？芳卿虽然决定了死，但说死就死，这也不是一件容易的事情。在乡村中比不了都市，可以吃安神药片、雷沙尔自杀，但这些东西在乡村中根本是办不到的。那么芳卿要想自杀，也得想一个办法来作为自杀的器具。思忖了好一会儿，觉得除了上吊之外，再没有第二样比较妥当的自杀办法了，于是在芳卿的眼前，好像站立了一个面目狰狞的恶鬼，她慢慢地跟着站起，不但并无一点儿害怕的意思，而且还感到那恶鬼的可亲。

不料正在这个时候，忽然床上芳卿的儿子却是哇哇地哭起来了。

孩子的哭声好像是航海中的灯塔、沙漠中的指南针，顿时把芳卿迷糊的头脑震惊得清醒过来，又连连自言自语，说道：

"不对，不对，我不能自杀啊！我死了之后，我这苦命的孩子还有谁来照管他疼爱他呢？我别的人都可以丢得下，我怎么忍心丢下一个孤儿在这世间上活受罪呢？他是我的亲骨血，我这一生来唯一的安慰者。我死不得，我死不得！苦命的儿！你不要哭，妈绝不抛弃你，妈要从千辛万苦中抚养你成人！"

芳卿一面说，一面在黑暗中跌跌撞撞地奔到床边去。可是一不小心，她的膝踝和椅子角撞了一下。可怜她这一疼痛，几乎站立不住，低低叫了一声"喔哟"，眼泪也痛得滚落下来了，但儿子的哭声使她连抚摸一下子的工夫都没有，依然很快地奔到床边，把孩子抱在手里，偎着他小脸儿，低声地泣道：

"椿全，你不要哭，妈不会离开你的。只怨你自己命太苦，为什么要投胎到我家来做儿子呢？唉，可怜你们父子今生也不晓得是否还有团圆的时候呢。"

椿全这名字是芳卿给他取的，因为芳卿读过几年书，所以她胸中还有一些学问。她希望小明能够安全地回来的意思，所以把孩子取了一个椿全的名字。椿全还是一个月里的婴孩，他知道什么呢？只晓得娘的乳头塞进在他的小嘴里，于是不再啼哭地又静静地安睡过去了。

芳卿躺在床上，抱着孩子昏昏沉沉地也跟着睡去了。等她一觉醒来的时候，忽然见床边显现了一堆白光，一时暗暗奇怪，连忙揉揉眼皮，仔细地望去，原来窗外雨已停止，浮云堆中却显现出一个明亮的月光来，所以把室内也照映得通明的了。芳卿见了这么好的月色，忽然触动了灵机，连忙跳下床来，走到桌子旁边，借了月色的光芒，来继续赶制椿全还未完成的衣服。虽然针缝上去，还有些眼花缭乱，但她用足了目光，在这艰难的环境之下，终于完成了儿子的衣服，正是崇高的母性！

芳卿给儿子完成了衣服之后，连忙又急急地睡去，因为第二天一清早又得起来做家务的。假使晚上没有睡畅，白天里做事当然没有精神，这被李大妈看见了，当然又得挨骂了。可怜芳卿只合了一小时的眼睛，东方已经慢慢地发白，院子里的雄鸡也在引吭高啼了。芳卿从睡梦中惊醒，不敢怠慢，急急地披衣起床，开门出外，在厨房里先生旺了炉子，然后烧热了开水。这时李小娥和李大妈也已起身出房，芳卿急忙倒了面盆水，服侍她们洗脸。李大妈似乎还有些不大称心般的，眼睛白进白出，恶狠狠地望着芳卿。芳卿小心地收拾客堂上的家具，一会儿打扫，一会儿揩抹，却不敢向婆婆正眼相望。

李小娥是很同情嫂嫂的，所以她也忙碌地帮着芳卿做着家务。不多一会儿，把厨房里稀饭烧好端出来，三人方坐下吃早饭了。在李大妈的心中，好像芳卿做事情是应该的，吃饭却是不应该的，所以芳卿连吃饭都受了束缚，似乎多吃了一些就得遭李大妈白眼的样子。可是产后的芳卿因为还要供给孩子吃奶，所以她的胃口偏偏特别好。更因为没有油腻的菜吃下去，肚子也时常地会闹饥饿，吃了两碗泡饭，还有些不大够，正欲站起再去盛半碗的时候，却被李大妈白了一眼，骂道：

"你这死坯竟变成饭桶了！早饭吃两碗还不够吗？照这样吃下去，我家要被你吃穷了！"

"妈，你这话说得好没道理，女儿听不过，又得开口说话了。嫂嫂是有孩子的人，她吃得下饭，那么奶水才会充足，孩子也会吃得白白胖胖。老实说，照理还应该买些鱼肉之类的小菜来补嫂嫂的身子哩！我家虽然贫穷，到底还有嫂嫂陪嫁过来的几亩田，难道嫂嫂一些青菜淡饭都不应该吃吗？我真不知道妈到底是存的什么心眼儿呢。"

李小娥见嫂嫂被妈一骂之后，果然又坐下身子，不敢再去盛饭了，她心里非常地怨恨，遂忍熬不住代抱不平地回答。李大妈听了女儿的话，也气呼呼地道：

"你这小姑娘说话太没有分寸了，她舅父死后一切费用，不都是我想法子去筹备来的吗？这几亩田早已卖给我的名下了，还有她的份吗？"

"是你筹备来的？哼……"

对于李大妈以前所干的秘密，小娥心里是全部明白的，所以冷笑了一声，大有要拆穿她的样子。李大妈这才急起来，把桌子狠狠地一拍，喝道：

"你这小姑娘简直是造反了，你要和我作对吗？"

"我并不是和妈作对，我的意思，嫂嫂吃饭的自由，请妈不要束缚她。哥哥已经被你卖给杨家去了，那么椿全这孩子也就是我们李家唯一的后代根了。嫂嫂胃纳好，肯多吃饭，这事实上就是椿全的幸福，我倒要问妈，椿全是不是你的孩子官儿呢？"

"哼！这种小鬼养大了也没有用，我要享他福气，我的鼻头早已朝北的了！"

"妈，你难道不希望长命百岁，倒愿意做个短命鬼吗？"

"胡说，胡说，你再放屁，当心我给你一个巴掌吃！"

"那么椿全养成了人，你也不过五六十岁的年纪，为什么没有享他的福气呢？你说鼻头朝北，不也是死了的意思吗？你自己胡说白道地触自己霉头，还来给我吃巴掌呢，真是木拖鞋呢！"

"什么木拖鞋？你在说的什么话？"

木拖鞋走路踢踢踏踏，以此喻人，就是说有些十三点作风。李大妈听不懂，所以睁大了眼睛，向她莫名其妙的样子问。李小娥倒又忍不住抿嘴一笑，逗了她一个娇嗔，说道：

"你听不懂就算了，不必再提。现在我爽爽快快地说，本来我早饭也吃两碗的，现在妈既然这样肉痛，我就吃一碗好了。"

"咦！咦！我几时不叫你吃两碗呀？你只顾吃，你是我亲生的好女儿，你要吃十碗，我也不会放一声屁！"

"不，我是你亲生女儿，难道我头上就出角了吗？这在胜利后的民主时代，我认为太不平等了。现在我提出一个意见，就是把我每餐吃的饭，省下一碗来给我嫂嫂吃。比方说，妈规定嫂嫂每餐吃两碗的，以后我少吃一碗，嫂嫂就可吃三碗。这一碗不是吃妈的，原是吃我的，我想这样子妈总再没有什么话可说的了。"

李小娥滔滔不绝地会说出这一番话来，这使旁边芳卿的耳朵里听来，心中的感动，几乎泪水夺眶而出。她慌忙插嘴说道：

"妹妹，你不要这样子，我吃两碗已经是很饱的了。"

"嫂嫂，你要明白，我这一碗饭并不是省给你吃的，原是省给我侄儿椿全吃的。因为椿全要吃你的奶水，嫂嫂饭没有吃饱，如何会有充足的奶水呢？所以我并不是待嫂嫂好，我是借嫂嫂的肚子，希望你多制造一些奶水来罢了。"

"好了好了，你也不用省吃一碗了，从此以后，我就不管你嫂嫂吃饭了。只要她吃得下，就是吃十碗二十碗我也不管了。"

李大妈被女儿说得也感动起来，于是连连地也说出了这两句话。小娥听了，由不得扬了眉毛，望了芳卿一笑，说道：

"嫂嫂，你听到了妈的话没有？以后你只管随意地吃吧。其实你也并不是贪吃，无非是为了李家后代根着想而已。"

芳卿没有回答什么，她低了头，把空碗筷收拾到厨房里去。虽然心中是很感激小娥，但想到自己做人做到这一份光景，真是伤心到了极点，眼泪水忍不住又偷偷地滚下来了。

下午一点钟光景，李大妈趁小娥出外买物去，遂把被单等物件换下来，叫芳卿去洗。芳卿不敢违拗，只好拿了被单衣裤等物，走到屋外小河边去洗濯。她蹲在小河边的石级上，一面洗濯，一面暗暗地叹息。想自己在前生一定做过什么孽，所以今生会遭到婆婆这样的磨折。早知今日这么的结局，我又何必要嫁人呢？我一个人靠着舅父遗下来的一些产业，不是也很可以舒舒服服地做人吗？想到这里，泪又雨下。可怜芳卿到底还是一个做产未满月的人，她在小河边蹲得时候久了，只觉腰酸腿麻、头晕目眩，尤其泪眼模糊地望着这茫茫的河水，她感觉自己的身子似乎在摇晃着不停，几乎要昏跌到河水里去了。正在这个时候，幸亏小娥急匆匆地找寻来了。她见嫂嫂面色惨白、两眼发呆的样子，遂急忙一把抱住了她，连声地叫道：

"嫂嫂，嫂嫂，你怎么啦？你的面色很不好呀！"

"哦，妹妹，我……头晕得厉害，两眼都觉得乌黑黑的了。"

芳卿身子整个地靠在小娥的怀内，她闭了眼睛，流着泪水，低低地回答。小娥满面显现了愤恨的神色，说道：

"妈这人真是太没有心肝的了，嫂嫂身体这么衰弱，而且又在做产时期之内，竟叫你到河边来洗东西，这真叫人太可恨了。我才一转背，她就想尽方法来磨折你，我真不相信你们前世难道有着切齿的冤仇不成？"

"妹妹，你若迟来一步，那我一定掉在河里没有性命的了。唉，我在这么困苦的环境之中，总算还有你妹妹慈悲心肠地来同情我帮助我，我……我就是死了，也不会忘记你的恩典。"

芳卿微微地睁开眼睛，向小娥淡淡地逗了一瞥，一面感动地说，一面泪水像雨点儿似的滚落下来。小娥听她说得可怜，无限伤心陡上心头，这就抱着芳卿哭泣起来了。姑嫂两人哭了一会儿，小娥已收束了泪水，低低说道：

"嫂嫂，我扶你回家去吧。"

"不，我靠一会儿就好了，这些东西还没有洗完哩。"

"你不要洗了，我会给你洗的。你这么虚弱的身子，还是回家去休养休养吧。"

"不，我不能回去。"

小娥见她满脸显出恐怖的样子，蹙着双蛾回答，心里这就明白她的意思，遂叹了一口气，低低地说道：

"嫂嫂，你放心，妈骂你，有我会跟你辩白的。"

"妹妹，我很感谢你，但我怕……我觉得害怕！"

从芳卿那种神经衰弱的意态，可知平日见了母亲，真仿佛老鼠见猫一样地畏惧。她哀怨地沉吟了一会儿，眸珠一转，说道：

"嫂嫂，那么你就在这石级上坐一会儿，我给你洗濯完了，大家一块儿回家去好吗？妈问起来，只说是嫂嫂洗完的好了。"

"妹妹，你这样深情厚谊对待我，真不知叫我如何报答你才好。"

"别说这些话，嫂嫂，我们原像姊妹一样的……"

小娥一面扶她坐到石级上，一面低低地说，她的眼皮又不禁红了起来。芳卿叹了一口气，用了虔诚的语气，说道：

"阿弥陀佛！但愿妹妹嫁个称心如意的好夫君，将来永远会过着幸福的日子，这些祝祷，那就是我一万分诚心诚意报答你了。"

"嫂嫂，我不要，嗯！你这人说说，又取笑到我的头上来了。"

小娥到底还是一个才十六岁的小姑娘，她一面很有劲地洗着衣服，一面红晕了两颊，娇羞地逗了她一个白眼，却赧赧然地回答。芳卿见了她这妩媚的意态，一时在无限哀痛之余，倒也由不得嫣然一笑，低低地说道：

"妹妹，我没有取笑你，我也是正正经经的话，你良心这样好，我知道你将来一定是个有福气的人。"

"唉，嫂嫂，不要说什么福气两字了。身为女子总是苦命的多，尤其在乡村里像我们这种没有学问的女子，将来根本就没有什么了不得的希望。虽然我还是一个小孩子，我原不懂什么，但我已完全地看穿了，嫁人又有什么意思呢？所以我预备独身到老，进庵堂做尼姑去，这样就清静得多了。"

芳卿听她小小年纪竟会说出这些颓伤的话来，觉得这大半还是因为受了我们多磨难的影响，因此也叹了一声，接着勉强微笑道：

"妹妹，你不要说傻话了，哪里个个女子会像我这样苦命呢？我不怨天，也不尤人，只恨我自己八字生得不好。"

"嫂嫂，你也不要灰心，不要悲伤，我知道哥哥是个爱情专一的人。他绝不会有了新人，就把你旧的忘了，我相信他将来会偷偷地来望你的。"

小娥听她说到后面，又感伤十分的神气，这就用了温和的口吻，向她低低地安慰。芳卿沉痛而悲愤地流着眼泪，叹息说道：

"你哥哥是个忠厚老实的好人，我也知道，不过被杨小姐迷恋之后，那边住的高楼、穿的绸缎、吃的海味，真所谓此间乐不思蜀。久而久之，恐怕也会慢慢儿变起心来吧。唉，有钱的人太可恶了，他利用了金钱，仿佛是执了一把钢刀，竟把我们夫妻的情义用强迫手段一刀斩断了！"

"嫂嫂，金钱真是万恶的东西，我听鼓词上有这些话，金钱正是害人物。为了它，兄弟反目感情伤；为了它，朋友之间常吵闹；为了它，廉耻全无去卖国；为了它，铤而走险做强盗。多少是非为金钱，可惜世人不明了。嫂嫂，我舅舅和母亲，他们把哥哥强迫到杨家去招亲，也不是上了金钱的圈套吗？"

姑嫂两人一面说着话，一面叹着气，大家都有无限的忧愤。不多一会儿，小娥把被单衣裤等物洗濯清洁，用清水漂过。芳卿帮着小娥拧干。两人站起身子，正欲回家，忽然见身后有个西服男子，他拿了照相机，当她们姑嫂俩别转身去的时候，嗒的一声，竟把她们芳影摄入快镜里面去了。两人瞧此情景，倒是愕了一愕，但那男子却笑嘻嘻地说道：

"两位小姑娘，你们刚才这张照相拍的姿势真是好极了，我再给你们拍两张好吗？"

姑嫂两人见这男子自说自话，完全油腔滑调，显然是不怀好意，一时十分恼怒，但也不便发作，遂头也不回地夺路而走。谁知这个男子色胆包天，竟然拦住她们的去路，还色眯眯地笑道：

"不要走，不要走，我们坐在草地上大家谈谈好吗？你们两位是姊妹吗？嗯，真是一对姊妹花，我希望跟你们做个朋友，你们肯答应吗？"

"什么？你这人好不知廉耻的！自言自语地在放什么狗臭屁！快给我滚开一点儿，让我们走吧！"

小娥因为手里没有拿着被单，所以恨恨地把他一推，倒竖了柳眉，圆睁了凤目，怒气冲冲地斥喝着说。那男子向四下一张望，见没有什么人，这就益发壮了胆子，伸了两臂，还是贼兮兮的样子，笑道：

"小妹妹，你的火气不要这样大呀，瞧你姊姊文文雅雅的，恐怕倒很愿意跟我交朋友哩。"

"妹妹，这种不要脸的奴才，别理他，我们走我们的吧！"

芳卿逗给他一个白眼，也恨恨地骂着。姑嫂两人于是急急地向家门口走回去，不料这个男子却紧紧地盯在后面，说着不堪入耳的下流话。小娥低头见前面有一堆黄沙，这就灵机一动，立刻俯身抓了一把黄沙在手里，回头向那正在追随的男子挥手抛了过去。那男子冷不防撒到了这一把黄沙，虽然停步不前，紧闭双目，但也已经来不及了，他"喔哟"一声，两手在眼睛上乱揉起来了。

小娥芳卿这才急匆匆地逃回到家里。李大妈见了，忙问她们为什么这样惊慌。小娥遂把路上有男子调戏，被我抛一把黄沙的话告诉她。李大妈笑嘻嘻地说道：

"你这小姑娘倒是很辣手的，黄沙撒到人眼睛里不是要成瞎眼的吗？"

"哼！这就是调戏女人的报应，瞎了眼睛，也是该死！"

小娥一面冷笑着回答，一面帮着芳卿晾好了被单衣服，遂叫芳卿到房内休息去了。第二天上午，小娥拿了竹篮，预备到菜园里去摘几棵菜来吃，不料在院子门口却遇见娘舅费仁全又喜滋滋地到她家中来了。

第二回

鸳鸯同遭劫　真是一对可怜虫

那个调戏芳卿姑嫂的西服男子，似乎再也想不到小娥会有这么辣手，死活不顾地竟抛过来一把沙泥，当下急忙止步，把双眼紧闭。幸亏入眼的黄沙尚少，所以他两手连连揉了一阵，流下了许多眼泪之后，方才把扬进眼内的黄沙都又汆出眼眶子外面来了。他抬头向前一望，早已不见了芳卿、小娥两人，一时暗暗叫恨，骂了一声"他妈的，这个小姑娘真是可恶，不知她们是住在哪一家的"。正在呆呆地自言自语，忽听后面有脚步之声，遂回眸望去，原来不是别人，却是镇上马阿四家中常在一块儿赌钱的费仁全。他一见了那男子，先笑嘻嘻地叫道：

"王八爷，你今天怎么有兴趣下乡来游玩呀？在拍照相吗？"

"老费，不要说起了，真正触霉头，几乎两眼都要失明了。"

"怎么啦？王八爷，是不是风把什么东西吹入眼睛里了吗？"

费仁全听他颓然地回答，遂显出惊异的样子，向他急急地问。诸位一定很奇怪了，这个男子难道是姓王名八吗？姓王这是算不了稀奇，姓王的取个单名叫八字，那的确很稀奇了。但王八爷的名字并不叫八，实在是叫王斌。那费仁全为何叫他王八爷呢？原来王斌一共有兄弟姊妹十个人，他齐巧挨到是老八，所以一班胡调朋友也就都称呼他为王八爷。王斌起初听了，很不高兴，时常和朋友们反对这么地叫唤自己，但久而久之，也就没有办法地只好承认王八竟

134

是自己的名字了。当时王斌听问，连连摇头，说道：

"不是风吹过来了，是一个人抓了一把黄沙向我没头没脑抛过来的。"

"什么？这是哪一个？吃了豹子胆，竟敢这样放肆吗？王八爷，说到别的地方，我能力够不到，至于这个村子里，那是我的老土地。不是费仁全夸一声口，谁敢不服帖我！王八爷，你告诉我，什么人欺侮你外客，我给你抱不平。"

王斌听他十分起劲滔滔地说，表示很热心为朋友打不平的样子，这就含了一丝苦笑，微微地叹了一口气，说道：

"我告诉你，是两个小姑娘呢。"

"啊，小姑娘？她们女孩儿家怎么有胆量欺侮你呢？我想其中一定有些缘故吧？"

费仁全"啊"了一声叫起来，忍不住笑了一笑，他说到后面这一句话，多少包含了一些俏皮的成分。王斌微微地红了脸，说道：

"原因当然有一些的，我见她们在小河边洗衣服，遂给她们拍了一张照，并且很和气地招呼她们，愿意跟她们做一个朋友。谁知她们不中抬举，竟然开口骂我不算，还拿一把黄沙抛了过来，幸亏我眼睛闭得快，否则真可不得了。老费，你说这小姑娘辣手不辣手？"

"哈哈，原来你在色眯眯地不老实，那就无怪人家小姑娘要发脾气了。王八爷，照你平日的功夫，在女人家面前不是很有些温功吗？如何今天会失败了呢？"

王斌听仁全这样说，一时恨恨地咬了牙齿，大有气呼呼的样子，不禁皱了眉头，沉吟了一会儿，望着仁全小花脸般的面孔，低低地说道：

"老费，你在这村子里既然是老土地，我想你那两个小姑娘一定也认识的，请教你，她们是谁家的女儿？不知住在什么地方的？你能告诉我吗？"

"王八爷，你这人真有些自说自话的，这两个姑娘生得怎么样脸，怎么样身条，我又没知道。偌大一个村子里，少说也有几百户人家，是谁家的姑娘，那叫我如何知道呢？"

王斌一听这话倒也不错，一时由不得怔怔地愣住了一会子，遂凝眸又沉思了一会儿，方才望着仁全说道：

"这两个小姑娘的脸生得美丽极了，老实说，我见了她们，真有些神魂颠倒。虽然我被她们抛了一把黄沙，但我的心中对她们还是念念不忘哩。假使能够给我亲一个嘴，摸一把胸部，那我真是死也情愿。"

"哈哈，色不迷人人自迷，这句话真不错。王八爷，你家中不是已有两个太太了吗？听说都是花容月貌，艳丽异常。那你见了乡村姑娘还要色眯眯地动脑筋，这不是太以贪得无厌了吗？"

费仁全听他说出这种话来，忍不住又哈哈地大笑了一阵，责备他说。王斌红了脸，抓抓头皮，笑嘻嘻地说道：

"女人和小菜一样，假使天天吃鱼翅海参，那也会没有什么味儿的。倘然有一日吃起青菜萝卜来，那就觉得蔬菜也有一种可口的滋味。市镇上的女人就好像鱼翅海参，但乡村里姑娘就好比是青菜萝卜了。老费，我很想换换口味，你能不能帮帮我的忙呢？假使给我目的达到，五百万酬劳费，绝不食言。"

"五百万"三个字有着很大的魔力，在一个正患着贫血症的费仁全耳朵里听来，由不得喜上眉梢，一颗心顿时怦怦乱跳。不过他表面上还显出十二分大方的样子，淡淡地一笑，说道：

"五百万六百万这倒是无所谓的一件事，不过帮忙也得看情形而说，没有姓没有名的姑娘，我怎么知道究竟是哪一个呢？所以这件事情，我觉得无从帮忙。"

"让我想一想……哦哦！有了，有了！"

王斌以手加额，忽然连声地"哦哦"起来，笑嘻嘻地回答。费仁全自然也十分高兴，连忙望了他一眼，急急问道：

"你想到了什么有了呀？"

"老费，这两个小姑娘的脸刚才已经被我摄入快镜里去了，我马上到照相馆里去洗印出来，你看了照相之后，我想你总会认识了吧？"

"嘿嘿，你这家伙手脚倒真快。嗯，在这村子里的姑娘，我见了她们脸，当然是认得的，认得了之后，那事情就好办了。"

费仁全扬了眉，乐得耸着肩膀，也忍不住笑起来了。王斌把快镜在头颈上一挂，拉了仁全的手，迫不及待地说道：

"老费，你马上跟我到镇上照相馆去一次吧！"

"不，今天我没有空，况且此刻又不能立刻就好洗印的。"

"别说洋盘话了，三小时之内，特快洗印，有办法的。老费，你帮我忙，我心里明白，绝不使你白白辛苦的。你又有什么正经的事呢？对不起，就跟我走一趟吧！"

王斌一面央求他说，一面拉着他身子，已向前急急地走。费仁全也无非是故意搭一些架子，此刻听他许下了愿心，遂也不再拒绝，跟着他一同到镇上去了。

急急赶到镇上，先到三民照相馆，老板和王斌是要好朋友，那当然是闲话一句，没有问题，在两小时之内，保险可以洗印出来。王斌为了要讨好费仁全，所以先邀他到一家春酒馆喝酒。两人点了几样小菜，叫了两斤老酒，你一杯我一杯地吃喝起来。等喝毕酒后，时已六点左右，两人索性用了晚饭，那不必说，当然是王斌付去了账单。两人出了一家春，匆匆又到三民照相馆来。老板说洗印好了已有半个钟头了，王斌接过照相，见拍得十分清晰，遂递给仁全，急促地问道：

"老费，你快瞧吧，这是谁家的姑娘呢？"

费仁全拿过照片一看，不由扑哧的一声笑出来了，拍拍他的肩胛，用了神秘的口吻，笑嘻嘻说道：

"王八爷，你要看中这两个女孩子吗？那你是不大上算的。"

"为什么不上算呢？"

137

"说来话长，我们找个清静一些地方去谈谈吧。"

"对面长乐茶园很清静，我们就去坐一会儿好了。"

王斌说着话，急急向三民照相馆老板告别，和仁全来到对过长乐茶园坐下，泡了两壶香茗，王斌亲自给他满满地斟了一杯，又急急地说道：

"老费，你快告诉我吧，别卖什么关子了，为什么我看中她们不上算呢？"

"因为给你达到目的之后，你得称呼我要好听一些了。"

费仁全握了茶杯，微微地呷了一口，笑嘻嘻地说。王斌似乎有些明白了地"哦"了一声，也笑着说道：

"莫非你和这两个小姑娘是有些亲戚关系吗？"

"嗯，对了，她们是我的外甥女儿呢。你看中了她，那你不是要叫我一声舅公了吗？"

"只要你肯帮忙把她们嫁给我做个姨太太，我就情情愿愿叫你一声舅公的。老费，怎么样？"

王斌一本正经的表情，很认真地说。费仁全沉吟了一会儿，暗想：要把小娥嫁他做姨太太，这件事显见得有些为难，因为姊姊是旧脑筋，她常常说，地下做个小，情愿天上做只鸟，那么她当然不肯给女儿去做小老婆的。王斌见他并不作答，遂又连连催问。费仁全把照片上的小娥指了指，问道：

"你是不是看中这一个呢？"

"不不，我看中的是那一个，她年纪比较大一点儿，懂得一些男女间的情爱，所以我倒喜欢的是她。这个小姑娘，辣手辣脚，黄沙抛了我一面孔，我可吃不消她。"

费仁全听他爱上了芳卿，暗想：这可更糟了，她是个有了孩子的少妇呢，怎么还能嫁人呢？于是连连摇头，说道：

"不行不行，这个女子是我的外甥媳妇，她已经有了男人的，怎么还可以嫁给你？"

"你这话可是真的吗？我见她年纪也不算这么大呀，如何就有男人了呢？我想你一定欺骗着我吧。"

王斌听了这话，好像兜头泼了一盆冷水，满面显出失望的样子，急急地说，说到后面，他又有些将信将疑的表情，低低地问。费仁全正经地说道：

"我骗着你有什么好处呢？这少妇不但嫁了男人，而且已生下了孩子呢！"

"唉！那可怎么办？我这愿望看来是达不到的了。"

费仁全见他深长地叹了一口气，显然是十二分难过，这就沉吟了一会儿，低低地问道：

"我看还是我那个外甥女儿怎么样？假使你有意思，我就给你做个媒，不过成功不成功，那我也不能完全地保险。"

"小姑娘我倒没有胃口，况且这女孩子太辣手。我倒喜欢这种已婚的少妇，好像一朵盛开的桃花一样，放在嘴里，实在太有滋味了。"

"什么？你倒还喜欢已婚的少妇吗？我以为你是爱着处女的哩。既然不讲究这些，我倒可以给你动动脑筋看。"

王斌听他这样说，一时眼前又展现了一丝希望，情不自禁伸手紧紧地握住了仁全，笑出声音来说道：

"老费，你若动出脑筋来，我一定不会待亏你。"

"王八爷，本来这脑筋是很不容易动的，因为她既然是我的外甥媳妇，我如何还可以把她再嫁给你做小老婆呢？不过，其中是有一个原因的。"

"不知道有个什么缘故呢？"

王斌心中也暗暗奇怪，口里虽然这么问，一面却在想着，莫非他外甥已经死亡了吗？费仁全遂把外甥李小明已到镇上杨家做招女婿的话告诉他一遍，一面又低低说道：

"你想，她丈夫做入赘女婿了，那么她不是和一个活孤孀差不多了吗？我想你若真的爱上她，那我可以和我姊姊去商量商量的。"

"原来其中还有这一回事情，那好极了，老费，我就拜托了你，事情成功，五百万酬劳，一个子儿都不短少你的。"

王斌这才悄然有悟地回答，他满面是含了春风得意的微笑。费仁全掀动了一下眉毛，又喝了一口茶，说道：

"王八爷，我这人说话欢喜爽爽快快的，那么我姊姊那里，你预备出多少代价呢？"

"老费，既然你这样爽快，那么我也爽爽快快地问，你还是把她给我做小老婆呢，还是给我玩一次就算？因为这代价当然也有分别的，你说对不对？"

"不错，玩一次你出多少钱？给你做小老婆你出多少钱？你倒弄个尺寸来听听。"

"玩一次这好比上妓院，至多三百万，就是你介绍人的酬劳也要减去六成，只有二百万了。假使给我做小老婆，那因为是长期的，所以我情愿花一千万代价，你这个介绍人酬劳就仍旧五百万元，你看这代价不是也相当大了吗？"

这两个下流种子竟把人家当作生意经一样地谈判起来。费仁全听了，当下又沉吟了一会儿，说道：

"我的酬劳倒不成问题，只是我姊姊面前，一千万的代价似乎还不够一些。王八爷，听听一千万数目是很可观了，但这年头儿，物价一天三涨，钞票真不值钱，上个月和这个月的物价相差又很远了。所以我在姊姊面前，这一点儿数目如何能去开口呢？"

"老费，那么照你的意思，要多少数目才能成交呢？"

"我想你肯出三千万的，那还可以跟她去谈谈哩。不瞒王八爷说，上个月杨家小姐为了看中我外甥小明，也花了一千五百万代价呢。时间相隔一月，涨一倍也算不了什么稀奇呀。"

"原来你是专门干这一行生意做掮客的，我想三千万太贵一些，这年头儿人和货色到底不可同日而语的。其实呢，物价越涨，身价越跌。有几家贫穷人家的女儿，做父母的养她不活，情愿白白送给人家而还没有人要呢。所以我的意思，最多一千五百万，你就不妨去谈谈。"

王斌也是一个十分刁滑的人，他笑了一笑，遂滔滔地说出这一番大道理的话来。但费仁全是个老屁眼，你再刁滑一点儿，他也有他的理由，绝不会哑口无言的，所以也阴险地微微地一笑，斜睨了他一眼，说道：

"你这话固然不错，但同样一个人，却自然大有分别。比方说，这个姑娘生得麻皮面孔癞痢头，这样人才，不要说一千万，就是一万元钱卖给人家，恐怕大家也都会摇头的。至于我这个外甥媳妇的容貌身材，嘿！真是一个美人的胎子。常言道，美人一笑值千金。何况是她整个儿的身子呢？你以为三千万不值得，那么你就别想在美人身上得到甜蜜了。"

费仁全说得很强硬，表示一些没有还价的意思。王斌听了，倒是愕住了一会儿，暗想：这女人美是确实美丽的，就是花三千万也值得，好在我家有的是钱，有了钱不享乐，那岂非是傻子吗？不过他还不肯爽爽快快地答应，故意沉吟着说道：

"假使她还是一个未破瓜的小姑娘，那么这三千万的代价自然值得；无奈她已经是个有了孩子的少妇了，这究竟美中不足。所以我说两千万怎么样？你不妨跟你姊姊去说说看，也许她肯答应的哩。"

"你不要以为她是个少妇了，照她年龄上说，还只有十九岁哩。王八爷，你也知道董小宛的故事吗？她也不是什么处女，无非是一个名士的小老婆而已，但堂堂的顺治皇帝照样为了她而出家做和尚呢。从可知美人的高贵，人家说价值连城，但简直可以说比河山还值钱哩！王八爷，你还是快点儿决定一下子，天色不早，我还要回家哩！"

费仁全说着话，他已经有站起身子要走的意思。王斌这就急了，遂连忙拉住了他，急急地说道：

"好！好！凭您一句话，我答应，我答应吧！"

"既然你答应了，我明天早晨就到姊姊家里给你去一次。下午三点钟，在一家春酒楼碰头好不好？"

费仁全预备明天再吃他一顿，所以约他在一家春酒楼上。王斌对于这一点点小花费，原不放在心上，当下连连点头说好。两人方才握手分别，各自回家去了。这晚仁全睡在床上，暗暗盘算了一会儿，他笑嘻嘻地方才入睡找他的好梦去了。

第二天一清早，费仁全匆匆地就到李大妈家中，在院子门口碰见了小娥。小娥原是到菜园里摘菜去的，她见了这个没有人格没有道德的舅父，心里是非常地看不起他，遂淡然地叫了一声娘舅，便头也不回地管自走了。

费仁全平日也很讨厌小娥，因为这小姑娘不管长辈不长辈，老喜欢没大没小地抢白自己，所以见她出外去，那真是一个好机会，遂欢欢喜喜地走进李大妈的卧房来。只见姊姊还在洗脸，于是叫了一声"姊姊您早"。李大妈放下手巾，很奇怪的样子，问道：

"咦，大清早你做什么来呀？"

"姊姊，你难道不怕我穷弟弟来借钱吗？"

费仁全因为见姊姊问得有意思似的，好像表示讨厌的样子，这就笑嘻嘻地回答。李大妈倒也不好意思起来，只好微微地一笑，说道：

"我知道你是夜当日、日作夜地欢喜贪睡的人，今天起得这么早，当然叫我感到奇怪起来了。"

"姊姊，我问你，你喜欢发财吗？"

费仁全把房门轻轻掩拢，望了李大妈一眼，笑嘻嘻地问。李大妈是个财迷，她一听"发财"两字，脸上马上展现出笑容来，说道：

"发财？这是人人欢喜的，我怎么会不欢喜呢？弟弟，我们又没有买什么奖券，财从哪里去发呀？"

"姊姊，从……从你好媳妇身上去发呀！"

李大妈见他凑在自己耳边，低低地回答，这就忐忑地心跳起来，望着他怔怔地问了一句"怎么啦"。费仁全于是把王八爷看中芳卿做姨太太，愿意花两千万的代价，娶她回去的话告诉她，并说这不是又发了一票财香吗？李大妈一听两千万数目，比小明到杨家去做招女婿的代价还要多上一倍，一时怎么不欢喜呢？遂急急问道：

"弟弟，你这话到底真的还是跟我开玩笑呀？"

"姊姊，我说的话从来不开玩笑，假使你认为赞成的话，明天就可以银货两讫的。只要你叫芳卿跟王八爷回去，两千万元钱你就笃笃定定可以拿到手了。我做弟弟的，绝不赚你一个佣钱。"

"我当然一百二十四分赞成的，就只怕芳卿不肯答应。"

"姊姊，你不要说傻话了，在你手下的人还怕她强一强吗？老实说，小明也服服帖帖地到杨家去呢，何况芳卿是一个弱女子呢？再说儿子已做招女婿去了，你还留了这个媳妇又有什么用？你此刻不给她嫁人，年纪轻轻的女人将来也要跟人家逃走的。那时候她起了狠心卷逃你一票，你才人财两失大叫冤枉了。现在可以把她卖两千万元钱，这是何乐而不为呢？"

"弟弟这话说得对极了，我就决心把她卖了吧。老实说，养她在家里，又不会赚钱，这种人多吃饭米，还是把她换两千万元钱用用，这是多么惬意！好，好，一言为定，那么你几时送钞票来呢？"

"明天早晨我陪了王八爷一同到来，一面付钱，一面把芳卿带走，你看这办法可好？"

姊弟两人狼狈为奸地商议定妥，费仁全方才喜滋滋地回家去了。这里李大妈一个人呆呆地想了一会儿心事，决定这个消息还是暂不发表，恐怕芳卿不肯答应，半夜里要逃走的，这岂不是白白丢了两千万元钱吗？至于小娥这姑娘，也不要给她知道，她是和芳卿很说得来的，当然也会向我反对的，这不是又多了麻烦吗？所以还是明天早晨来一个猝不及防，只要两千万元到手，那我就死人也不关了。

这一天时间内，李大妈有些痴痴呆呆的样子，心里念念不忘的就是两千万元钱。她巴不得太阳早些落山，天色马上黑下来，最好立刻就到第二天早晨了，这是多么快乐兴奋的一回事情呢！不过一天光阴虽是过去了，还有这长长的一夜时间，李大妈在床上真觉得难以挨过去了。耳听着小娥轻微的鼻鼾声，显然睡得非常香甜，但她却完全失眠了。虽然闭上了眼皮，但始终看见一堆一堆的钞票浮现在脑海里。她兴奋过了度，梦魂颠倒地似乎数了一夜钞票，直到钟鸣子夜三点，才神疲人倦地睡熟了。

次日李大妈醒来，比较迟一点儿。芳卿服侍她洗脸漱口，吃过早饭。李大妈问小娥到什么地方去了，芳卿小心地回答，说妹妹洗衣服去了。照平日李大妈就得向芳卿怒骂，为什么不给小娥去代洗？但今天却不骂她了，因为她觉得芳卿在我家是最后一天了，似乎应该和她客气一些的了。这时已经十点光景，李大妈暗想：时候不算早了，为什么弟弟和王八爷还不到来呢？莫非事情不成功了吗？那叫我岂不是空欢喜了一场？正在暗暗焦急，忽听仁全在院子外嚷着进来，叫道：

"姊姊，姊姊，王八爷到来了。"

"芳卿，你快跟我出房去招待。"

李大妈一听弟弟的话声，顿时乐得眉飞色舞，一面向芳卿吩咐着说，一面急急地走到草堂上来。芳卿不敢违拗，跟在婆婆的身后，一同走出房来，只见舅舅和一个西服男子已坐在草堂上了。所谓王八爷其人，原来不是别个，就是昨天调戏我们的那一个男子。芳卿芳心立刻像小鹿般地乱撞起来，暗想：他到我家做什么来？难道他买通恶舅舅又来强迫我了吗？果然，只见费仁全把王八爷和李大妈介绍过了之后，便把手里拿的纸包透开，里面一堆一堆地显出花花绿绿钞票来，放在桌子上，笑嘻嘻说道：

"姊姊，喏，这里就是两千万元钱，你现在可以发命令了。"

李大妈一见了这许多钞票，真是欢天喜地，立刻点头会意，遂向芳卿望了一眼，故意先用了温和的口吻，说道：

"媳妇，自从小明到杨家去做招女婿之后，我看你一天到晚总是眼泪鼻涕，好像死脱了人一样地伤心。我知道你无非过不惯冷清清的生活，所以我也明白你的苦楚，特地托你舅父做媒，如今给你物色了一个好丈夫，就是这一位王八爷。他非常欢喜你，而且家中又非常有钱，所以你往后就可以过幸福的日子了。芳卿，你今天就跟这位王八爷回家去吧。"

　　这消息仿佛是个晴天霹雳，可怜芳卿给震惊得芳心粉碎，立刻双泪交流。明知这个无赖仗了钱的势力来引诱舅舅婆婆，欲把我买去做妾，但我怎么甘心受辱呢？于是扑通一声跪在地上，一面哭泣，一面说道：

　　"婆婆，我并没有伤心呀！我……我过得惯冷清清生活的，我并不愿意嫁人呀！因为我是个有夫之妇，虽然小明是到杨家招亲去，但我也抱定宗旨从一而终的。婆婆，你可怜可怜我，我情愿终身服侍着你，我再也不愿意另嫁别人呀！婆婆，你就成全我的愿望了吧！"

　　费仁全见李大妈听了芳卿的话，却呆呆地愕住了，竟然无话可答的样子，这就急了起来，遂走上前去，对芳卿说道：

　　"芳卿，你这人也不要太傻呀，小明已经到了杨家，他有杨家小姐跟他做夫妻，他根本不会再来爱上你了。换句话说，从今以后，他不是你的丈夫了，你也不是他的妻子了，那你何必还要苦苦地给他守一辈子呢？这你不是白白地受苦吗？老实说，这位王八爷虽然年纪大一点儿，但容貌也不错啊，况且家里真的很有钞票，你嫁给了他，不但终身有靠，而且还可以享享富贵荣华的福气。这种天堂里的日子，你去过了两天之后，保险你会深深地感谢着我这位好舅公的介绍呢！"

　　芳卿见他摇头摆脑的，还说出了这些劝告自己的话，一时气愤到了极点，不由铁青了两颊，倒竖了柳眉，鼓作了勇气，冷笑一声，说道：

"舅公，你也算是个老长辈，我想不到你会说出这样无耻下流的话来，你真是一个丧尽天良、狼心狗肺的畜生！你把小明逼到杨家去做雄媳妇，你拆散了我们恩恩爱爱的一对夫妻。谁知你还不满足你的狠心，你还要来出卖我的贞节。你……你这人到底良心生在哪里？你难道不会忧虑到你所作所为将来会到死无葬身之地的结局吗？"

"什么什么？你这小贱人目无尊长，你胆敢骂起舅公来了吗？好！好！我不和你计较。姊姊，她既然不肯嫁人，那么这两千万元钱你就拿不成功了。我看你还是留她在家里给她白白地吃一辈子吧！"

芳卿这一番话骂得仁全两颊发赤，一时恼羞成怒，阴险地连声冷笑，故意用了俏皮的口吻去刺激李大妈的心头。李大妈一听两千万元钱拿不成功，而且还要养她一辈子，仔细一想，这确实是太不合算了，于是她不得不心肠一硬，扬起手，啪的一声，在芳卿颊上恶狠狠的一个巴掌，狰狞地说道：

"你这不中抬举的贱人！你莫非活得不耐烦了吗？我做婆婆吩咐的命令，你胆敢违背，你真是太猖狂了！"

"婆婆，你打死了我，我也不愿嫁给这种无赖的！"

芳卿手按着面颊，一面坚决地回答，一面已是痛心万分地哭泣起来。李大妈一听这话怒不可遏，遂伸手向她没头没脑地又结结实实地打了起来，口里还恶狠狠地说："我就打死你，我就打死你。"王八爷见了，慌忙拦阻了李大妈，望着芳卿泪人般的粉脸，低低说道：

"芳卿，你真是太傻了，你婆婆待你这么凶，你丈夫又爱别人去了，你难道还愿意在这儿等死吗？我瞧你真也太不值得了。老实跟你说，我王八爷是个最会爱惜女人的多情丈夫，你肯跟我回去，我一定把你像花朵般地供养着。唉！你在这地狱中受苦，我给你带到天堂里去，你还不愿意吗？世界上哪里有像你这么傻得可怜的人呢？"

"哼！我情愿在地狱中受苦，我不情愿到天堂上享福。我也老实告诉你，我不但是有夫之妇，而且还有了孩子。我这清清白白的身体，我绝不肯让魔鬼来侮辱我。虽然我的丈夫是被别的女子抢夺去了，但我知道这是外界强迫他的，并非是他故意抛弃我的。他心头是悲痛的，是伤心的，他一定不会忘记我，他也是这世界上最可怜的人。小明，我同情你，我原谅你，我们两颗心是永远分不开在一起的。"

芳卿在冷笑了一声之后，愤愤地回答了这几句话。但沉痛的悲哀到底胜过一切，她忍不住又呜呜咽咽地哭泣起来。王八爷听了，也不免生了气，遂对李大妈说道：

"这种说不明白的女人真是没有了办法，我看非把她捆绑起来毒打一顿不可，给她知道一些厉害，她才会服帖哩！"

"好，弟弟，你快去拿条麻绳来，我去把柴担也拿来，打她一个半死不活，问她还敢再倔强吗？"

费仁全听姊姊这么吩咐，却又故意当做好人似的，连忙劝住了姊姊不要动怒，说芳卿慢慢会答应的，一面又向芳卿滔滔不绝地劝告，说得口沫横飞，要芳卿嫁给王八爷。芳卿哭泣了一会儿之后，她抬头望了李大妈一眼，接着悲悲切切地说道：

"婆婆，你也不要打我，你也不要逼我，媳妇最后向你说几句话。我是小明的妻子，小明是你婆婆的儿子，总而言之，我是李家的人。我要给李家争一口气，所以我不愿牺牲我的清白。比方说，我从李家门中再嫁到王家去，这岂不是败了李家门风吗？就是你婆婆的脸上又有什么风光呢？芳卿活着是李家人，死了也是李家鬼，就是小明今生不回家来，我也情愿终身守一辈子。好在我已有了儿子，我要把孩子抚养成人，这样使李家不会绝了后代根。婆婆，你是吃素念佛人，你总要原谅媳妇一番苦心。常言道，铜钿银子原是身外物，做人名誉两字最要紧。婆婆，你你听了媳妇这一番话，你总有些回心转意了吧?"

李大妈被她边泣边诉地说着，仔细想想，觉得芳卿真是个贤惠的好媳妇，她的心头倒也不免软了下来，因此皱了眉头，似乎有些尴尬的样子。费仁全见姊姊默然无语，这就冷笑了一声，说道:

"姊姊，你不要上她当吧，明天她看中小白脸，实行卷逃的时候，那你就懊悔来不及了。王八爷，只要有钱，女人要多少，我们走吧!"

"哦，弟弟，你……你不要走!"

"卷逃"两字在李大妈心中刺激得很厉害，她把软下的心肠立刻又硬了起来，一面阻止仁全不要走，一面在壁上插子里取下一根鸡毛掸帚，向芳卿一扬，表示要痛打的意思，喝道:

"芳卿，今天你不答应也要答应，你若再倔强一下，我就打你一个半死半活，做不了人!"

"婆婆，那么我只好一死以保全清白!"

"好! 我叫你死不得，活不能!"

李大妈听芳卿倔强到底，这就咬紧牙齿，杀气腾腾地举手就打。不料正在这时，忽然见小娥从外面匆匆地回来，她身旁还扶抱了一个人，一面哭叫着说:"不好了，不好了，哥哥被人打伤着回家了。"芳卿这时见了小明，真是心痛若割，猛可爬起身子，奔上前去，抱住了小明，放声大哭起来了。

第三回

蛇蝎行为　最毒淫妇心

俗谚谓"最毒妇人心"，其实妇人两字的范围太广，那当然要引起女界同胞的不平。所以我觉得应该改为"最毒淫妇心"，这就一丝一毫地不会错了。本书的杨花美虽然还未出场，但在芳卿心里已经叙述过了，她仗了父亲有钱，买通了仁全，竟把使君有妇的李小明硬生生地夺了过去。在杨花美这种好淫女子的心里，她根本是不懂得爱情两字的。在当时她所以爱上了李小明，也无非一个怀春的女子，偶然觉得小明的俊美而发动了一些欲的意念罢了。所以当她又看到了这位从上海来的表哥潘九华之后，立刻把她的爱情又转移到潘九华的身上去了。

杨花美对于李小明根本可说是肆无忌惮，她并不认为小明是自己的丈夫，觉得他是自己的玩物，在玩过了一个时期之后，当然是慢慢地觉得讨厌起来。所以她竟有这么大胆的作风，居然公开勾引潘九华到卧房里来通奸。可怜忠厚而又老实的李小明，他虽然是同睡在一个卧房里，却一些也不知道。直到几天后的夜里，他才发觉房中似乎有些异样的声响，同时又被他发现一个黑影子，他还以为有小贼进来偷东西，因此奋勇地从床上跳起去捉贼了。其实这黑影子并非是贼，原是上首床上和花美通奸的潘九华。他因为听到小明的咳嗽声音，恐怕奸情败露，所以悄悄跳下床来，预备溜出房外去，不料被小明一把抓住，所以九华情急，一拳将小明打倒。那时花美闻声亦已起床，她见小明倒地，竟横了心肠，在九华耳边低低说了一声"快打快打"。九华是个身强力壮高大的男子，他曾经上过战场，所以很有一些蛮力。听了花美的吩咐，他就老实不客气地拳头像雨点儿一般地在小明身上狠狠地痛打起来了。

这些事情在《水性杨花》的末章中已经表白过了。当时李小明真可怜得很，他倒在地上，还拼命地叫着"捉贼捉贼呀"。花美恐怕惊动了家中仆妇人等，所以推了推九华身子，低低地催他快走。九华听了，方才翻身向外奔逃。不料在房门外齐巧遇到小翠丫头手执油灯走来，因为小翠听见呼喊捉贼的声音，她起身来看仔细，此刻见九华从小姐房中飞奔而出，遂急急问道：

"表少爷，贼在哪里？贼在哪里呀？"

"贼已向院子里逃了，我追上去！小翠，你快去瞧你家姑爷，被贼打伤了呢！"

潘九华一见到了小翠，他心头的恐慌真是难以形容，一阵子心头乱跳，两颊顿时发起烧来。但他情急智生，转机倒相当灵敏，立刻低低地回答，一面直奔到院子里去了。小翠听了，一时之间糊里糊涂地也不加深思，手执油灯，急急奔进小姐的卧房。只见小姐伏在姑爷的身上，却在哭泣似的叫喊着，于是连忙说道：

"小姐，姑爷怎么了？姑爷怎么了？"

"被贼打伤了，小翠，你快把姑爷扶到床上去呀！"

"啊呀！姑爷口边流着血哩！这贼子的胆量太大了！"

小翠在油灯光芒笼映之下，见到小明脸白如纸，而且口边流着鲜血，一时情不自禁"啊呀"一声惊叫起来。杨花美听了，不由暗暗欢喜，但表面上却故作伤心愤激的样子，急急地说道：

"真的吗？真的吗？那可怎么办呢？小明，你觉得怎么啦？"

这时两人已把小明扶到床上躺下，小明有些昏昏沉沉的样子，他听了花美呼唤，便微微地睁开眼睛来，望了她一眼，流泪恨恨地说道：

"这小贼太可恶了，逃走了吗？"

"表少爷已追上去了，姑爷，你要喝口开水吗？"

小翠一面回答，一面在桌子上倒了一杯茶，给小明喝茶。小明因为口边流着血水，有些腥臭，遂喝了一口茶，漱了口。花美却显出难过的样子，拿手帕给他拭泪水，低低地说道：

"你也太傻了，怎么可以跟小贼打架呢？幸亏他手里没有拿着小刀等武器，否则你不是会给小贼一刀杀死了吗？"

"唉！我想不到做贼的竟还有这么的胆量，这世界真是造反的了。花美，你不要难过，我一些微伤，没有关系的。"

李小明叹了一口气，他真是忠厚得可怜，还向花美低低地安慰。小翠望了花美一眼，问道：

"小姐，这事情要不要去报告太太知道呢？"

"半夜三更，不要去报告了，老太太上了年纪的人，她怎么还能受得了惊吓呢？况且这时候又到什么地方去请医生？也只好到明天再作道理吧。"

花美的心中是希望小明最好能够伤重而死，所以她连忙阻止小翠回答。因为她知道母亲得知这个消息，一定连夜叫人要去请伤科医生的。小明点点头，也表示赞成不必去惊动老人家的意思。好在他们的住屋很大，老太太的上房和花美的闺房相隔不少的路。这儿发生了事情，那边是绝对没有听见的。小翠一面给小姐房中桌上的油灯也点亮了，一面自己预备回房去睡了，但却被花美叫住了，小翠回身问道：

"小姐，还有什么事情吩咐我吗？"

"我想今天晚上姑爷睡到你的卧房里去，因为我这人非常好睡，姑爷晚上要茶要水，你不是可以代我服侍他吗？"

小翠听小姐这样说，两颊不由浮上了一层红晕，显然有些难为情的意思，支吾了一会儿，方才低低地说道：

"小姐，那可不大方便吧。我想小姐既然这样贪睡，你就只管睡在上首床上，姑爷睡在窗口旁的床上，我就在小姐房中服侍着姑爷好了，何必要姑爷睡到我的房中去呢？"

"你这小丫头真是越弄越没有规矩了，我说的话你敢违背吗？是不是骨头贱了？要我量你几个耳光吗？"

花美面孔一板，显出凶恶的神情，怒冲冲地喝骂着说。小翠这就不敢声张，只好扶了小明睡到自己的卧房来了。但小翠房中只有一张床铺，她把小明也只好在自己床上躺下。小明见小翠闷闷不乐的样子，似乎很觉抱歉，低低地说道：

"小翠，你把小姐房中窗口边还有一张小床去拆过来吧，那么你也可以安睡了。"

"不，我坐一夜也没有关系，姑爷，你静静地躺着养息吧。"

小翠坐在桌子旁，一面回答，一面手托香腮，望了盏油灯却呆呆地出了一会子神，芳心里暗暗想道：小姐近来对姑爷好像没有过去那么亲密了。照今夜姑爷受伤情形而说，应该她是多么着急，连忙报告老太太知道，赶紧请大夫给姑爷医治才好。谁知她反而劝阻我不要去报告，而且把姑爷人儿弄到我的房间来睡觉，这不是小姐明明有讨厌姑爷的意思吗？一时又想到刚才自己在房门口碰见了表少爷，当初有些糊里糊涂的，此刻细细想来，觉得事情有些奇怪。表少爷原是睡在西厢房的，离开这小姐的卧房也有好些路呢，小姐房中来了贼，他怎么会知道呢？再说表少爷是从小姐卧房内奔出来的，那就更加令人感到可疑了。小翠是个十八岁的姑娘了，她也有些懂得男女间的私情了，所以她心中开始疑心小姐和表少爷一定有奸情，说不定姑爷就是被表少爷殴伤的。小翠在这么思忖之下，她走到床边去，低低地问道：

"姑爷，你可曾认清楚贼的脸吗？"

"因为房中没有灯光，所以看不见贼的脸，只有见到一个黑影子要从房内逃出去。我上前一把抓住他，万不料被他一拳打倒。这小贼的胆子真大，打倒了我还不逃走，反而按住了我身子，结结实实地毒打起来。唉，这年头儿还有什么王法可说了吗？"

"姑爷，那么小姐在做什么呀？"

"谁知道？因为这几天夜里我们是分床睡的。等她来扶抱我，小贼早已逃跑了。唉，你小姐真贪睡哩。"

小翠听了小明的告诉，她心里已明白了七八分，暗暗想道：小姐真是不知廉耻，她和表少爷通奸是很显明的了。只可怜老实的姑爷还只道是真的来了小贼哩。一时非常可怜姑爷，微皱了眉尖，低低地又问道：

"姑爷，你此刻觉得什么地方疼痛没有？"

"我的胸口和腰肢都觉得有些隐隐作痛，我……我是被小贼打伤的了。"

小明一面回答，一面心头更加想起了在家中的爱妻和才落地的儿子，他悲酸得眼泪滚滚地落下来了。小翠瞧此情景，芳心颇为不忍，遂情不自禁地说道：

"姑爷，我给你胸口轻轻地抚摸一会儿好吗？"

"小翠，你真好，想不到你家小姐还不及你哩。她对我一些没有情义，我受了伤，她还不给我睡在房里，我是上了她的当了。"

小翠把纤手温情地揉摸着他的胸口，这使老实的小明也会激动了无限的感触，一面失望地说，一面沉痛地又流下眼泪来了。小翠暗想：你还没有明白是谁打伤你的呢？假使你知道了后，你会气得吐血哩！小翠虽然是这样想，但口里没有告诉出来。因为姑爷伤心得可怜，她也不禁红润了眼皮，低低地说道：

"姑爷，你不要伤心，等明儿伤势痊愈了，我瞧你还是早些回家去吧。"

"我原也不要在这儿享福，可是你小姐不许我回家去，叫我又有什么办法？"

"我想这回小姐一定会放你回去的，她对你好像冷淡多了。"

"是的，我也有些看得出来，否则她怎么会叫我分床睡呢？也许

153

她是把我玩弄得厌了。唉！世界上只有男子玩弄女性，谁知道我却被女子玩弄着呢。唉！我也无非是贫穷一些而已，想不到我竟做了女子的玩物哩！"

小明连声地叹气，他掩着脸几乎失声要哭泣起来。小翠也很同情地叹了一声，一面给他拭泪，低低地说道：

"姑爷，你不要伤心，你既然明白小姐没有真心的爱，那么她现在不来玩弄你了，这还不是你的福气吗？听说你家中原有妻子的是不是？"

"我不但有妻子，而且还有了儿子呢。说起来真是可怜，我妈因为是后母，所以一些也没有对我慈爱的心肠。她只知道见钱眼开，不管死活地把我逼到这儿来做入赘女婿。那时候我妻子正有孕在身，她见我被逼来此，心中一急之下，就生下了一个儿子，可怜她母子俩现在不知道健康吗？我虽在这儿做姑爷，但我那颗心始终是十二万分的痛苦哩！"

小明说完了这些话，又抽抽噎噎地哭个不停。小翠被他引逗得伤心，一时也淌下几点同情的眼泪，因劝他不要悲痛，你身上有伤，还是静静休养要紧，一面又问他要不要喝茶。小明感激地望了她一眼，点点头说："谢谢你。"小翠于是走到桌边，但自己房中没有茶壶和茶杯，她只好又走到小姐房中来拿取。谁知刚到房门口的时候，忽听小姐房中有男女说话的声音播送出来，于是停步不前，蹑手蹑脚地侧耳细聆，只听小姐在说道：

"表哥，你刚才还没有辣手，其实把他喉管狠命一下子扼死了，岂不是省却许多麻烦吗？这小子早死早干净，我一见了他就会头痛哩。"

小翠听了小姐这几句话，她全身一阵冷意，不禁瑟瑟地抖了两抖，灰白了脸色，暗暗吃惊，想着：果然不出我之所料，他们真的干上了苟且的行为哩，真想不到小姐竟有这么狠毒，那实在替姑爷担着忧愁哩。正在想时，听表少爷嘻嘻地答道：

154

"我的拳头是有名的，好像铁一般地结实，这小子被我这一顿痛打，也够他忍受的了。表妹，刚才你好像扪住他的嘴，是不是？所以他就喊不出声音来了。"

"我不但扪住他的嘴，而且还捉住他的手哩，否则你哪里有这么容易地能把他当作死老虎似的痛打哩！"

小翠听小姐说到这里，还咻咻地一阵子浪笑，一时气得满头大汗，咬牙切齿，不禁恨恨地啐了一口，暗暗骂道："淫妇！淫妇！她这种手段，简直是谋害亲夫哩！可怜姑爷还莫名其妙地懵懂在鼓里呢！"一面暗自骂着，一面又听小姐说道：

"表哥，我们若不把这小子害死，我们总难以堂而皇之找寻快乐。况且明儿母亲知道了，一定要请医生给他诊治，假使他倒痊愈起来，那可怎么办呢？"

"这个……你难道一定要他死吗？"

"一不做二不休，留他又有什么用呢？"

"既然你要他死，那也是便当得很的事情。只要在药罐子里面放一包毒药，他吃了不是马上就呜呼哀哉了吗？"

"对！对！我的好表哥，你真能干，想出这样一个好主意来，那叫我心中是多么爱你呀！表哥，刚才真是扫兴得很，正在要紧关头的时候，这小子来打扰了我们。此刻我们可以毫无顾忌地乐一会子了，请将军上马。"

小翠听到这里，再也听不下去，恨恨地骂声"死不要脸"，遂掉转身子，悄悄地回到自己卧房里来。她合十了双手，暗暗地念了一声佛，想道：这也许是姑爷命不该绝吗？所以会给我听到了这些谋害的话，那也可说是老天保佑姑爷的了。小翠一面想着，一面见床上的姑爷却像睡着了的样子，一时也不敢惊动他，管自地坐在桌边，暗暗地想了一会儿心事。直到钟鸣四下，小明睁开眼来，忽见小翠兀是呆呆地坐着出神。他心里非常抱歉，遂低低地说道：

"小翠，你还没有睡吗？那可不行呀，你明儿怎么还有精神料理家务事情呢？我想你在我脚后头躺一会儿吧。事到如此，还用避什么嫌疑呢？难道受了伤的我还会对你有不老实的行动么？小翠，你还是躺一会儿吧，否则叫我心中太不安了。"

小明这些温情的话听到小翠耳朵里，她的芳心非常感动，觉得姑爷是个老实的好人，他会遭到这个淫妇的毒手，实在是太以可怜了。不过，我既然已经得到了他们有谋害他的消息，我岂能袖手旁观，坐视不救呢？于是坐到床边去，悄悄地说道：

"姑爷，你……你觉得你自己处境的危险吗？"

"啊！怎么啦？我……我难道有什么大祸临到头上了吗？"

小明听了小翠的话，顿时眼跳心惊地感到极度不安起来，他慌张的脸上浮现了痛苦的神情，向她急急地问。小翠沉痛地说道：

"姑爷，你……你听了不要害怕，小姐这狠心的淫妇，她要害死你！"

"什么？小翠，你这话可是真的吗？"

这消息太惊人了，仿佛一个霹雳把小明会忘记了全身的伤痛，他猛可地坐起床来，拉住了小翠的手，要哭出来似的追问。小翠连忙扶住了他，含泪说道：

"这不是闹着玩的事情，我怎么会骗你？"

"她为什么要害死我？我……我和她无冤无仇。"

小明全身在发抖，他话声是包含了哽咽的成分。小翠雪白牙齿微咬着她红红的嘴唇，恨恨地冷笑了一声，说道：

"这不要脸的贱人！她有了新的，便不要你旧的了。"

"小翠，那新的是谁？"

"姑爷，你太忠厚了，那还用问吗？当然就是这个表少爷了。"

"难道他们有私情？"

"哼！姑爷，我再告诉你听，你所见到的黑影子并不是贼，就是这个下流无耻的表少爷。你被打得这个样子，也就是小姐帮着表少爷来欺辱你的。"

小翠冷笑了一声，她再也忍熬不住地完全告诉出来。小明两颊由绯红变成了灰白，由灰白变成了铁青，他握紧了拳头，怒目切齿地说道：

"这……这是实在的情形吗？"

"完全是实在的情形，姑爷，小姐房中，此刻表少爷睡着哩！"

"他妈的！我捉奸去！我……我和他们拼命去！"

小明不知打哪儿来的一股子气力，他竟奋然跳下床来，预备走到花美的卧房去。小翠连忙抱住了他，急得涨红了脸，说道：

"姑爷，你快息怒，去不得，去不得的！"

"我为什么去不得？我虽然是这儿的招女婿，但我到底是她的丈夫，我不能去捉这一对狗男女到警局里去吗？"

"你是受伤的人，你怎么还有气力去捉奸？你此刻送上门去给他们害死，那不是给他们称了心吗？姑爷，我瞧你势孤力单，绝不是他们的对手，我刚才在小姐房门口偷听，他们在设计，还预备用毒药害死你哩！所以照我的意思，这儿不是你安居之处，你还是快些逃回家去吧！"

小明听了小翠这些话，他两脚站在地上，顿时又软绵绵地抖个不停，一股子勇气消失了，眼泪大颗地滚了下来，说道：

"你……你叫我此刻就逃走吗？"

"是的，因为明天，他……他们就会用毒辣手段害死你的。"

"但是这么黑漆漆的夜里，我一个受伤之人，如何能走得回家中去呢？唉！我和这贱人前世不知结了什么仇恨，今生却要苦苦地害我呢！"

小翠见他哭得泪人般的，一时激动了一片侠义心肠，遂沉吟了一会儿，毅然地说道：

"姑爷，你不要伤心，我……我也不愿在这黑暗卑鄙的家庭里逗留下去，我陪伴你回家去吧！"

"小翠，你……真的肯陪我一同逃走吗？"

"当然真的，我不能眼瞧着你被他们活活地害死，我要救你的性命，我要给你们夫妻去团圆。"

小明听小翠这样说，他深受感动，不免跪了下去，向她连连地叩首。急得小翠连忙扶起了他，低低地说道：

"姑爷，你不要这个样子，快起来吧！"

"小翠，你也再不要叫我姑爷吧，我们都是穷苦的人，你还是叫我小明名字好了。但你跟我逃走之后，你将来的生活怎么办呢？假使你无处去安身，这不是我害了你吗？"

"不，我可以到我姑妈家里去住的，没有问题，你放心好了。"

"那么我们此刻就走吗？"

小明听了小翠这样安慰自己，一时真有说不出的感激，遂向她低低地问。小翠点头说是的，她一面匆匆地整理了一个包裹，一面扶了小明，悄悄地走出房来。好在这时候杨家上上下下仆妇都还正在做着好梦，所以小翠、小明也就神不知鬼不觉地从杨家后门逃出来。

早晨四点多一些的时候，东方还未发白，天色仍旧是黑漆漆的。街上是像过去一样地沉寂，虽然是暮春的季节，但晓风拂面，还有些寒意。小明一步挨一步地靠着小翠走着，他全身会瑟瑟地颤抖。小翠望着他问道：

"你觉得冷吗？"

"倒不是感觉得冷，我浑身疼痛得难以行走。"

"你走不动吗？那可怎么办？我又没有气力可以负你走。"

小翠愁眉苦脸地说，她心里是万分焦急。小明咬紧牙齿，勉强支撑着走一程，休息一会儿。这样挨过了两三里路程，东方的天空已经浮现了鱼肚白的颜色，可怜小明已经走得满头大汗，连连喘气。小翠在路旁一棵大树下的石凳边站住，低低地说道：

"小明哥，你再休息一会儿走吧。"

"我怕天亮了，他们发觉我们逃走了，恐怕会追上来害我们吧。"

"这不会的，想他们也不会起来得这么早的。你怎么满头都是汗呢？感觉热吗？"

　　"不是热的，我觉得胸口疼痛得厉害，最好让我睡一会子。"

　　小明非常痛苦的样子，呻吟着说。小翠抓抓头皮，搓搓手，表示到什么地方去睡一会子好呢？这时朝阳也由地平线升上来，天空由灰白而变成蔚蓝的颜色，此刻被朝阳的反映，更添上了五彩美丽的云霞。小翠也没有心思欣赏这大自然的风景，她东张西望地只管寻找着有没有乡下人经过，可以叫他们帮忙，把小明抱着回家。忽然被她发现前面一间茅屋门开了，里面有个牧童，牵了一只水牛走出来。小翠暗想：小明他要躺一会儿，不是可以要求那位牧童弟弟吗？于是高声地叫着牧童弟弟，那个牧童听了，回头来望，一见小翠向他招手，便很快地奔上来，问什么事情。小翠到此，只好圆了一个谎，说我们兄妹俩到七里溪去投亲，不料哥哥在半途上病了，能不能行个方便给他到屋子里去躺一会儿？那个牧童很是热心，当下连声答应，说没有关系，只管到我家中去休息一会儿好了。他一面说着话，一面还帮着小翠把小明扶进到茅屋里去。牧童的身世也很可怜，他只有一个三十多岁的寡母。平日之间，母子两人相依为命，当下牧童告诉了他母亲的缘故，乡村里的人真是热心，那乡妇立刻把床铺收拾清洁，还给他煎了一杯生姜茶，说你们出门得早，恐怕是受了感冒，喝一杯姜茶去去寒也是好的。小翠听了，真是哑子吃黄连，有苦说不出，但也只有连声道谢，一面服侍小明喝了两口。那个牧童便管自地又去放牛了，牧童的母亲却在厨下烧水煮早饭。小翠坐在床边，向床上的小明望了一眼，低低地问道：

　　"你此刻觉得好过一些了吗？"

　　"比较好一些，小翠，你真是我患难中的知己，我真不知该怎么地报答你才好。但……我的伤总是凶多吉少，只怕……"

　　小明说到这里，一阵子悲酸，眼泪便滚滚地掉落下来了。小翠这一路上和他逃出来，不知怎么地在她心头也会激起了一些感情作用，听他这么说，泪水也夺眶而出，低低说道：

"你不要说这些不吉利的话，我希望你平平安安地到家里，强强壮壮地痊愈起来。从今以后，跟你妻子过着团团圆圆的生活，那我是多么安慰和高兴呢！我这次帮助你逃出来，完全是激动了一些义愤。我恨小姐太不要脸了，太无廉耻了，她还算是个学校里的女学生，简直比我们没有受过教育的女子更没有知识呢！所以我也不愿意在一个品格低贱的主人那儿做婢女，因为我的人格也要比她清高得多哩！"

"是的，你这话一些不错，越是有钱人家的小姐，她的人格、她的道德越是卑鄙低贱的。她只知道好淫、作乐、享受、荒唐！她懂得什么叫情？什么叫义？她无非是个玩弄男子的女魔而已。小翠，我很感谢你、敬佩你，我只有虔诚地祝祷着，希望你将来有光明的前途！"

他们两人你一句我一句地说着话，真是非常投机。就在这时候，那乡下妇人烧好了早粥，走来问他们可要吃些润润喉咙，小明、小翠感激得什么似的，千恩万谢地谢个不了。两人各喝了一碗粥后，小翠因为半夜未睡，也靠着椅子歪了一会儿。直到九点敲过，小翠问小明能不能起身赶路，小明点点头，勉强爬下床来，遂和小翠告别那妇人，又匆匆地赶往七里溪去了。

行行重行行，好容易地挨到了七里溪的桃花村，时候已近午了。谁知在小河的旁边却遇见小娥正洗好了衣服回家去。当时兄妹见面，悲喜交集，忍不住抱头大哭。小娥见哥哥这样狼狈回来，遂急问这是怎么一回事。小明一面把小翠给她介绍，一面悲愤地告诉自己被害的经过，并说自己这次逃出来，全靠小翠仗义帮助的。小娥听了，真是又沉痛又愤怒，恨恨地骂了杨花美一会儿，一面又向小翠连连道谢，并请她一同到家去休息一会儿。但小翠急于要到姑妈家中去，所以不敢多耽搁时间，向小明说："你已碰到了妹妹，可见离家不远，我的责任已完。"她便匆匆告别，管自地走了。这里小娥扶了哥

160

哥回家，一路上怨恨母亲没有爱子之心，否则哥哥如何会吃这么的苦楚。但哪里知道兄妹急急回家里，李大妈又在苦苦地逼着芳卿嫁人哩！

第四回

生离死别恨悠悠

芳卿被婆婆逼嫁，正在苦苦哀求无效的当儿，忽然见小娥扶了受伤的小明由外面跌跌撞撞地走了进来。芳卿这时见了唯一亲爱的丈夫，她的心头是惨痛到了极点，这就爬起身子，猛可奔上前去，抱住了小明，夫妻两人号啕大哭起来。

李大妈做梦也想不到小明这时候会回家来了，这就感到事情有些陷入了尴尬的局面，于是恶狠狠地奔上去，大喝道：

"小明，你好好儿的不在杨家享福，为什么又回家来了呀？"

"妈，你别说享福两字了，只为了你贪图金钱，几乎害得哥哥的性命都丢送了呢！"

小娥听母亲还这样凶巴巴的神气责问哥哥，一时又怨恨又恼怒，遂把秋波白了她一眼，气呼呼地抢白她回答。李大妈听了，似乎有些莫名其妙，怔怔地问道：

"小娥，你这是什么话？这到底是怎么的一回事情呢？"

"断命这不要脸的杨婊子！她岂是真心地爱上了哥哥呢？她完全是欺侮穷人，玩弄男子。现在她又另外爱上了别人，可怜哥哥被他们谋害了。妈，你瞧哥哥浑身受伤，连路都走不动哩！"

小娥咬牙切齿的表情，含了眼泪，痛愤地告诉着说。芳卿起初还不知道小明是受了伤回家的，此刻听了小娥的话，方才悄然明白，一时更加心痛，所以益发悲悲切切地呜咽不止。李大妈还有些似信不信的样子，说道：

"哪有这一种事情？我却不相信杨小姐竟会这么狠心。"

"哥哥受了重伤回来，这是完全事实，你难道还以为是假的吗？社会上比姓杨的婊子再狠心一些的女人也多着呢，那算得了什么稀奇？哼！"

小娥听母亲还说着这些死人不关的话，她觉得母亲真是太没有人性了，一时气愤极了，遂圆睁了杏眼，红着两颊，一面讽刺地说，一面还不住地冷笑。李大妈觉得女儿明明是放着和尚面前骂贼秃，她把一肚子怨气便发泄到芳卿的身上去，怒冲冲地说道：

"你这白虎星呜呜咽咽断命哭什么呢？都是你克星太重，所以丈夫要被你克死了。你再哭一声，我恨不得量你几个耳光哩！"

"嫂嫂，你不要哭了，还是快扶哥哥到房中去睡一会儿吧。"

小娥知道母亲舍不得骂自己，所以又把嫂嫂当作出气洞了，于是推推芳卿的身子，低低地劝告。芳卿自然不敢再哭，扶了小明向房门口走了。这时那个王斌见芳卿丈夫回家，看来事情难以成功，这就大发脾气，把脚一顿，大声地骂道：

"他妈的！你们这班下流坯！莫非做好圈套来欺骗我钞票吗？钱都收了，人还不跟我走吗？那可没有这么容易，这笔买卖不成功，钱得加倍还我不可！"

王斌这么一暴跳，费仁全就急了起来，连忙拍着他肩胛，叫他息怒，说这件事保险成功，没有问题，你放心是了。小娥方才注意他们起来，凝眸含嗔地瞅住了仁全，问道：

"娘舅，他是什么东西，敢在我家吵吵闹闹？你们到底又在闹些什么鬼把戏呀？哦！哦！原来是他……这个不要脸的奴才才是下流坯！调戏良家妇女，真是目无王法，快给我滚出去！滚出去！是谁把他带进来的谁也给我一块儿滚出去！"

小娥问到这里，她的明眸已看清楚王斌的脸了，暗想：这不是前天调戏我们姑嫂俩的无赖吗？一时明白了这一定是娘舅闹的什么阴谋了。她鼓作了勇气，绯红了两颊，怒目切齿地把手向门外一指，大声斥喝着说。但王斌却反而在桌子旁坐了下来，冷笑了一声，说道：

"小姑娘，你放明白一些，是你妈请我来的，你有本领叫你妈也一块儿滚出去吗？"

"妈……你……你请这个狗王八做什么来？难道是你真的把他请了来的吗？"

王斌这一种大模大样的态度，小娥认为这是自己莫大的侮辱。她气得铁青了脸，奔到母亲身边，两手连连摇撼着母亲肩胛，她似乎急得要哭出来的样子。李大妈被女儿这么一来，她呆呆地却默无一语。这时小明见家里又发生了意外的事情，他在房门口站住了，用了惊异的目光望着母亲和妹妹出神。芳卿见婆婆并不说话，她这就再也忍熬不住了，于是眼泪鼻涕地开口说道：

"妹妹，我告诉你，是舅公设的计谋，他怂恿着婆婆，他要强迫我嫁给这个王八蛋！"

这消息是多么惊人啊！小娥听了，固然是"啊呀"的一声大叫起来，但小明听了，更加悲痛欲绝，愤怒万分。他铁青了脸，全身一阵子发抖，只觉一股子怨气涌塞咽喉，还没有开口说话，已是双目紧闭，昏厥到地上去了。芳卿一见这个神情，连忙蹲身扶抱，一手紧掐住他的人中，一手在他胸口连连抚摸，口里还急叫着"小明小明"。小娥见哥哥昏厥，遂怒目望着仁全，流泪说道：

"娘舅，你到底是人还是畜生？你要弄得我们家破人亡，你于心何忍？我问你，你逼死了哥哥，你又要来逼死我的嫂嫂吗？你这黑心人！你将来绝没有好死的！"

"这不是我的主意，原是你妈的主意，我不过是一个介绍人而已，你又何必来骂我？你这小姑娘太岂有此理了！"

费仁全被小娥骂得面红耳赤，他顿了一顿，方才强词夺理地回答，也无非是聊以解嘲的意思。小娥于是又向母亲急急追问，说：

"这是妈的主意吗？妈为什么要起这个狠心呢？你难道忘记嫂嫂还有一个孙子给你养着吗？"

李大妈想了一会儿，说道：

"你小姑娘是不懂得的，你嫂嫂一天到晚地哭泣，你总也看见的。她为什么这样伤心呢？照理你哥哥又没死掉，她何必天天眼泪鼻涕呢？我知道她无非是为了过不惯冷清清的生活，所以我给她另外嫁人，这正是我成全她的一番好心肠，你怎么还说我心狠呢？"

"就说嫂嫂是为了这个意思，但现在哥哥回家来了，你总可以打消这个主意了。"

"不过你瞧桌上这两千万元钱，我已经收了，王八爷不是在说吗？事情不成功，他要加倍还给他，你有这么多钱还他？"

"放他妈的臭屁！钱还放在桌子上呢，谁收了他的钱呀！哼！娘舅，你真是枉为做我的娘舅，我叫你一声娘舅，真有些不情愿哩！现在我警告你，限你三分钟内带了这个王八蛋走，否则，我到局里去告你逼卖良家妇女的罪名！"

小娥真有一份胆量，她年纪虽轻，说话却非常老练，向仁全怒冲冲地警告。就在这时候，小明已悠悠地醒转，他从房门口一直爬到李大妈的脚旁，十分惨痛地叫道：

"妈，妈，我求求你，我拜拜你，你可怜我，你可怜芳卿，你就饶了她留她在家中吧！她到底没有错，她还给我们李家养下了孩子，你……你怎么能卖她？你怎么能卖掉她呢？"

小明一面说，一面连连叩头，一面已是惨痛地哭泣起来。芳卿也哭得泪人般地跪在李大妈的面前，苦苦地哀求。李大妈见了这个情形，她到底也心软下来，皱了眉头，默默出神。王斌不耐烦地向仁全说道：

"老费，我看不惯这一种演戏般的样子，你做介绍人没有这么容易，两千万还我四千万，我马上就走，否则，我说你们做好圈套，存心骗我钱财！老实跟你说，警察局局长是我亲戚，我把你们一个

165

一个都抓到监狱里去受苦，你们才知道我手段的厉害呢！"

王斌一面说话，一面站起身子，把手还在桌子上重重一拍，耀武扬威，完全是恐吓他们的意思。费仁全这就愁眉苦脸地向李大妈说道：

"姊姊，钱是你收下的，你可不能叫我做难人呀！老实说，王八爷的手段是人人知道的，明儿你吃苦，那也犯不着呀！世界上只要有钱，媳妇要多少？譬如死了呢？难道你也把尸体放在家里吗？"

李大妈听仁全这样说，不由暗暗地点头，遂故意用了温和的口吻，向小明低低地说道：

"小明，事情已经到了这个地步，叫我也没有挽回的办法。我的意思，芳卿只管卖了再说，反正有了钱后，我再给你娶一房妻子，那也不是困难的事情呀。你说好不好呢？"

"妈，你不能活活地拆散我们这一对可怜人呀！你已经把我儿子一误在先，岂可以把媳妇再误在后呢？妈，你若一定贪财把芳卿卖掉，那么你就先拿一把刀来杀了儿子吧！唉！这个环境之下，做人还有什么滋味呢？倒不如死了干净！天哪！倒不如死了干净啊！"

李小明痛心疾首地说完了这两句话，他"哇"的一声，吐出一口血来，忍不住又昏厥过去了。芳卿一面紧抱了他，一面咬牙切齿地向王斌瞪目说道：

"姓王的，你活活地逼死了我的丈夫！好！我就跟你走！我绝不饶放你！我一定会给丈夫报仇！"

芳卿铁青了粉脸，眉宇之间隐现了一股子杀气。她好像有些疯狂似的，猛可丢了小明，站起身子，一步一步向王斌逼上去，接着说道：

"姓王的，我们走，我们走吧！"

王斌被芳卿这么一来，他心头别别地一跳，倒反而有些害怕起来，身子一步一步向后退，几乎有些不敢接近芳卿的意思。小娥觉得这样子恐怕会伤了两条性命，她被一阵强烈的情感所冲动，遂上

166

前把芳卿拉过来，说道：

"嫂嫂，你快把哥哥扶到房中去休养是正经，你不能凭一时之勇做无谓的牺牲。姓王的，你要不要我嫁给你呀？"

小娥说着话，却把秋波又向王斌盈盈一瞟。李大妈听了，不由急了起来，走到小娥身旁，拉拉她衣袖，说道：

"小娥，你愿意给他做小老婆吗？"

"我愿意，我欢喜，王大爷，我的脸也不算长得丑吧？"

小娥恶狠狠白了母亲一眼，恨恨地把母亲手摔脱了，然后一步一步地走到王斌身旁，却笑盈盈妩媚地说。王斌听她改口称呼王大爷了，一时心头倒不免一乐，但还有些似信不信的样子，问道：

"你真愿意嫁我做姨太太？"

"为了成全哥哥和嫂嫂这一对可怜人不拆散，我决心跟你做姨太太去。怎么？难道你不中意我吗？"

小娥这姑娘倒也放浪得很，居然伸手抬了王斌一下下巴，笑嘻嘻地问。王斌被她这么一来，他真有些昏陶陶地心醉神迷了，遂望着仁全出神，好像是在征求仁全可不可以答应的意思。费仁全一心想赚这五百万的阴骘钱，所以点头说道：

"小娥肯嫁给你，那是王八爷艳福无穷。因为小娥还是个十足道地的黄花闺女，这是多么宝贵哩！"

"只要她愿意嫁给我，我就是娶她吧！"

王斌听到"黄花闺女"四字，到底有些引人心头痒丝丝起来，真所谓惹人怜处未破瓜，处女究竟是可爱的啊。于是他色眯眯地望着小娥的娇靥，很欢喜地回答。接着又说道：

"不过你嫁给我之后，可别这么凶恶。第一次见面就给我一把黄沙，那我真可有些吃不消呢。"

"放心，我们做了夫妻之后，当然是恩恩爱爱的哩。不过，我也有一个条件，你需要依顺我。"

王斌见她柔顺的样子，实在也是一个多情而可爱的姑娘，一颗

167

心这就不住地荡漾，笑嘻嘻地问道：

"是个什么条件？你说吧，我可以依你的当然依顺你。"

"我是一个人，我不是一样货色，你虽然给我妈两千万元钱，但这也算不了是卖我的钱，我们既然做了夫妻，那么我妈就是你的丈母娘，你给她一些钱用，也算是尽了半子之责。所以我的意思，我也不能立刻就跟你走，至少还得半个月之后，给我预备一些嫁奁，然后你迎娶成亲，那么才像个样子呢。不知道你赞成吗？"

小娥这时候不得不厚了面皮，显出很老练的样子，滔滔不绝地说。她偎着王斌的肩胛，似乎还很亲热的神气。王斌趁此机会，也就紧紧地握住了她的手，觉得鼻子管里闻到一阵处女的幽香，实在使人有些神魂飘荡起来，所以色眯眯的神情，竟也忘记了回答。李大妈对待小娥，这和对待芳卿当然是两样心肠，觉得女儿要立刻被他带走，这也是一件使自己舍不得的事情，所以也插嘴说道：

"王八爷，我女儿这意思很好，当然啰，姑娘们嫁人，也得预备预备嫁奁呀。所以你就歇半个月来迎娶吧。"

"老费，你看怎么样？"

"我想姊姊肯担保，那是没有问题的，况且你的新房不是也该收拾收拾吗？假使和你那个住在一起，恐怕不大妥当吧？"

费仁全见王斌有些委决不下地问自己，于是点点头，并提醒着他回答。王斌暗想：我那个大的，是出名雌老虎；那个第二的，也是很会争风吃醋的女子；若再弄个第三的回去，那么住在一起，难免要发生醋海风的事情，所以这个新房，还得另想别法才是。我此刻带她走，也是无处给她安身，倒不如让我弄好房子再来迎娶她回去吧。王斌既然这样打定主意，遂点点头，说道：

"好吧，我准定半个月以后来迎娶，那么让我先向丈母娘行个大礼吧。"

王斌说着话，他便向李大妈跪了下去，恭恭敬敬地拜了四拜，口里还亲热地叫了一声妈。李大妈以为女儿真的愿意嫁给他，所以非常欢喜，连忙笑嘻嘻地把他扶起，连叫："好女婿，不要多礼，快起来吧。"王斌站起身子，因为芳卿扶了小明早已回房去了，所以他又向小娥含笑说道：

"我既已做了这儿的姑爷，那么我也应该和舅兄舅嫂见个礼的。"

"我女婿说话很有道理，芳卿，芳卿，快些扶小明一同出来跟姑爷见礼吧！"

李大妈像个小花脸般地连声称是，一面向房中高声地叫喊。小娥拉了王斌，向房里走，一面说道：

"哥哥有伤在身，怎么能再走到房外来？我们进去吧。"

王斌见小娥的举动，完全把自己当作丈夫模样，心里乐得什么似的，遂兴冲冲地跟了小娥进来。只见芳卿坐在床边，正和小明对泣着，见了他们两人，慌忙收束眼泪，站起身子。王斌笑道：

"舅嫂，你不要伤心了，现在你叫我一声姑爷吧。"

芳卿泪眼盈盈地望了小娥一眼，她也不知道怎么回答才好。因为小娥向自己点点头，芳卿这才含糊地叫了一声。王斌进房的目的，就是要看看芳卿的粉脸究竟和小娥是哪一个美丽，此刻觉得小娥的美实在也未必亚于芳卿，况且小娥还是一个未破瓜的处女，所以他很满意。对于小明见礼两字早已忘记干净，他拉了小娥，又匆匆地走到房外去了。

小明睡在床上，见妹妹和这个姓王的走出房外去后，便低低叫了一声芳卿。芳卿走到床边，轻声问他可要喝茶。小明摇摇头，叹了一口气，低低地说道：

"妹妹为了我们，委屈了她，可怜这不是我们害了她吗？"

"妹妹是我们的救命恩人，我们生生死死也忘不了她。"

芳卿凄凉地回答，她眼泪滚滚地落了下来。这时小娥和李大妈都走进房来，显然娘舅和姓王的已回去了。李大妈望了小明一眼，冷冷地问道：

"小明，你到底是怎么被他们打伤的？伤在什么地方？你刚才一个人回家的吗?"

"妈,这事情说来话长,总而言之,这姓杨的女人是个淫娃,她没有情义,没有恩爱,她完全把我当作玩物看待。要我的时候,反正可以花了钱买的,那么不要的时候,当然把我一脚踢开了。可是我也不稀罕和她做长久夫妻,我本来就不爱她。但她真狠心,不该谋害我的性命呀!"

"我说你自己没有福气,不会侍候千金小姐,所以人家小姐才会讨厌你呀,你真是一个呆子哩!"

李大妈不但一些没有恼怒杨花美的意思,反而埋怨小明不会做人。小明、芳卿听了,是敢怒而不敢言,只好叹了一口气,默默地流下泪来。小娥听不过去,冷笑了一声,说道:

"妈,照你说来,难道还是哥哥的错吗?我瞧你呀,也不知道是生了个怎么样的心!好了好了,你还是别在这儿啰唆吧,既然半个月后我要嫁人了,你快给我去剪几件新衣服吧!"

李大妈被女儿抢白着说,她的火气会发不出来的,遂噘着厚厚嘴唇,咕噜着骂了一声小浪货,她便走出房外去了。这里芳卿紧紧地握住小娥的手,泣道:

"妹妹,你去嫁给这个无赖,那叫我心中怎么对得起你?"

"嫂嫂,你不要哭呀,只要哥哥好起来,你们夫妻团团圆圆地过日子,那我心里是很安慰的了。"

小娥虽然叫芳卿不要哭,但她自己的两眶子热泪却先滚滚地落下来了。小明在床上叫了一声妹妹,小娥走了上去,问哥哥身上有没有痛苦。小明摇头,流泪说道:

"我浑身都觉疼痛,我怕这次受伤会不中用了。妹妹,你哥哥不幸生在这个环境之下,看来性命是完的了。"

小明这几句话听在小娥和芳卿的耳朵里,两人都掩着脸啜泣起来。芳卿更是泣得伤心而悲哀,小娥因说:"我给哥哥买伤膏药去,贴了伤膏药后,自然会好的。"她说着便匆匆走到外面去了。芳卿伏在床边，抽抽噎噎地说道：

"小明，你若有三长两短，我一定跟着你一块儿走！"

"芳卿，你不要这样说，你还有责任，你含辛茹苦地应该抚养我们的孩子成人，这是我一点儿骨血哩。"

小明一手抱着芳卿，一面指了指床上躺着的孩子，向她劝慰着说。他们的孩子也不知怎么地哇哇哭了。芳卿连忙把他抱起，给小明看，勉强含了笑容，说道：

"小明，我还没有告诉你我给孩子已取了名字，他叫椿全，椿就是爸爸的意思，我希望他爸爸很安全地回来，小明，你说我这名字取得好吗？"

"好！好得很！芳卿，你真是我的好贤妻！"

小明听了芳卿的话，他挂着眼泪也笑了，可是他的语气是颤抖得厉害，显然是分外凄惨。两人正在哭笑不得的时候，忽听李大妈在外面又恶狠狠地骂道：

"芳卿，你这只狐狸精！见了男人就走不开了，小明早晚总要被你迷死哩！你也不想想是什么时候了，还不出来烧中饭吗？难道我来烧饭给你太婆吃吗？"

"你快把孩子交给我，你快去烧饭吧！"

小明听了母亲的骂声，他脆弱的神经就感到恐怕起来，全身瑟瑟地抖了两抖，向芳卿急急地说。芳卿是同样地感到害怕十分，手慌脚乱地把孩子交给小明，一面应着"婆婆我来了"，她早已急急地奔出房外去了。小明抱着孩子，呆呆地望着他小脸，他有些孩子气地感到奇怪着这就是我们的结晶，他含了兴奋的笑，但也流着悲痛的泪，低低地叫道：

"椿全，椿全，你真是个苦命的孩子，你爸爸虽然是回来了，可是他并不安全，他全身都受着伤哩。"

小明说到这里，忽然感觉喉间有阵腥气，接着两眼有些昏花，慌忙把孩子放下，但他口里已"哇"的一声，鲜红的血水向口外直喷。他全身一时软绵无力，就倒在床沿边人事不省了。就在这当儿，小娥买了伤膏药匆匆地走进房来，一见哥哥这个模样，心里大吃一惊，由不得大叫："不好了，不好了，哥哥吐着狂血哩！"经她这一叫喊，芳卿跌跌撞撞地奔进房内，把小明抱起，只见满口鲜血，惨不忍睹，这就放声大哭。不料李大妈随后跟入，却还冷冷说道：

"还没有死哩，大惊小怪起来做什么？吐一些血又有什么要紧呢？"

小娥也不理她，管自地倒了一杯开水，给哥哥漱口，又拿手巾给他拭去了血水。芳卿要哭而不敢哭，只好偷偷地流眼泪，一面扶小明躺下，一面低低地叫唤他。小明微微地睁开眼睛，望了芳卿一眼，很轻微地说了一声："我不要紧，你别难过。"他说完，又把眼睛合了下来。芳卿见他精神衰弱，神志昏迷，看来病势沉重，她忍不住又失声哭了。小娥拉拉她衣袖，说道：

"嫂嫂，你不要哭，哭也没有用，倒叫哥哥听了心中难受。我已把伤膏药买来了，先给他贴了伤膏药吧。"

小娥说着，芳卿也就止了哭声，把小明衣服解开，在他胸部上贴了两个伤膏药。李大妈说："给他静静地睡一会儿，你们都到外面来烧饭吧。"芳卿不敢违拗，但心中又放不下小明，因此几次三番地回头去望床上，而身子却只好跟着李大妈到厨房里去了。

小明被潘九华结结实实地殴打，他的胸部和腰肢都受了重伤，已经是受重伤的人，应该急急医治，那么才会好起来。但小明不但没有医治服药，而且一清早又心慌意乱地赶了五六里路。你想这不是伤上加伤吗？但既到家里，却又受了悲惨沉痛的刺激，可怜他在几重打击之下，如何不要口吐狂血而人事不省呢？所以这药力微薄的伤膏药是绝不会发生多大的效力。从此以后，他便茶饭不进地昏昏沉沉病倒在床上了。

这是小明回家后第五天的一个晚上，他的神情越加显得惨然了，面白如纸，两眼已有些呆滞的光景，口里是只会微微地呻吟。芳卿

172

是有些糊糊涂涂的了，她还不知道小明已到奄奄一息的时候，她还一心地希望着小明能够好起来，暗暗地祈告着苍天，说给我丈夫伤势痊愈，情愿终身长斋，以报老天。但一个人的身体，好比一架时钟一样，假使机器坏了，不经修理，单是向老天祈祷，那是不中用的。那么一个人内部有一处坏了，若不医治服药，岂能够好起来呢？这当然是一样的道理。小娥虽然是个年轻姑娘，但她因为站在第三者的立场，所以头脑子颇为清楚，见哥哥的神态一天不如一天地坏起来，她是暗暗地焦急。背地里虽也劝母亲拿钱出来给哥哥医治，但李大妈哪里肯给他医治，说这个年头儿，吃饭已经很不容易，还有闲钱来请医生吗？小娥没有办法，也只有暗暗怨恨而已。

今夜气候变得和平日有些不同，窗外是发着狂风，呼呼地吹得那棵银杏树的枝叶沙沙地响个不停，室内一盏油灯闪烁不停地一暗一明，这在芳卿眼睛里看来，好像是小明的生命一样，已到了多么危险的一刹那之间了。她觉得房内布满了阴森森的恐怖气氛，使自己的心头真有些忐忑不定地感到不安和害怕。忽然床上的小明大声地骂道：

"你这贱人！你这不要脸的狐狸精！害人精！你真把我害得太苦了！"

芳卿听了这突然的骂声，心头倒是猛吃一惊，连忙站起身了，轻轻走到床边，凝眸含颦地望着小明，低低问道：

"小明哥，你……你在骂谁呀？"

"我骂这个害人的淫妇，狠毒的贱货！她硬生生地拆散我们这一对可怜的夫妻，她害了我的性命，她害你做了寡妇，她害我这苦命的孩子做了孤儿！她是魔鬼！她是我们的仇人！我要复仇！"

小明大声地狂喊着，两颊涨得绯红的，似乎欲跳起身子来的神气。但事实上他躺在床上连转个身子的气力都没有，只有睁大了眼睛，表示无限痛恨。芳卿伏下身去，抚摸他的手，含泪安慰他说道：

"小明，你不要这样子，说来总是我们命中应受的劫难，只要你静静地休养，慢慢地复原，我们不仍旧是一份很美满的家庭吗?"

"唉！芳卿，事到如此，我不得不老实说了，我的伤是不会好了，我……我……只怕死……就在眼前了!"

"你为什么说这些断肠的话呢？你不能死，老天一定会可怜你，他见了我们孤零零的母子俩，他也绝不忍心叫你死的!"

芳卿竭力忍熬住沉痛的悲哀，她低低地说，但泪水已滚滚地落下来了。小明摇摇头，苦笑着说道:

"老天是不会来管我们这些闲事的。芳卿，我很对不起你，我害了你，早知道母亲这么狠心，我也悔不该跟你结婚了。"

芳卿听了，心是片片碎了，肠是寸寸断了，她还有什么话可说呢？她忍熬不住呜呜咽咽地哭了。小明把手颤抖地抬上去，给她抹着眼泪，低低地又接着说道:

"芳卿，不要哭，我此刻心中，没有悲哀，只有痛恨！我恨这个淫妇！我恨这个奸夫！我恨这个豺狼似的娘舅！我恨没有爱子之心的母亲！我恨我自己太懦弱！我恨世界！我恨地球！我恨……我恨……我为什么要在这个时代来做人呢?"

小明一面说，一面把牙齿咬得咯咯作响，他紧握了拳头，似乎要和什么人拼命的样子。芳卿泣道:

"不要说了，不要说了……我们同样是个人，天为什么要这样地酷待我们，难道我俩不是人类吗？想不到我们竟会苦得这个样子。小明，你假使有什么不幸的话，我一定不愿独个儿活在这世界上。"

"不！不！芳卿，你不许这样说，我已经是负了你、害了你，你若再这么存心，那我死后恐怕要被打入十八层阿鼻地狱永远不得超生了。因为我不该到杨家去招亲，我不该孤零零地抛掉你在家中受苦，所以我今日到这般悲惨结局，这实在也是我的报应啊!"

"可是这并非你故意抛掉我，你完全是被强迫的，所以你没有罪恶，你没有过错，我不但同情你，而且我还非常可怜你。小明，世界上好人没有好结局，恶人倒可以逍遥法外的，这正义何在？公理何在？我相信地球总有毁灭的一天！"

芳卿痛心疾首地回答了这几句话，她的眼泪又纷纷地滚落了两颊。可怜两小口子对泣了一会儿，正是断肠人对断肠人，流泪眼观流泪眼。这时小明气喘更急，口边流着丝丝血水，低低地说道：

"芳卿，我活着的时候，尚且不能使你有幸福的日子，那么我死了之后，你的艰难和悲苦那是不想可知的了。虽然我原不想抛弃你而死，但死神已在我头顶上盘旋，那叫我又有什么办法可想呢？唉！人生本来是苦味的，假使做人是快活的话，为什么孩子落地的时候，不是笑，偏是哭呢？不过俗语说得好，好死不如恶活，所以世界上情愿死的人到底很少。芳卿，我劝你看得穿一些，想得明白一些，假使你真心爱我的话，请你好好儿地活下去。因为我们的结晶还是那么幼小，我觉得你还有这重大抚育孩子的责任。况且我是被这个杨花美淫妇害死的，你将来还得给我报仇才好啊！"

小明说完这一大篇的话，他已经有些上气不接下气的样子了，两眼望着芳卿泪人似的粉脸，呆呆地出神。芳卿除了抽抽噎噎地啜泣之外，她还有什么话好说呢，只好点点头说道：

"我听从你的话，我一定要给你报仇！"

"把孩子抱给我看看，这苦命的椿全。"

芳卿听了，遂把椿全从床后抱起，给小明看了看。椿全养下来已经有一个月零几天了，他开了一双乌溜溜的小眼睛，似乎很老练的样子。小明瞧了这可爱的儿子，真是又欢喜又悲伤，但是他不愿多说悲痛的话，使可怜的芳卿伤了心，这就含了苦笑，还低沉地说道：

"芳卿，这孩子，你瞧他像谁呀？"

"还不是像你吗？"

芳卿哽咽着回答，她的眼泪却继续不断地流下来。小明微微地一笑，淡然地望了他一瞥，低沉地又说道：

"我说他的眼睛、他的小嘴儿都很像你做妈的哩。"

"真的吗？"

"我希望这孩子长大起来，不要像他爸爸一样地懦弱可怜……"

"……"

"我希望这孩子能够受到良好的教育……"

"……"

"虽然我知道你的环境是那么恶劣，不过没有学问的青年，他是多么可怜痛苦呢！"

"我想孩子聪明，他将来……一定……会给……我……们……争气……"

芳卿听他一句一句地说着，一时呆呆地也没有回答他。小明说到后面的时候，他的声音更加低沉了，两眼也慢慢地合了下来。芳卿一见情形不对，遂急忙把孩子放下，连连摇撼着小明的身子，哭叫起来。等小娥、李大妈闻声赶到房中，可怜小明已含冤一瞑不视，长逝人世了。

第五回

贞节女绝处又逢生

李大妈一见小明果然断了气，一时又恨又急，又肉疼又悲伤地哭了起来。在小娥的心中还以为母亲是因为哥哥死了，所以她才哭的，谁知听她又像唱小曲儿般地边哭边骂着说道：

"你这个短命鬼真是讨债呀！既然是要死了，你为什么不死在杨家呢？偏偏老远地赶着死回家中来，这笔棺材钱可不少呀！你不是存心跟我难过吗？我恨起来，把你尸体斫成几段放在蒲包里，丢到河里去呢！"

这时的芳卿已哭昏在地上了，所以这些话只有小娥一个人听到，她心头把母亲怨恨得真是难以形容，遂恨恨地说道：

"妈，哥哥是被你害死的，你一些没有懊悔的意思，谁知还这样地说，我问你，你到底有没有心肝呢？"

"放你妈的臭屁！你……你……做女儿的敢骂起我娘来了吗？"

李大妈气得什么似的，伸手量了小娥一个巴掌，恶狠狠的神气，接着把脚一顿，又气呼呼地说道：

"我偏偏不给他困棺材，他活着的时候，我尚且都要做一切的主意，何况他已经死了呢！当然更加由我做主的了！"

"妈……"

小娥把纤手按了自己的面颊，她的眼泪是不停地滚着下来。她已不相信站在面前的竟是自己的妈，她觉得她和豺狼一样地残忍，

177

恐怕比这些猛兽还要凶毒一些。她低低地叫了一声妈之后，忽然想到了一个主意，遂一撩眼皮，悄声说道：

"妈，我是为你好，所以我不得不劝告你，你一定得好好儿把哥哥入殓下葬才是，否则，你的性命在半个月之内，恐怕也十分危险的了。"

"这……是为什么缘故呢？"

李大妈一听这些话，她心头方才开始急了起来，遂惊慌了脸色，急急地问。小娥竭力显出认真的态度，遂转着眸珠，说道：

"昨天夜里，我做了一个梦，梦见哥哥到我房中来，他非常怨恨地对我说，这次他的死完全死在妈的手里，假使他死后一切妈再要待亏他的话，他决定在半个月之内，要把妈活活地扼死，而且还要拉妈到阎王那儿去评道理，这时候妈在阴间里还要上尖刀山哩！"

"放你臭狗屁！哪有这一种事情！"

小娥这些话听在李大妈耳朵里，倒有相当的效力。她顿时会心惊肉跳地不安起来，不过她还故作不相信的样子骂着她说。小娥始终表示认真的样子，说道：

"信不信由你，只不过被哥哥冤魂缠住的时候，那你就莫怪我做女儿的没有预先告诉你。"

"好！好！算我倒霉吧！小明，小明，你既然死了，就好好儿地走路吧，我做娘的总不会待亏你，你只管放心是了。"

越是狠毒的妇人，她越是迷信，所以李大妈听了小娥的话，她就感到非常害怕，唯恐小明死后真的阴魂不散，那我不是在半个月之内真的会被他活活地扼死吗？于是忍痛地走到床边，向小明尸体虔虔心心地祈告着说，表示安慰他的意思。小娥见自己的计划成功，心里才暗暗欢喜，于是把芳卿从地上抱起，连连地哭叫她醒来。但芳卿醒转之后，却伏在小明的尸体上，再度地昏厥过去了。

有了小娥的这几句话，李大妈总算把小明好好地成殓下葬，但是她这一口怨气便出到芳卿的身上去。所以芳卿是不能伤心的，否则就会挨到李大妈的毒打。可怜芳卿她除了在晚上暗暗流泪外，白天里却一点儿眼泪都不敢流出来。

光阴匆匆，离开王八爷要娶小娥的日子只有三天了。小娥这几天里当然是心乱如麻，十分焦急，因为她是不愿意嫁给王八爷做小老婆去的。这天下午，芳卿趁李大妈没有在家的时候，便把小娥叫到房中，低低地说道：

"妹妹，再过三天，这个王八蛋便要来娶你了，你预备怎样办呢？"

"唉，还有什么办法？也只有把清白的身子向污泥中去丢送啊！我和哥哥太不幸了，为什么要投生到这个家庭中来做人呢？这不是我们生成苦命吗？"

小娥叹了一口气回答，她的眼泪像雨点儿般地滚落下来。芳卿也十分悲伤，陪着她一同流泪，接着又低低说道：

"妹妹，我仔细地为你着想，你是不应该把清白身子去牺牲的。因为这个王八蛋没有真情实爱，他完全是玩弄女性的恶魔。所以我的意思，你还是今天晚上整理一些细软什物，悄悄地逃走了吧。"

"逃走？可是叫我逃到什么地方去才好？"

小娥听她这么劝告，芳心倒是怦怦一跳，但立刻蹙了眉尖，表示十分忧煎的神气回答。芳卿沉吟着说道：

"你可以逃到上海去，上海遍地都是黄金，绝不会没有饭吃的。你不要害怕，为你终身幸福做打算，你应该鼓一些勇气出来才好。"

"嫂嫂，我并不是害怕，我是为你着想，所以我不忍心逃走。因为我一逃走之后，妈当然又要逼你嫁给这个王八蛋的。"

芳卿听了，心里感动得什么似的，一面紧紧地握着她手，一面眼泪也像雨点儿似的滚落了两颊，说道：

"妹妹，你待我这样好，叫我生生死死都忘不了你的大恩。不过，我也不忍心为了自己而牺牲一个年轻的姑娘。在当时，我还希望小明会好起来，所以我就忍痛让你去牺牲了。不过现在小明是死

179

了，我的一生也就什么都完了，我做人还有什么希望呢？所以我预备嫁给王八蛋。"

"嫂嫂，你难道情愿失节吗？"

"不，妹妹，我后面的话还没有说完呢。我到了王八蛋的家里，我就拿把剪刀自杀，我到阴世里跟你哥哥去过日子。"

小娥听她这样说，心里方才恍然明白了，但她立刻又有个感觉浮上脑海来，遂连连地摇头，说道：

"嫂嫂，你不可以死，你不可以死，你死了之后，椿全这个孩子怎么办呢？他是哥哥仅仅留下的一滴骨血，你如何能抛弃他而死呢？"

"我想婆婆总会把他抚养成人的吧。在这么恶劣的环境之下，我如何还能管得了这么许多呢？"

"妈是个不要儿孙只要金钱的人，她说不定把椿全活活地害死，所以这万万也不能把椿全交给她的。我的意思，还是我去牺牲吧。"

"不过婆婆把我当作眼中钉一般地讨厌，我纵然住在家里，将来也难以太太平平活下去的。我想一个人早死迟死总是要死，何必在这活地狱里受苦？比不得妹妹是个年轻的姑娘，前途还有希望，怎么能把终身幸福轻易地去丢送呢？"

小娥听她这样说，不由暗暗地想道：嫂嫂这话也很有道理，因为母亲对她并没一些爱惜的意思，那么她母子在家里，将来也还是仍旧要被母亲磨难死的。于是眸珠一转，低低地说道：

"嫂嫂，事到如此，我以为你只好失节保全孤儿了。除非你抱了椿全一块儿嫁了过去，那么这孩子才有扶养成人的希望，我想哥哥在九泉之下，他一定也会原谅你的苦心。"

"这……这叫我怎么对得住小明呢？"

"那么还是让我去牺牲吧。你叫我逃走固然是一片好意，但我怎么忍心叫你死呢？"

芳卿暗想：小娥是不忍我死她才不肯逃走的，那么我何不假意

180

答应着呢？于是含了眼泪，点点头说道：

"妹妹，我就听从你的话，我准定带了椿全一同嫁过去，在这个世界上偷生吧。那么你也决定今夜逃走好不好？"

"假使嫂嫂答应我你不会自杀了，我就放心地逃到上海去了。"

姑嫂两人商量已定，遂也各自走开，依然装出若无其事的样子。李大妈回到家里，自然也一些没有知道她们的计划。

这晚芳卿躺在床上，怀中抱着正在哺乳的椿全，心中暗暗地想了一会儿心事。假使我失节嫁了过去，固然椿全可以随在我的身旁，但良心上实在对不起小明。假使我保全名节而死，那么椿全这孩子一定也难以活在这个世界上。芳卿这样想着，真是左右为难，心中一阵悲痛，忍不住又暗暗地啜泣了一会儿。

小娥这晚睡在床上，也和芳卿一样地不能安睡。她想自己今夜乘母亲睡熟之时，我便悄悄地逃走，但一个孤零零的女孩子逃到什么地方去好呢？上海虽然是个繁华的好地方，但我人地生疏又到何处去安身？万一受了不良之徒的欺骗，那么我不是同样地遭到不幸吗？这样想着，心中不免又害怕起来。但一会儿又想，我若嫁给王八蛋做小老婆，他将来仍旧要抛弃我的。就是他有真心的爱，也不知道他妻子凶不凶。假使他的妻子得知风声，叫人来打我一顿，我的生命不是也很可能发生危险吗？左思右想，觉得还是抛家逃走，比较尚有一线光明的希望。她既然决定了这个主意之后，所以单等母亲鼻鼾声阵阵而起，她便悄悄地跳下床来，穿了鞋子，把预先整理好的衣包拿在手里，轻声走到房外去。她蹑手蹑脚地来到芳卿卧房门口，轻轻地把手指弹了两下门，并低声唤道：

"嫂嫂，嫂嫂！"

芳卿并没有睡着，当下急急跳下床来，走到房门口旁。她不敢开门，恐怕惊醒了婆婆，说道：

"妹妹，你预备走了吗？"

"是的，嫂嫂，我走了之后，你千万不要自寻短见，失节事小，保全孤儿事大，我们后会有期吧。"

"我知道，你放心去吧。希望你一路平安，找到幸福的乐园才好。因为恐怕婆婆惊醒，恕我不送你了。"

芳卿说着，听房外小娥应了一声，这声音有些凄切的成分，只觉一阵轻微脚步声由近而远，终于又归至于沉寂了。芳卿低低说声"可怜的妹妹走了"，她叹了一口气之后，泪水又扑簌簌地滚落下来了。这时床上的椿全哇哇地哭了，芳卿慌忙收束泪痕，睡到床上去给孩子吃奶了。

第二天一清早，东方天空还没有十分发白，芳卿被一阵擂鼓似的敲门声音惊醒过来，一时非常吃惊。正欲起身开门，又听李大妈大声地骂道：

"芳卿，你挺尸挺直了吗？我这么地敲门，你还没有听见吗？"

"哦，婆婆，我马上来开门了。"

芳卿知道婆婆一定发觉小娥逃走了，所以她会急得这个样子。虽然小娥并不是和自己睡在一间房内，自己原不用负一些责任，但因为有些心虚的缘故，所以她的芳心也会像小鹿般地乱撞起来。

当她开了房门的时候，再也想不到李大妈会抓住了芳卿头发，狠命地就是两个耳光，打得芳卿七荤八素，心中暗想：难道她已经知道小娥逃走是我怂恿的吗？不过她还竭力镇静了态度，跪在地上，双泪直流地说道：

"婆婆，你什么事情要打我呀？媳妇到底又做错了什么呢？你……你老人家好歹也给我说一个明白呀！"

"哼！小娥这贱人逃走了，是不是你想出来的主意啊？"

李大妈是故意这么狠巴巴地威胁她，以为这样一恐吓，她自然会说出真情来了。但芳卿不是一个三岁的小孩子，她一面连叫冤枉，一面还表示万分骇异的样子，急急地问道：

"什么？小娥妹妹逃走了吗？我……我一些也不知道呀！婆婆，我……我怎么会叫她逃走呢？婆婆，你千万不要冤枉我吧！"

"你真的没有知道吗？"

"确实并不知道，我假使知道她要逃走的话，我早已来告诉婆婆了。因为后天王八爷要来娶妹妹的，那可怎么办呢？"

李大妈听芳卿还这样代为忧愁地回答，遂也不再疑心她了，于是叫她站起身子，恨恨地叹了一口气，骂道：

"想不到小娥这婊子竟有这么狠心肠，她竟然抛弃我偷偷地走了，我真是白白地疼爱了她一场。芳卿，你既然知道王八爷后天来娶人要发生问题，那么你得帮帮我婆婆的忙啊！"

"婆婆，你……你叫我怎么帮忙呢？"

芳卿明知她心中的意思，但还故作不明白的样子，低低地问。李大妈这时的神情略为显得温和一些，说道：

"我想小明也已经死了，你一个孤零零年轻的少妇，将来也是难过日子的。所以我的意思，你就嫁给王八爷吧。不知道你肯不肯？"

"婆婆，我……我……"

"什么？你不答应吗？老实说，本来王八爷看中的原是你，因为小明这短命鬼回家来了，所以小娥才答应给你做代替品的。现在小娥逃走了，当然仍旧是你嫁过去的。我和你客气，才跟你商量的。否则，哼！我就马上结果你的性命！瞧你还敢倔强吗？"

李大妈说到这里，满面又显出杀气腾腾的表情，似乎要把芳卿吞吃下去的样子。芳卿因为已经胸有成竹，所以当下便委委屈屈地答应下来，并且说道：

"婆婆，不过我嫁了之后，我的孩子怎么办呢？他到底是李家的后代，我想就请婆婆把他抚养成人吧。说不定婆婆年纪老了，还可以靠靠这孩子吃饭哩。"

"靠他吃饭，只怕我的性命早已见阎王去了。不过想想小明死了，我也没有第二个儿子，椿全到底是我的孙子，将来还希望他做羹饭给我吃，所以你这个要求我就答应你吧！"

芳卿听婆婆这样说，她心中真有说不出的安慰，一时跪在地上，向她连连叩头，感激涕零地说道：

"婆婆，承蒙你答应把椿全孩子抚养成人，我就决定嫁给王八爷了。其实小娥妹妹走了，我又嫁了，剩下婆婆一个人，不是也很冷清吗？所以您有一个孩子做伴，将来自然也可以解去不少的寂寞。"

"芳卿，你起来吧。"

李大妈见她跪下来向自己叩头，因为她已答应嫁给王八爷了，所以也很慈祥地扶她起来，还笑嘻嘻地说。不过李大妈对于芳卿口头上的答应，她心里还有些不大相信，所以晚上她也睡到芳卿房中来，而且还睡在一张床上。她想得非常周到，把一条绳子一端系在芳卿腿上，另一端系在自己的腿上。她以为这个样子，芳卿在半夜里若有逃走的举动，自己一定也会惊醒过来。

其实芳卿倒并没有逃走的意思，她早已下了一个决心，只要椿全有人好好儿地抚养成人，她便预备嫁到王八爷家中之后，立刻拿剪刀自杀。这样既可解了婆婆的困难，又可保全孤儿的性命，更可以成全自己名节，清清白白地到阴世里去，仍旧和小明去做一对夫妻，那是多么痛快呢！芳卿既然有了这种存心，所以她对于李大妈的举动，只有感到暗暗好笑而已。

光阴匆匆地过去，不知不觉早已到了王八爷前来迎娶小娥的日子了。这天下午两点钟光景，王八爷由费仁全伴了一同来的。他向李大妈拱拱手，笑嘻嘻地说道：

"岳母大人，小婿今天前来迎娶了。"

"啊呀，贤婿啊，这真正是意想不到的事情，小娥这姑娘在前几天已经逃走了呢！"

李大妈一见王八爷，便"啊呀"一声，一面急急地告诉，一面却眼泪鼻涕呜呜咽咽地哭泣起来了。王八爷一听这个消息，气得脸都发青了，把台子重重地用拳头一击，冷笑了一声，骂道：

"什么？放你妈的狗屁！你们母女做好圈套，故意来骗我钱财吗？他妈的！天下没有这么容易的事！你这老娼妇，真是好大的胆子！我马上拉你到局里吃官司去！"

王八爷说到这里，好像是一头发了野性的猛兽一样，猛可奔到李大妈的跟前，伸手一把扭住她衣襟，预备往外就走。李大妈的威风只有在儿子媳妇面前发发的，如今被王八爷这么一来，早已急得脸无人色，双泪直流，苦苦哀求着说道：

"王八爷，你且不要愤怒呀！我实实在在没有欺骗你，断命小贱人竟会逃走了，叫我也没有办法啊！"

"你们大家且不要争吵，王八爷，你先放了手，有话慢慢儿好商量的，让我把事情先来调查一个清楚才是。"

费仁全一听小娥逃走消息，心中也相当吃惊。因为事情弄僵之后，自己的佣金当然也要吐出来，所以他急急地劝阻着王斌不要发脾气，他一面回过身子，望了李大妈一眼，很严肃地问道：

"姊姊，这可不是一回玩笑的事情，小娥真的逃走了吗？"

"当然真的，我怎么敢欺骗王八爷呢？"

"那么你预备如何办呢？王八爷的势力不算小，镇上哪一个官长不认识？难道你不怕吃官司吗？"

费仁全板起了面孔，一些不容情地喝问她。李大妈皱了眉尖，低低地说道：

"事到如此，还有什么办法？我只好叫芳卿嫁给王八爷了，好在王八爷当初爱上的原是芳卿呀！"

"芳卿肯不肯答应？这在你可有把握吗？"

"有把握的，因为小明已经死了，芳卿自己也愿意嫁人了。"

费仁全听了这话，知道小明已经死了，遂回过身子去，望了王斌一眼，笑嘻嘻地说道：

"王八爷，这真所谓塞翁失马，安知非福，小娥逃走，你却可以如愿以偿地得到芳卿为妾，这不是你的艳福无穷吗？"

"芳卿真的肯嫁给我吗？我可有些不大相信。"

王八爷听到了这些话之后，方才把铁青的两颊回过一些笑脸来，但是他摇摇头，又显出不相信的样子回答。李大妈于是向房内高声地叫道：

"芳卿，芳卿，你快出来，躲在房中做什么呀？"

芳卿没有办法，只好从房内走出来。王八爷斜眼瞟望过去，见她穿了三分孝，真是越显得俏丽万分，这就情不自禁走到她身旁，握住她手，笑嘻嘻问道：

"芳卿，你愿意嫁给我吗？"

"嗯。"

芳卿红晕了粉脸，娇羞万分地点点头，轻轻地应了一声。王八爷想不到她会这么地柔顺起来，一时心头奇痒难抓，馋涎欲滴地几乎有些想入非非起来，这就笑着说道：

"既然你已答应了，我的意思，今天先在这儿洞房一夜，不知道你肯不肯答应我这个要求吗？"

"……"

芳卿呆呆地沉吟了一会儿，心中想道：我若死在小明的房中，这不是更有意思吗？于是点点头说好，又问婆婆能不能答应。李大妈怎么敢说一个不字？当下两人便胡乱地拜了天地，李大妈、费仁全亲自送他们进房，还恐怕芳卿临时有变化，她用了一把锁，在房外门攀上锁住了，这才放放心心地抱了椿全孩子，跟弟弟仁全到自己房内喝酒去了。

其实这时也不过黄昏时分，王斌见了美人儿，色眯眯等不到天夜就要想尝尝温柔乡的滋味了，他挨近芳卿身子，笑嘻嘻地说道：

"美人儿，我们先来亲一个嘴吧！"

这是王斌做梦也想不到的事情，芳卿忽然倒竖柳眉，怒气冲冲地伸手量了他一个嘴巴，接着猛可奔到桌子旁去，拿起桌子上放着的剪刀，便要向自己喉管内戳下去。王斌见了，心中这一急，真是非同小可，立刻奔上前去，抱住了她身子，去抢夺她手中拿着的剪刀。两人气喘喘地争夺了多时，忽然窗口外跳进一个身穿军服的少年来。他见了这个情形，还以为是王八爷在行凶欲向芳卿强行非礼，所以愤怒万分，早已拔出腰间所佩刺刀，将王斌一刀杀死。王斌欲待抵抗，但已伤及要害，他身子跌倒在地，两脚一伸，早已呜呼哀哉了。

第六回

诛恶警世人侠义可钦

　　芳卿的卧房，一面的窗户是临着外面街路的。沿街路旁的数株桃树，因为时正阳春三月，所以满枝上盛开着鲜红的桃花。这个少年军人原是从上海到无锡来瞧朋友的，因为听说七里溪桃花村的风景很幽美，故而一个人前来游春的。当他见到那满枝条的桃花，便走近前去，预备折一枝带回镇上去做个纪念。万不料偶然抬头望到芳卿窗子的房内，见到了他们这一幕抢夺剪刀的情形。他就发生了误会，只道王斌强奸妇女，拿凶器威胁弱女子。做军人的性子当然比较急躁一些，而且他觉得见义勇为原是人类应尽的责任，所以他愤怒万分地越窗跳入芳卿房内，不问情由地就把王斌一刺刀杀死了。这也是王斌作恶多端、淫人妻女的下场。

　　当时芳卿突然见一个军人跳进窗子来把王斌杀死，她也不知道这究竟是怎么一回事情，所以吓得脸无人色，急急向他跪下，颤抖着声音，连叫好汉爷饶命。那少年军人听了，倒忍不住好笑起来，遂连忙说道：

　　"哎哎，你不要弄错了，我并不是什么为匪作歹的坏人，我是来救你的呀！"

　　"哦哦，原来你是救我的恩人，我实在是急糊涂了。请问恩公贵姓大名呀？"

　　芳卿听他这么解释，方才把灰白的脸色转变得有些红晕过来，

188

遂慢慢站起身子，向他表示无限感谢的样子问。那少年军人说道：

"我姓鲍，名叫伯鸣，平日很喜欢管一些闲事的。这位小姐贵姓？那个王八蛋是不是要强奸你吗？"

"小女子姓徐，名叫芳卿。这个奴才姓王名斌，人家都叫他王八爷，他仗了有财有势，欺侮我们贫苦的弱女子。"

芳卿低低地告诉，一阵子悲酸，眼泪便滚滚地抛下来了。鲍伯鸣见她海棠着雨般的粉脸，倍觉楚楚可怜，这就感情地问道：

"徐小姐，这不是你的府上吗？"

"是的，这是我的家。"

"你府上还有别的人吗？这王八蛋好大胆子，竟敢闯到良家妇女的卧房里来强奸，这不是太没有法律了吗？"

"唉！这事情说起来话长，我也不怨姓王的，只恨我自己的命太苦了！"

芳卿叹了一口气，无限哀怨地说，眼泪忍不住又大颗地滚下了两颊。鲍伯鸣听她话中有因，显然是有难以告人之隐的模样，这就更加奇怪起来，遂怔怔地问道：

"徐小姐，我很想知道你一些详细的情形，你能不能告诉我？你不怨这个王八蛋，你恨自己命苦，这到底是什么意思呢？"

"鲍先生，承蒙你关心地下问，我当然得详细地告诉你。我本是个有夫之妇，而且还养下了一个孩子。"

"哦，你丈夫叫什么名字？他现在人哪里去了？"

在鲍伯鸣心中，还以为她是个姑娘的身份，万不料她连孩子都养下了，这就惊讶地"哦"了一声，忙又低低地问。芳卿听他问起小明的人来，眼泪早又夺眶而出，凄切地说道：

"我丈夫的遭遇真是太可怜了，他叫李小明，他是被恶劣的环境活活地被磨折死了。"

"唉！你这么年轻的女人，竟做寡妇了吗？可怜你丈夫怎么样死的呢？是不是受着委屈吗？你细细地告诉我，我说不定可以给你报

189

仇的。"

芳卿听他会给自己报仇，一时倒忍不住又欢喜起来，暗暗想道：小明临终的时候，他不是叮嘱我，叫我不要忘记仇人杨花美吗？只可恨我没有能力，所以叫我有什么办法能给小明报仇呢？现在难得会遇到这么一个热心仗义的好人，那小明的冤仇说不定可以报复了呢，于是点头说道：

"我丈夫向以捕鱼为业的，虽然他是个乡下人，但人品生得很不错，不但五官端正，而且可说是很俊美的。这天在路上遇到一个姓杨的女子，她的名字叫花美，说来还算是个有钱人家的小姐，并且还是个受过高等教育的女子，谁知她竟会看中我的丈夫了。"

"这……真是太岂有此理了，后来怎么了呢？"

"杨花美的爸爸在镇上开设南货字号，今见女儿患了相思病，并且知道想念的是李小明，于是叫他账房来请小明到镇上去，和小明商量，要他在杨家做招女婿。"

"我想你丈夫贫寒出身，他一定很喜欢地答应了吧？"

鲍伯鸣不等她说完，就先插嘴急急地问。在他以为社会上的男子得新忘旧，十个人之中倒有九个是爱美色的。可是芳卿却连摇头，无限哀怨地说道：

"不！不！我丈夫虽然是个贫寒出身，但他的人格是很高尚的。他绝没有得新忘旧恶劣的行为，他严厉地拒绝了他们，就愤愤地回家来了。"

"可敬！可敬！想不到你丈夫竟有这么不平凡的人格，真是太好了。但是后来又怎么会死呢？"

"他们见我丈夫不肯答应，便想出一个恶计谋来。因为我丈夫有一个后母，后母又有一个弟弟，他们姊弟俩十分贪财，所以买通了他们姊弟俩，由我婆婆出面，恶狠狠地硬逼小明去成亲。小明是个懦弱而且孝顺的儿子，他苦苦哀求而不能得到后母的同情和爱怜，所以被他们用绑架一样地绑着去了。"

190

"天下竟有这么可恶的后母，硬生生拆散了儿子媳妇的美满家庭，这个娼妇还能算是个有心肝的人了吗？"

鲍伯鸣听到这里，忍不住暴跳如雷，气得摩拳擦掌，似乎欲把那个恶晚娘痛打一顿的样子。芳卿流着泪，又低低泣告道：

"这个杨花美原来是个水性杨花的淫娃，她把我丈夫玩弄了一个月，便慢慢地讨厌起来，她竟和她表哥通奸，而且用毒辣的手段把我丈夫打得浑身受伤，等我丈夫逃回家来，没有多天，便一命呜呼了。"

"啊呀！这个淫娃太可杀了，我气得肚子都破了，我非给你丈夫报仇不可！但是那个王八蛋在房内强奸你又是怎么一回事情呢？难道又是你这个恶婆婆贪财出的意思吗？"

芳卿想不到竟会被他一语猜中了，一时伤心得抽抽噎噎地泣个不停，点了点头，却没有作答。鲍伯鸣急急地问道：

"徐小姐，你且不要伤心，把详细的情形再告诉我一遍吧。"

芳卿于是把婆婆和舅公逼嫁的经过情形向他又告诉了一遍。鲍伯鸣听她说还有一个小娥姑娘，因不愿委屈牺牲，已经抛家出亡了，一时非常愤怒，遂大声骂道：

"这一对不知廉耻的男女，我先来把他们教训一顿。他妈的！你告诉我，他们在什么地方？"

鲍伯鸣在房中这样地大骂不已，当然是会惊动了对面房中的李大妈和费仁全姊弟俩。仁全先听到了这个骂声，便连忙说道：

"姊姊，你听，你听，这不是王八爷在发脾气了吗？难道芳卿又不答应给王八爷寻欢作乐了吗？"

"呀！真的，那吵闹的声音果然是在芳卿房中传出来的。这到底是怎么的一回事情？我们快过去瞧个仔细。"

李大妈凝神听了一会儿，不由"呀"了一声，也急急地回答，一面站起身子，一面拿了一盏油灯，和仁全匆匆走到芳卿房门口来，叫仁全把锁开了，两人推门入内。只见房中亦已亮了一盏油灯，在油灯光芒下只见室内的那个男子竟变成身穿军服的青年了。再向地下一瞧，不由"啊呀"一声叫起来。原来那个王八爷倒在地上，却是鲜血淋淋地被人谋害了。费仁全当时大惊地叫道：

"什么？什么？芳卿房中预先藏着一个凶手吗？这还了得，把王八爷害死了，岂不是犯了人命案吗？姊姊，我们快快叫四邻来捉拿这一对奸夫淫妇吧！"

"放你妈的屁！你敢走一步，我先结果你的性命！"

鲍伯鸣见他们说着话，回身又向房外走，这就把腰间手枪拔出来，对准了两人大喝着说。费仁全和李大妈一见手枪，真是吓得魂灵都飞掉了，灰白了脸色，全身瑟瑟地发抖，不但不敢向外走，而且扑通一声，两人早已直挺挺地跪下来了。李大妈手里拿着的油灯，几乎抖落到地下去。伯鸣恐怕火烧累害大众，遂伸手把她拿着的油灯接来，放在桌子上。只听李大妈先哭出来哀求道：

"你这位军官大人，千万不要发脾气，有话好好儿可以商量的，是不是您爱上我家媳妇了？那没有关系，我完全答应，把我媳妇嫁给你做妻子好了。"

"你这老娼妇！胡说白道的，该打！"

鲍伯鸣听她这样说，气得虎目圆睁，走上前去，"啪啪"两声，早已在她面颊上量了两记耳光，打得李大妈牙齿血也流出来，她忍不住叫了一声救命。伯鸣把手枪一扬，冷笑道：

"你敢高喊吗？我把机钮这么一拨，你真不要性命了？"

"姊姊，你为什么要喊救命呢？无怪军官大人要动怒了。这位大人是慈悲为怀的好人，他绝不会丧我们性命的。"

费仁全老奸巨猾，他竭力地向伯鸣拍马屁，希望逃过了今夜这个难关。不料鲍伯鸣伸手在他颊上也"啪啪"地打了五六下，冷笑道：

"你很识时务，我打了你，你叫冤枉吗？"

"不！不！我一些不叫冤枉，我是应该给军官大人打的。"

费仁全的脸虽然被打得已经红肿起来，但他还咬着牙切着齿地忍受着，而且笑嘻嘻地回答。鲍伯鸣听他这样说，可见他平日为人的阴险与奸诈，遂又冷笑着问道：

"你这狗奴才！你知道你自己的罪恶吗？"

"大人，我知道，我该死，但请大人千万饶我这条狗命吧！"

"你既知道你的罪恶，你倒说给我听，你做错了几件事？"

"第一，不该把我外甥逼到杨家去招亲；第二，不该受王八爷的金钱，逼外甥媳妇给王八爷做玩物。军官大人，不过，这大半的主意是姊姊出的，我……我实在也不愿意干这丧良心的事情哩！"

"什么？什么？你如何完全推诿到我的身上来？老实说，这两件事全都是你介绍来的，否则我哪里知道杨家要我儿子做招女婿？又哪儿知道王八爷要看中我的媳妇呢？所以怨来怨去，都是你引鬼上门，害得我们一份好好的家庭，死的死，逃的逃，你不是个害人精吗？"

"笑话，你自己不贪金钱，你何必要苦苦地硬逼着儿子媳妇呢？还要说我害人精，你自己倒是个败家精哩！"

鲍伯鸣见他们两个人此刻你一句我一句互相地埋怨着，这就冷笑了一声，恨恨地说道：

"不用推来推去了，你们两个狗蛋都不是好东西！尤其是你一个堂堂七尺男子，别的生意不想做，竟干这种伤天害理的事情来赚钞票，我问你心肝在哪儿？"

"我……我……下次再也不敢了，您饶了我的性命吧！"

"哼！留你在这世界上再给你作恶害人吗？我今日与你外甥报仇，非杀了你不可！"

鲍伯鸣在他叩头不已的时候，就拔出刺刀，把他结果了性命。费仁全倒在地上，连一些声息都没有就往阴世里去了。李大妈瞧了这个情形，怎不心惊胆战，忍不住"呀"了一声，灰白了脸色，哭泣道：

"军官大人，你千万开恩，我从今以后不贪财，不起坏心肠了，你就可怜我，饶了我吧！"

"徐小姐，你的意思，要不要把她杀死，给你丈夫报仇呀？"

"喔哟！我的好媳妇！你千万饶了我这条狗命吧！从今以后，我情愿做媳妇，你做婆婆，我日日夜夜地孝敬你，再也不会为难你了！"

李大妈听自己的性命完全在芳卿口里说一句话，这就把手合上，向芳卿像叭儿狗那么地拜个不停，还连连地拍马屁求饶。芳卿故意沉吟了一会儿，向她白了一眼，说道：

"想起你这毒辣的心肠，可恶的行为，我也恨不得叫恩公把你一刀杀死，以消心头之恨。但说起来，你到底是我的婆婆，我……怎么下得了辣手？唉，恩公，你就饶了她吧！"

"对啊！对啊！我的好媳妇真是菩萨心肠，将来一定后福无穷哩！"

"不要你拍什么马屁！哼！如今瞧在你媳妇的脸上，我就马马虎虎饶你一条狗命。不过，以后你可不许再虐待你的媳妇。"

鲍伯鸣很生气地瞪了她一眼，声色俱厉地叮嘱她说。李大妈连连地答应，说："下次如何还敢待她不好？我一定待她十二万分好哩！"一面说，一面便站起身子来，望了望室内两个尸体，便皱了眉头，说道：

"军官大人，你杀了两个人倒也无所谓，可是你走了之后，我们怎么办？岂不是要吃人命官司了吗？"

"你放心，趁现在时已黑夜，我们把这两个尸体搬到七里溪的荒郊上去吧。谁叫他们作恶多端，这就是恶人的下场。"

鲍伯鸣一面说，一面吩咐李大妈帮着他一同收拾尸体，搬运到七里溪的荒郊上去。李大妈虽然害怕，但也不敢违拗，只好依顺了他。这里剩下的芳卿把室内血渍也揩拭干净。等伯鸣、李大妈丢了尸体回家，时候已经十点相近。李大妈见伯鸣虽然是个凶狠的军人，但却也生得很漂亮，一时暗想：我若叫芳卿去迷住了他，那么他一定在我家住下来，我就认他做了干儿子，那时我们在这村子里不是威风凛凛没有谁敢来欺侮了吗？想定主意，遂很客气地留他吃晚饭。因为大家一阵子忙碌，连晚饭还没有吃过哩，伯鸣这时也觉肚子很饿，当下就不客气地答应了。李大妈却叫芳卿一同到厨房里去料理饭菜，伯鸣一个人在草堂内坐等了一会儿，见她们好久没有出来，心中暗暗奇怪，遂悄悄地来到厨房门口，只听李大妈怒气冲冲的声音，喝道：

"你这贱人！你到底答应不答应？"

"婆婆，这个鲍先生他是君子人，他绝不是贪爱女色的浪荡子。你叫我去调戏他，他不是会看轻我的人格吗？再说我是个有儿子的未亡人，我怎么能干如此下流无耻的事情呢？婆婆，你千万原谅我吧！"

"啊呀！你这贱人也太不知好歹了，我做婆婆的完全是一番美意，想你这么年轻寡妇，如何能熬得住一辈子做孤孀？你若嫁了他，在你可以不会过凄凉的生活，在我也可以有个威风凛凛的儿子了，那不是两全其美的事情吗？"

"不！不！婆婆，我不能这么做！"

"你不要口硬骨头酥了，好了好了，我们快把饭菜拿出去吧！"

鲍伯鸣听到这里，心中气得什么似的，意欲闯入厨房把李大妈一刀杀死，但转念一想，我且看后面的事情究竟怎么展开吧。于是很快地退到草堂上来坐下，装作若无其事的样子。不多一会儿，婆媳两人把晚饭开上，于是三人匆匆地吃饭。饭毕，李大妈笑嘻嘻说道：

"鲍先生，天色这么夜了，路上很不方便，你不如明天早晨回镇上去吧？"

"也好，我就在这儿宿一夜吧。"

鲍伯鸣故意点头答应了，李大妈很欢喜地遂请伯鸣睡在芳卿那一间房中，说芳卿今夜和她一同睡好了。伯鸣没有表示意见就道了晚安，走进芳卿房内去了。他故意没有把房门关上，坐在桌子边呆呆地想了一会儿心事。过了一会儿，只见芳卿悄悄地推门进房，她手里捧了一杯茶，一见伯鸣呆坐桌旁，她粉脸先一阵子绯红，只好强颜含笑地说道：

"鲍先生，你还没有睡吗？我倒一杯茶来给你喝。"

"多谢，多谢，你放在桌子上吧。"

芳卿把茶杯在桌子上放下，她想回身出房，但又恐怕婆婆回头要虐待自己，所以呆呆地又站住了，表示有说不出隐痛的样子。伯鸣是明白她的左右为难的苦楚，但却故意问道：

"徐小姐，你还有什么事情吗？"

"我……我……你……你……"

"咦，奇怪了，什么我我你你，你在说些什么呀？"

芳卿支支吾吾的语气，伯鸣忍不住感到暗暗好笑，但他却仍旧显出莫名其妙的样子，低低地问她。这时芳卿的心中真是痛苦到了极点，觉得说又不好，不说又不好，因此眼泪滚滚地落下来了。伯鸣见了她这种楚楚可怜的神情，心里也不免爱惜起来，但人家是个贞节的寡妇，我怎么能有非分的妄想呢？于是点点头，直接地说道：

"徐小姐，你的来意，我已经明白了。是不是你婆婆又强迫你，叫你来调戏我吗？"

"哦，鲍先生！"

芳卿想不到他已经是知道了，这就满面羞惭，跪在地上，抽抽噎噎地哭泣起来了。伯鸣连忙把她扶起，低低地说道：

"徐小姐，你不要伤心，我原谅你的苦衷。不过，你婆婆这样无耻可恶，我非常恼恨，所以我此刻非去杀死她不可。"

"不，鲍先生，你虽然是个侠义心肠的好人，但我也不愿意为了我倒叫你多杀人，因为……这对你道德上也有妨害的。所以只要你明白我的痛苦，你不嗔怪我无耻，那也就罢了。不过我希望你此刻能够大声地责骂我，故意给婆婆听见了，回头我可以在婆婆面前有一个交代。"

鲍伯鸣听她这样说，心里真是感动得无以复加，觉得她实在是个自爱的女子。确实，作恶的人固然可杀，但没有经过法律的审判，我私自地杀人，到底有伤阴骘的。于是把要杀李大妈的意思也就打消了。不过他也考虑得很周到地说道：

"我此刻虽然饶了她，但我若走后，她恐怕未必会饶过你。所以我觉得你将来在她手下做人，实在是很不容易讨好的。现在我有一个主意，但不晓得你赞成吗？"

"是什么主意呢？只要很妥当的，我当然赞成。"

"我的意思，你跟我一同到上海去，我家里有一个母亲和妹妹，她们也很慈爱的。因为你这人很使我同情，所以我要帮助你。不过，我绝对没有一些不良的存心，我把你只当妹妹一样地看待，假使你相信我是个真正的好人，那么你就决定跟我回上海去。我可以负担你的生活，你也可以安安心心抚养你儿子成人，只要你儿子有了出头日子，那你就可以享福了。"

芳卿听他这样说，真所谓感激涕零，不由暗暗想道：他所考虑的也很有道理。婆婆的不正当思想，她今生再也不会改去的。鲍先生走了之后，她说不定又会贪财把我强逼嫁人的，到那时我还叫谁来援救我呢？所以鲍先生这样细心地关怀我，也可说是我唯一的知音人了。我若再不趁此脱离这个黑暗家庭，那我岂不是太以傻了吗？这样想着，遂又跪了下去，说道：

"鲍先生，你这么恩德对待于我，真叫我没齿不忘。那么我就拜认您为大哥，不知……您肯收留我这个苦命妹妹吗？"

"哈哈，你不要客气，你我从此就兄妹相称吧。"

鲍伯鸣很欢喜地笑了一阵，连忙又把她扶起身子，低低地说。两人商量了一会儿预备怎么样地离开这个屋子，否则恐怕李大妈一定不肯放他们走的。当下鲍伯鸣取了一条绳子，走到李大妈的卧房，把李大妈紧紧地绑在床柱旁。他抱了椿全孩子，便和芳卿整理了一些细软衣物，连夜地赶回镇上，在小客栈里宿了一夜，次日一早便动身乘火车回上海去了。

鲍伯鸣在上海住的是一幢一上一下的房子，他倒并没有说谎，家内确实有一个母亲和妹妹。大概他们祖上有一些遗产，所以生活倒很舒服。当时伯鸣把芳卿给他母亲和妹妹介绍，并说明了缘由。鲍太太也是个热心肠人，所以很赞成儿子这种侠义的行为，对于芳卿这个干女儿表示十分欢迎。芳卿自然万分地安慰，所以亲亲热热地叫了一声妈，又向伯鸣的妹妹凤鸣行了姊妹之礼，从此以后，芳卿便在鲍家住了下来。

匆匆过了一星期，这天早晨，伯鸣翻阅报纸，忽然见到一则自杀的新闻，这自杀的是个女子，而且写着姓杨名叫花美，一时想到了玩弄小明的那个杨花美，他忍不住惊喜得大叫起来了。

第七回

万恶淫为首荡妇下场

杨花美不是在无锡和她表哥发生了奸情，两人卿卿我我，爱情打得火一般地热吗？但她怎么又会到上海来自杀了呢？莫非这个杨花美是另有其人吗？不不，她确实就是水性杨花的杨花美。她今日所以会弄到自杀的地步，这也就是她淫荡的下场。

那天晚上，花美起了一个狠心，真所谓淫毒如蛇蝎一般，她竟帮同九华把小明一顿毒打，打得小明遍体是伤，就叫丫头小翠把小明扶出房去，她自己便把九华再度拉到卧房，继续地寻欢作乐。并且奸夫淫妇暗暗商量，预备用砒霜把小明毒害，他们便可以快快乐乐做对长久夫妻了。不料他们的话齐巧被小翠偷听了去，一时激于义愤，所以情愿离开杨家，扶着受伤的小明连夜逃回七里溪的桃花村来了。

次日早晨，九华先匆匆地回到自己卧房。花美却高呼着小翠来给她倒洗脸水，谁知叫了多时，并不见小翠的答应，一时心中起疑，遂偷偷地到小翠房中来看仔细。这当然是想不到的事情。不料小翠的卧房，连小明的人都不见了，知道事情有了蹊跷，遂连忙另叫佣妇们到来，问她们可曾见到小翠和姑爷的人。佣妇们都摇头说没有瞧见。另一个说道：

"小姐，我早晨起来，见后院子的竹篱笆门开着，起初我还以为昨夜忘记关了，如今看来，莫非姑爷和小翠逃走了吗？"

杨花美听了这话，不由得计上心来，遂叫了一声"对呀"，她便急急奔到上房里来，也并不告诉昨夜小明受伤的话，先眼泪鼻涕地呜呜咽咽哭泣不停。杨太太见女儿这么地伤心，倒是吃了一惊，遂急急地问道：

　　"花美，花美，你大清早地为什么伤心地哭泣呀？难道小明欺侮了你吗？"

　　"妈，我真想不到小明竟会这样没有良心，我这般恩情对待他，他在昨天夜里，趁我熟睡之间，竟然拐骗了小翠一同逃走了。唉，我这个苦命人不是太可怜了吗？"

　　花美反而诬咬了小明一口，十二分怨恨地告诉。她也不知打哪儿来的一股子伤心，却又悲悲切切地痛哭起来。杨太太原是个昏庸的妇人，她听了女儿的谎话，还非常相信，所以也愤怒万分地骂道：

　　"什么？这个下流坏竟如此可恶吗？他……他好好儿的小姐不要，竟拐骗了一个丫头坏逃走了，这真是生成的贼东西哩！花美，你不要伤心，我马上叫人报局去，非把他们追回来重办不可！"

　　"姨妈，什么事情呀，您老人家这么地恼怒？"

　　杨太太正在暴跳如雷的时候，潘九华已从房外走进来，他因为还不知道发生了这一件事情，所以暗暗吃惊地问着。杨太太还是怒气未消地说道：

　　"九华，这真是一件岂有此理的事情，你表妹夫他……他昨夜乘你表妹熟睡之间，竟拐骗了小翠这丫头逃走了。你想，那不是太叫人可恨了吗？"

　　"啊呀！真的吗？"

　　九华得了这个消息，他心头别别地乱跳，倒并不是故意装作吃惊的样子，实实在在他是吓了一跳。因为小明是个受伤的人，他怎么还会拐骗小翠逃走？那么这是很明显的事情，当然是小翠知道了我们的奸情，所以带着小明一同逃走的。假使果然是这么的话，自己在这儿就不能久留了，万一被小明、小翠到警察局里一告发，我

200

岂不是要犯罪了吗？九华既然有了这一层考虑，所以他脸色是特别慌张，不过他怕被杨太太发觉自己的虚心，所以还竭力镇静了态度，也表示很生气的样子，接着说道：

"表妹夫也太以下贱了，像表妹这么花朵般的美人，给他做妻子，真是他的艳福无穷。谁知他还带了一个小丫头逃走，这不是太犯不着了吗？"

"可不是吗！唉，这种捕鱼的小子到底是个下贱坯！没有出息的东西！他怎么有资格到我家来做女婿呢！"

杨太太说到后面，叹了一口气，又表示无限感慨地回答。花美恐怕九华要追问这头婚事成功的原因，这对于自己面子很有关系，所以停了哭泣，向杨太太埋怨地说道：

"妈，这些事你还提它做什么呢？算我倒霉，知人知面不知心，竟会上了他的大当。"

"九华，你代我到警察局去一次，非把这个小子找回来重重地办他吃官司不可，否则叫我如何能出一口怨气呢？"

九华听她气呼呼地吩咐自己，一时心跳的速度就更加快起来，遂故作沉吟的样子，搓搓手，说道：

"姨妈，这个小子虽然可恶，但常言说得好，家丑不能外扬，假使传扬开去，姨爹和表妹的名誉方面都会受很大的影响。所以我的意思，多一事不如省一事，他既没有福气在这儿做女婿，也就放他去吧。好在他是招女婿，外界也许没有什么人知道这事，那么有相当人才的时候，表妹不是还可以嫁出去吗？否则事情闹开来，害了表妹的终身也很不好呢！"

"九华这话倒也相当有理，花美，你也只好受委屈一些，不要悲伤了吧。张妈，你们都死在外面做什么？大小姐还没有洗过脸呢，面水怎么不端进来？"

杨太太一面劝慰着女儿，一面把怨恨出气到佣妇的身上去，大声地叫骂着说。张妈在外面应了一声，急急忙忙把洗脸水拿进上房，叫"大小姐洗脸吧"。花美的伤心原是假意做作，无非掩人耳目罢了，所以听了母亲的劝慰之后，便不再伤心，匆匆地洗脸完毕。这时张妈又拿上早饭来，放在桌子上，大家便坐下吃早餐了。

九华先匆匆地吃毕早饭，他便向花美丢个眼色，悄悄地走到竹园里去。不多一会儿，花美也跟着来了。九华用了惊奇的口吻，问道：

"表妹，这到底是怎么一回事？我真有些弄不懂呢。小明是个受了伤的人，他怎么还会拐骗小翠逃走呢？所以我认为我们的秘密，小翠一定已经发觉了，她因为同情小明，所以带了小明连夜地逃走了。你说，我这个猜测有几分准确吗？"

"嗯，也许是这样吧。但我们也不用怕他，他肯自动地逃走，这不是成全我们做一对永久的夫妻吗？"

花美紧紧地偎着他的胸怀，显出十二分妩媚的表情，扬眉得意地回答。九华趁势搂着她腰肢，先来个肉麻的动作，但立刻又很忧煎地说道：

"不过，我怕他们会到警局里去告我们通奸并殴伤他的情形，那么你我的名誉固然扫地，恐怕还要犯罪入狱呢。所以我的意思，我今天下午就得动身回上海去了。"

"什么？你太没有情义了，我为你牺牲到这个地步，难道你硬着心肠就丢下我一个人走了吗？"

花美听他说出这句话来，心头顿时感到失望的痛苦，灰白了脸，哀怨地说着，一面眼泪已滚滚地落下来了。九华连忙吻着她的娇靥，表示十分爱怜的样子，低低地说道：

"我的好表妹！我的好心肝！你不要伤心，我怎么肯抛弃你呢？不过我们在这儿多住一天，就会多担忧一天。所以我的意思，预备带你一同到上海去同享快乐的生活。表妹，你最近到上海去过没有？"

"我们自从逃难回乡之后，这十年来却没有到过上海。所以我倒也很有意思到上海去玩玩，但不知道我妈肯不肯答应。"

"我想你去跟她老人家要求，她是绝不会不答应的。上海这几年来更好玩了，电影院、跳舞厅、咖啡馆、夜花园，这种地方真仿佛是天堂一样哩！"

九华故意说得天花乱坠，是坚固她一同到上海去的意志。花美原是个爱好虚荣的浪漫女子，一时便决心起来，点头说道：

"好的，我一定跟妈去说，非跟你一同到上海去不可。表哥，你说上海有跳舞厅，这里面是怎么游玩的呢？"

"跳舞厅是个灯红酒绿的地方，还有乐队伴奏音乐，男女两人在音乐声中便搂抱着跳舞，这真是一个使人迷恋的好地方。表妹若去过一次之后，那你恐怕天天就会想着要去游玩哩。"

"表哥，你会跳舞吗？"

"我稍许会一些，将来到了上海，我一定可以教会你。"

"那好极了，我们此刻就跟妈去说吧。"

花美十分高兴地回答，她似乎最好马上就到上海去玩跳舞厅了。九华却皱了眉尖，故作困难的样子。花美见了，心中很奇怪，低低问道：

"为什么愁眉不展？难道你有什么心事吗？"

"表妹，上海虽然是个好玩的地方，但开支也很大，不瞒表妹说，我们吃国家粮饷的军人是最最苦的了。所以……我的意思，表妹假使方便的话，最好多带一些钱去。"

"原来是为了这一件事情而担忧吗？那你也太傻了。我告诉你，这次我跟你到上海去，当然不预备再回乡下来了。所以我把所有的首饰也带了去，现在最值钱的就是金子，我们有了金子，还怕什么呢？"

九华听她这样说，由不得喜上眉梢，拉开了嘴嘻嘻地笑起来。他故作亲热的表示，搂住了花美脖子，紧紧地甜吻了一会儿，接着低低地问道：

"表妹，不知道你手里一共有多少金子呀？"

"我有四两重的锁片一个，二两重的金链子一根。还有三两重的金镯一对，还有四枚金约指，也足有一两多重，算来大约一根大条的金子。"

花美絮絮地数派着说，表示不用担忧的意思。九华听了，点点头，暗暗地沉吟了一会儿，又低低地问道：

"那么你除了这些金子外，还有什么别的贵重东西吗？"

"没有别的了呀。难道有一条金子还不够花费吗？"

"我说假使还有什么可以带的话，你就多带一些去，因为你不是说不预备再回乡下来了吗？"

"我知道，回头我好好儿整理一只皮箱，并且我问妈要几千万现钞，带到上海去花费，你说好吗？"

"好！好极了！表妹，我真是太爱你了，我到死都爱你的！"

九华满脸堆笑地说，他内心是说不出的兴奋和得意。花美秋波斜乜了他一个媚眼，便挽了他手，一同到上房来了。

杨太太是疼爱女儿的，知道女儿为了小明逃走的一回事情，她一定是受了很重大的刺激，所以对于女儿要到上海去游玩的意思倒也颇为赞成。因为到了上海，便可以把烦恼散开，免得闷在家里，气气恼恼地生起病来。所以当下连连答应，在铁洋箱内取出三千万现钞，给女儿带着上海去用，并向九华叮嘱，总要小心地照顾才好。九华当然连声答应，说"请姨妈放心是了"。花美于是又到自己房中去整理一切细软衣物，到了下午，两人拜别杨太太，乘火车到上海来了。

他们坐的是二等车厢，所以座位尚称舒服。花美在火车里一面吃着西瓜消遣，一面望着九华英俊的脸，含笑问道：

"表哥，这次我跟你到上海去，姨妈见了我，不知还认识我吗？"

"我想十年没有瞧见，那一定是认不得的了。"

"不过，我见了姨妈，我一定认识她的。"

"这是因为年老的人不容易改变样子，像你们小姑娘，俗语说得好，黄毛丫头十八变，一变两变地变着，我们如何还能认识呢？当初我第一次见到你，我也认不得你哩。"

花美听他这么取笑着自己，这就"嗯"了一声，逗给他一个娇媚的白眼，却是赧赧然地笑起来了。两人谈谈说说，不知不觉火车已到了上海。这时已经黄昏将近，花美在暮霭之中看到上海的景象和乡下果然大不相同。尤其见了上海女子的服饰，觉得自己在乡下要算很漂亮了，但是与上海女子穿的衣服相较，那是差得远了。她心里很羡慕，但也很喜悦，因为从今以后，她也可以慢慢学摩登起来了。

这时九华已讨好一辆三轮车，于是拉了花美一同坐上，车夫便向目的地驾驶而去。花美坐在车上，没有开口说话，她的两眼只管向四周左顾右盼，这情景真所谓是乡下人到上海了。

三轮车到南京路永安公司门口停下，九华代她提了皮箱，挽了花美步入大东旅社。但花美心中却在暗暗奇怪，想不到表哥的家是住在这么高大的洋房里，那不是很有钱吗？不过这思忖只有一刹那之间的，等她由茶房领到房间内之后，方知道表哥领她是先来开旅馆了，一时暗暗奇怪，等茶役走后，便低低问道：

"表哥，你为什么不领我到姨妈那儿去呢？怎么喜欢在这儿开旅馆？这是什么意思呢？"

"表妹，我老实地告诉你吧，我已经是娶有妻子的人了，而且家里地方又小，你去了也没处安身，所以我们还是住在这儿倒是挺舒服的。"

花美听他这么告诉，不由大吃了一惊。她的粉脸立刻变了哀怨的颜色，又急又恼的样子，恨恨地说道：

"什么？你……你已经有妻子了吗？那你为什么瞒骗我？而且你……你也不该哄我到上海来呀！"

"哈哈，表妹，你这么一个开通的女子，为什么思想又陈旧起来了？我有妻子，那也没有关系，难道我们不能另外组织小家庭吗？老实说，我家里这个黄脸婆，我根本并不爱她。比方说，你为了我把小明毒打成伤，难道我不能为了你把她抛弃到脑后去吗？我的心肝宝贝，你不要难过，我到死都是爱你的呀！"

九华笑过了一阵后，便把花美抱到席梦思上去，勾住她粉颈，在她小嘴儿上便发狂般地吻了一个够。这么的一下子举动，把个淫贱的花美方才又引逗得欢喜起来，遂躺在他的怀内，破涕为笑的表情，低低地问道：

"那么我们另外找寻房子居住吗？"

"是的，我们另外组织新家庭，过我们新的生活。"

"不过，你妻子那儿索性永远地不要再去，当她们死掉了，岂不是干净吗？"

"我有了心肝宝贝，我还要到这个讨厌鬼那儿去干吗？这我可不是傻子呀！表妹，你放心，我不但忘了妻子，而且忘了母亲，在我心眼儿上只有你表妹一个人，你说好不好？"

"嗯，那好极了，表哥，我们几时找房子呢？"

"忙什么？我们到了上海之后，应该先快乐几天，找房子的事情很便当，慢慢再谈好了。现在我们先到金谷西菜社吃晚饭去，饭后我伴你到米高美去跳舞，保险你十分快乐满意。"

九华把她轻薄地玩弄了一会儿之后，便笑嘻嘻地说。花美本是个浪漫而又糊涂的女子，她根本不会去思前想后，无非只图一时之欢乐而已，所以一听到跳舞厅去，她便立刻兴奋起来，站起身子，在皮箱内取了一叠钞票，说道：

"好吧，那么我们快些去吃晚饭，吃好饭我们就上跳舞厅里玩去，我要你教会我跳舞哩。"

九华点头说"我一定可以教会你"，两人遂挽手出了房间，到金谷西菜社去了。上海这地方是多么繁华，尤其是胜利之后，一班人民，在他们心中好像花天酒地是件应该的事情了，可是他们并没有想到这胜利是怎么得来的。八年抗战后的中国，满国土上全是荒凉的焦土，我们是否需要努力建设来创造这新的国家？抑是纸醉金迷地过着这朦胧的生活，就可以恢复国家的元气？但这两年来，胜利带来的真正欢乐是只不过昙花一现，如今这外表的歌舞升平，如何能掩饰得住这内部的腐蚀呢？所以说来当然令人心痛。不过一跑进舞厅，却是人山人海，每个青年男女的脸上莫不笑意生春，好像表示中国是那么强盛、那么富裕啊！

然而这纸醉金迷的舞厅是太富有引诱的力量了。花美在玩过了一次舞厅之后，她便常常地会脚痒，因此一天一天地接连不断地玩着舞厅，这半个月的日子来，把她从乡下带出来的三千万元钱早已花费得乌有的了。花美在这时候她心中不免有些着急，遂怨恨地向九华娇嗔，说他一个堂堂七尺男儿，竟没有一些生产的能力，这样子下去如何地过活？九华听她向自己埋怨，一时也不免暗暗地乘花美不防备之间，那天夜里便偷了她皮箱，悄悄地逃之夭夭了。第二天早晨，花美发觉之后，她心中又气又急，因为在上海这地方举目无亲，一时向什么人去借钱度活？否则，马上就得由高楼大厦内迁移到街上来做乞丐了，这是多么心痛呢！花美想不到九华有这么狠心，会把自己首饰等物件完全地偷去，因为在过分的气愤之下，所以她便起了厌世之念，于是一瓶安眠药片，把一个水性杨花的淫娃就此魂归离恨天了。

第八回

感君双泪垂唯期来生

　　花美吞服安眠药片自杀，等次日经茶役发觉，已经中毒气绝身亡，当下报了警察局，一面把尸体车往验尸所。报纸登载之后，因无人认领，遂把尸体由普善山庄收埋。可是这消息齐巧被鲍伯鸣瞧见了，于是"呀"了一声，急急叫芳卿到来，说道：

　　"芳卿妹妹，你瞧你瞧，这报上登载着一个女子，姓杨名花美，由无锡偕同表哥潘九华来上海，居住大东旅社三楼三百六十号房间。两人居住半月余，忽然潘九华失踪，而杨花美吞服多量安眠药片自杀身死。这个杨花美恐怕就是玩弄小明兄的淫娃吧？假使果然是她，那也是冥冥中的报应，淫妇的结局哩！死得好！死得好！"

　　"报上登着她和表哥由无锡来上海，我想也许就是她吧。"

　　芳卿低低地回答，她的眼泪却又从眼角旁涌上来了。鲍伯鸣见她伤心，倒有些惊奇的样子，望了她一眼，问道：

　　"你的仇人死了，照理你应该表示欢喜才是，怎么反而伤心起来了？"

　　"我不是伤心仇人的死，我……我是想着了我可怜的小明。"

　　芳卿说到后面，益发泪如雨下。伯鸣听了，倒也为之凄然，呆呆地默然了一会儿，方才轻声慰劝她说道：

　　"说句迷信的话，小明兄和这个淫娃在前世一定也有一笔风流孽债，所以今生才来还清了呢。芳妹，事到如此，徒然悲伤也是无益，我劝你保重身子要紧。"

"大哥，你的金玉良言，我真是太感激你了。"

鲍伯鸣见她海棠着雨般的粉脸，真是娇艳欲滴，十分可爱，一时心中不免动了爱怜之情，不过虽有体己的话要向她吐露，却也无从说起。

这天傍晚时分，伯鸣悄悄地走入芳卿的卧房，见她一个人坐在床边干绒线活针，于是低低说道：

"椿全这孩子睡着吗？"

"哦，大哥，你刚从外面回来吗？"

芳卿连忙起身相迎，给他倒了一杯茶，含笑回答。伯鸣点点头，他在桌子旁坐下了，呆呆地出了一会子神。芳卿见他今天的神情有些异样，一时好生猜疑，但又不便开口相问，所以也呆然地默无一语。两人坐了一会儿，最后还是芳卿开口问道：

"大哥，我瞧你好像有什么心事的样子，莫非你在外面有什么为难的事情发生了吗？"

"没有……"

"那你……为什么呆呆地出神呀？"

"真的吗？可是，我自己却没有觉得哩。"

"也许是我多猜疑吧。"

芳卿被他这么一说，心中当然不好意思起来，这就红了脸，有些歉意地回答。但伯鸣这回却很诚恳地说道：

"芳妹，倒并不是你的多猜疑，我这几天里确实有些心神不定的，好像我心中有些空洞洞的，简直连吃饭工作都没有心思似的。"

"这……这是为什么缘故呢？"

伯鸣这两句听到芳卿耳朵里，她那颗心会忐忑地剧跳起来，脸也益发绯红了，凝眸含颦地低声问。伯鸣支吾了一会儿，他的两颊也有些发烧，似乎有些颤抖的语气，说道：

"芳卿，我很冒昧地跟你说这一句话，我能不能爱上你？"

"啊！"

芳卿只叫了一声"啊"，她没有再说什么，垂了粉脸，却呆呆地默然了。伯鸣见她虽没有答应，却也没有拒绝的表示，于是不管一切地又说道：

"我当初的互助你，我确实是很纯洁，没有一丝一毫儿女之情的意思。但是到了今天，我……慢慢地起了感情作用。芳卿妹妹，我大胆地跟你说，我需要与你结婚。"

"可是，你应该知道我是一个寡妇，并且是个已经有了孩子的寡妇。大哥，你这么有情有义地对待我，照理上说，我是应该有所报答你。不过，一个残花败柳的女子，怎么有资格再跟人家结婚呢？再说您是一个有思想有作为的青年，你的前途是多么光明伟大，像您这么人才，老实说，不难娶个美而贤的姑娘做太太。所以你要娶我一个寡妇，在你固然是很不值得；在我呢，似乎也觉得很可耻。因为我觉得女子的贞操，和男子的气节是一样重视的。比方说，抗战时期中，伪组织的人物在胜利之后，就被世人称为失节的汉奸，不忠于国家。那么我们女子再醮，也岂不是件不忠于丈夫的可耻的事情呢？大哥，你是明白人，你是有理智的英雄，你一定不怪我言语得罪了你，你一定同情我的苦衷。"

芳卿滔滔地说出了这一大篇的话，眼泪随着也滚滚地落下来了。伯鸣好像听到了八百记清醒的晨钟，使他顿时恍然大悟，由不得一阵子羞愧，连耳根子都涨得绯红起来了，这就诚惶诚恐地说道：

"芳妹，我错了，我不该对你太自私，请你原谅我一时被情感激动的缘故，你……你……不要太伤心吧！"

"大哥，我真是太感激你了。我今生没有什么可报答，但我来生一定变了犬马来向您报恩。因为你成全我的名节，使我做一个清清白白的人，这是多么恩重如山呢！"

"我希望你来生给我做一个太太吧！"

鲍伯鸣说着话，泪水也夺眶而出。他站起身子，却走出房外去了。这时床上的椿全醒了，他哇哇地哭了。芳卿抱着他小身子，心中多少有些悲哀的感触，泪水也忍不住像雨点儿般地滚落了两颊。

鲍伯鸣虽然是很明亮地清醒过来，但他的心头总觉得有些失望的痛苦，所以他便到跳舞厅里去找寻刺激了。他叫了一个舞女坐台子，这个舞女的年纪很轻，打扮却很朴素，不过并不因此而损害她的美丽，却更有一层清幽脱俗的风韵，使人感到了可爱。伯鸣于是低低地问道：

"您这位小姐贵姓？"

"敝姓李，您这位先生贵姓呀？"

"我叫鲍伯鸣，李小姐的芳名是……"

"我叫小娥，这名字不大好，鲍先生听了别笑话。"

"名字无非是一个人的记号，那也没有什么好不好的分别，我觉得李小姐年纪虽然很轻，却挺会说话的。"

鲍伯鸣觉得李小娥的意态很活泼而且妩媚，若和芳卿相较，却自有一股子处女的风韵，于是情不自禁地握住她手，笑嘻嘻地说。李小娥并不挣扎，显出温情的态度，秋波斜乜了他一眼，嫣然地一笑，低声笑道：

"我的年纪也不算轻了，至少是可以做你的老大姊。"

"嘿！你这人倒喜欢占人家便宜，我瞧你只好做我的小妹妹吧。哎，正经的，李小姐青春多少？"

"虚度十七，确实我的年纪还很轻。可是我跟别人家说起来，总说我的年纪已二十岁了，非谎报大了三四年不可。"

"这是为什么呢？"

"因为我们做舞女的人，年纪若太轻了，就容易会受舞客的欺侮，所以我不敢说真情实话。"

"可是你对我干吗老实地告诉呢？"

"我觉得你这人很是忠厚老实，你一定不会欺侮我，所以我就跟你说真心话。"

鲍伯鸣想不到这么一个年轻的小姑娘，对付舞客竟有这么好的迷汤功夫，一时又好笑又惊奇，遂望着她粉脸，笑嘻嘻说道：

"你真是一个小迷汤，我向来不贪女色的人，今天也被你灌得昏陶陶起来了。李小姐，我们还只有初次见面，你如何知道我很忠厚老实呢？难道你会看相吗？"

"嗯，我真的会看相，我知道你一定很热心仗义，喜欢打抱不平的。我说你是一个好人，你难道不承认自己是好人吗？"

鲍伯鸣见她认乎其真地说，这就益发惊奇起来了，暗想：她说我爱打抱不平，这话不是猜得太神秘了吗？一时连忙问道：

"你打哪儿看出来我爱打抱不平呢？"

"这不用看，就是听了你三个姓名的字眼，也很可以知道了，你不是叫作'抱不平'吗？"

李小娥一面说，一面忍不住花枝乱抖地笑起来了。鲍伯鸣这才恍然明白，暗想：原来她并不是真正地会看相，实在是说自己"鲍伯鸣"三个字谐音抱不平的缘故。一时感到这位姑娘淘气得天真可爱，因此也忍不住扑哧一声笑起来了，说道：

"李小姐，你很会说笑话，我们去跳舞好吗？"

"那当然好，鲍先生，你别太客气呀。"

李小娥逗给他一个媚眼，微微地一笑，遂站起身子，和伯鸣一同步入舞池里去了。当伯鸣搂着她腰肢跳舞的时候，小娥低低地说道：

"鲍先生，我舞跳得不大好，这一点倒要请你原谅。"

"你叫我不要客气，可是你自己也很客气呀。"

"我并不是客气，因为我做舞女还不到一星期的日子，所以舞步确实跳得不大好。"

"怎么还只有一星期不到吗？"

伯鸣觉得她的腰肢软绵绵的，柔若无骨，搂在怀内，十分舒服，正在感到她可爱的时候，今听她这样说，遂表示惊异的样子，向她

212

急急地问。小娥点点头却没有作答。伯鸣继续地又问道：

"李小姐，我想知道你一些身世，你能告诉我吗？"

"我的身世很凄凉，还是别提起好。"

李小娥微微地叹了一口气，神情有些黯然。伯鸣虽然没有听她告诉，但心中已经有些同情，遂低低地又问道：

"李小姐，你有爸妈吗？"

"爸爸死了，只有一个妈，但这个妈也等于死了一样，我非常地恨她。"

"那为什么呢？你妈是后母吗？大概待你很凶吧？"

"不，是我亲生的娘，可是她的心肠太狠毒，简直一些人心也没有。"

李小娥似乎触动了心中悲哀的事情，她眼皮有些润湿起来。伯鸣要想再详细地诘问她，但音乐已经停止，两人于是携手回座了。谁知舞女大班等在旁边，见了他们，便向伯鸣赔了笑脸，低低地说道：

"对不起，请李小姐转一只台子。"

"好，没有关系，李小姐，你请自便。"

鲍伯鸣很大方地点点头，向小娥微笑着说。不料小娥却向舞女大班问着，说是哪一位舞客请我转台子。舞女大班把手向左首那边一指，说道：

"就是那个宪兵队里姓潘的中队长。"

"嗯，我等一会儿马上就过去。"

李小娥立刻显出不喜悦的样子，点头回答，她却管自地仍旧在伯鸣身旁坐了下来。伯鸣见了，很是奇怪，遂连忙问道：

"为什么不过去？你讨厌这个舞客吗？"

"这种军队里出身的人到底蛮不讲理的，我见了他就有些头痛。"

鲍伯鸣今天穿的是西服，所以小娥当然不知道他也是一个军人，因此并不忌讳地恨恨地说。可是听在伯鸣耳朵里，未免有些反应，他立刻正了脸色，十分严肃的态度说道：

"李小姐，你不能这样侮辱军人，我听了真有些抱不平。"

"并不是我要侮辱军人，原是军人自己太没有人格，所以会让人家看轻。"李小娥不甘示弱地辩白着说。

"他怎么没有人格呢？"伯鸣很怀疑地追问。

"我不告诉你，你当然不会知道，那个姓潘的中队长，家里很有钱，还没有娶太太，最后，他买了舞票要带我到旅馆里去住夜。鲍先生你想，他这种行为，把我们女子不是看得太轻贱了吗？老实说，我们无非贫苦一些，所以不得已才来做舞女的，他如何能这么地侮辱我？这种军人不是叫人心里可恨吗？"

鲍伯鸣听了这一番话，心头方才恍然大悟，暗想：这个军人真是害群之马，太可杀了。一会儿又想：宪兵队的中队长之中，我并没有听到"潘九华"三个字，那倒叫人有些奇怪。暗暗沉吟了一会儿后，遂说道：

"李小姐，你放心，他既然这样无廉无耻，回头我得教训他不可。你偏偏不要过去，看他有什么颜色拿出来？"

"鲍先生，你有什么资格可以去教训他？老实说，你们生意人，犯不着和军人较量，否则你终会吃亏的。"

"你怎么知道我是生意人？"

"那么你难道也是军人不成？"

李小娥被他问得目定口呆，一时含了微笑，只好又低低地反问他。不料正在这时，舞女大班急匆匆地走过来，埋怨地说道：

"李小娥，你怎么啦？预备得罪客人吗？为什么到此刻还不转台过去？潘队长在发脾气了，回头闹出事情来，你有肩胛吗？"

"我有肩胛，哪一位是潘队长？请你带我去认识认识他。"

鲍伯鸣不等小娥说话，就站起身子来，向舞女大班很认真地回答。舞女大班小王听他这么说，一时倒吃了一惊，暗想：这个舞客是什么路角？他竟有胆量跟潘队长去较量？于是也不开口，就领了

214

伯鸣来到潘九华的座桌旁。伯鸣很和气地说道：

"潘队长，请你拿派司出来给我看看。"

"什么？放你妈的臭屁！你是什么人？有资格检查我的派司？"

潘九华猛可跳起身子来，圆睁了三角眼，怒气冲冲地喝骂着说。他握着拳头，大有打人的样子。伯鸣不慌不忙，伸手在袋内取出派司来给他看。小王和潘九华凑过头去一看，见上面写的是"中华民国驻沪宪兵队第五大队长鲍伯鸣"几个字样。小王把舌头一伸，知道碰着顶头上司，这就抽了一口冷气，很快地退过一旁。只见潘九华的脸一阵红一阵白，却变成了死灰的颜色。鲍伯鸣微笑着问道：

"潘队长，我有没有资格可以来检查你吗？"

潘九华在这个局面之下，顿时情急智生，便回身向外欲逃。伯鸣知道事情还有蹊跷，遂把手枪取出，大喝道：

"不许走！我开枪打死你！"

潘九华一见手枪，吓得缩住了脚步，他全身几乎瑟瑟地发抖。伯鸣伸手在他衣袋内摸索了一会儿，根本没有什么派司，心里这就更加明白，遂挥手在他颊上"啪啪"两记耳光，喝道：

"好大胆的奴才！竟敢冒充宪兵队长，无恶不作，破坏军人名誉，真是该死之至！快跟我到宪兵队去！"

诸位，你道这个潘九华是谁？原来就是花美的表哥。他曾经跟花美说他到过东印度，还参加过缅甸战争。其实他都是谎话，他不过是一个冒充军人而已。今天碰到了真正宪兵队的大队长，因此他就狐狸显原形地露出尾巴来了。这是所谓若要人不知，除非己莫为，作恶的人到底是要正法判罪的。

李小娥在远远地站着，他见九华被伯鸣押到宪兵司令部去了，心里不由暗暗奇怪，因为还弄不清楚这是怎么一回事情，所以忙来问舞女大班小王。小王把见到的情形向她告诉了一遍。她这才完全明白，暗想：原来这位鲍先生才是真正的宪兵队大队长哩，这就无怪他听我说军人没有人格，他要不以为然地打抱不平了。一时暗暗地祈祷着想：但愿明天鲍先生再来跳舞，这人很好，我希望跟他做一个朋友哩。谁知小娥的希望果然实现了。第二天下午，鲍伯鸣果然又到舞厅里来了。他还带来一个女朋友，因为舞厅里光线很暗，所以看不清楚那个女朋友的脸是生得美丽不美丽。直等舞女大班小王又来叫自己坐台子去，说就是昨天那个宪兵队大队长，李小娥于是匆匆地离开舞池边座位，走到鲍先生的座桌旁来。当她见到那个女朋友的时候，先是呆了一呆，但他那个女朋友早已站起身子，抱住了李小娥，叫了一声"妹妹"，竟是哭泣起来了。

　　这到底是怎么一回事情呢？想聪明如读者，心中一定早已明白。伯鸣那个同来的女朋友当然就是徐芳卿了。至于这个李小娥还有谁呢？自然也就是抛家出亡的小明妹妹小娥了。原来伯鸣把九华带到司令部之后，就详细审问，知道他是专门利用宪兵队长名义敲诈一班同胞钱财，及拐骗女子等事。前日大东旅社花美自杀的案子也是他所犯的。潘九华直认不讳，当即解送法院，办理此案。伯鸣回家后偶然把今天的事情向芳卿谈及，芳卿一听"李小娥"三字，暗想：这不是我的姑娘吗？于是要求伯鸣在第二天带她前来舞厅一认，谁知相见之下，果然一些也不错，因此姑嫂两人抱在一起，抽抽噎噎地哭泣不止。

　　鲍伯鸣给她们伤心了一会儿之后，方才把两人劝住了，说既已能在客地重逢，理应欢喜才是，不要多伤心了，倒让旁人见了注目。芳卿、小娥于是收束眼泪，两人各叙别后经过。小娥告诉她，说她离开家庭之后，便即动身来到上海，但既到上海，人地生疏，举目无亲，不知何处安身。正在茫茫四顾，不知如何是好的当儿，幸亏遇到一个故乡时候的邻居田大嫂，她就叫我住到她家中去。因为她女儿是做舞女的，所以叫我在舞校里学舞，速成班毕业，也介绍我到舞厅里来做舞女了。大家叙述了一会儿，说到伤心地方，又不免哭泣了一会儿。这时伯鸣买了舞票，说我们大家一同到外面吃饭去吧。小娥自然没有推拒，遂跟了芳卿、伯鸣一同走出舞厅去。

在新华酒家的楼上，他们三个人坐了一张小圆桌，桌子上放了精美的佳肴，而且各人还握了一杯强身露。小娥的粉脸有些红晕，伯鸣却只管望着她呆呆地出神。芳卿自然明白他的意思，觉得小娥真是自己一个替身，于是笑盈盈地把杯子举起，瞟了两人一眼，低低地说道：

"今天这一餐晚饭，一方面是庆祝我们姑嫂重逢；但另一方面，我想给你们做一个月老，这在小娥妹妹固然安身有所，就是我以后住在姑夫的家中，那也有一个名目了。不知道两位肯不肯给我喝这一杯喜酒吗？"

"假使小娥妹妹不讨厌我是一个军人的话，那我当然欢喜。"

鲍伯鸣见小娥娇羞万状的意态，其美艳实不亚于芳卿，这就甜蜜蜜地回答，他满面含了春风得意的笑容。小娥知道他是因为我曾经说过军人没有人格的一句话，所以他现在这么地问，于是她赧赧然笑道：

"冒充军人的歹徒是没有人格的，真正的军人，我知道他的人格是高人一等的。"

"凭妹妹这一句话，显然我这杯喜酒是可以喝成的了。"

芳卿听了，忍不住也笑嘻嘻地说。伯鸣和小娥互相地望了一眼，两人赧赧然也低头笑了。这时酒楼上的无线电中齐巧播送出一张《喜临门》的歌唱片来，仿佛是他们未来婚礼时的前奏曲哩。但芳卿的心中在喜悦之余，当然更充满了一些悲哀的意味，因为她是孤零零地在闺房之中，好像是只黄鹄的影子了。幸亏她还有未来的希望，是寄托在她的第二代。

附　　录

从鸳鸯蝴蝶派谈到冯玉奇小说

裴效维

　　《民国通俗小说典藏文库·冯玉奇卷》将收录冯玉奇的百余种小说作品，此举极其不易。现在，我愿以这篇文章给出版者呐喊助威。尽管我人微言轻，但我毕竟是一个中国文学的研究者，为鸳鸯蝴蝶派说些公道话是我的责任。

　　冯玉奇是一位鸳鸯蝴蝶派作家，因此我们要想了解冯玉奇，必须首先厘清有关鸳鸯蝴蝶派的一些问题。

一、何谓鸳鸯蝴蝶派

　　鸳鸯蝴蝶派作家平襟亚在《关于鸳鸯蝴蝶派》（署名宁远）一文中对鸳鸯蝴蝶派的来历说得很清楚：

　　　　鸳鸯蝴蝶派的名称是由群众起出来的，因为那些作品中常写爱情故事，离不开"卅六鸳鸯同命鸟，一双蝴蝶可怜虫"的范围，因而公赠了这个佳名。

　　　　　　　　　　——载香港《大公报》1960 年 7 月 20 日

　　可见鸳鸯蝴蝶派并不是一个有组织有宗旨的小说流派，而是因为当时流行的言情小说多写一对对恋人或夫妻如同鸳鸯蝴蝶般相亲相爱，形影不离，因而民间用鸳鸯蝴蝶小说来比喻这种言情小说，那么这种言情小说的作家群当然也就是鸳鸯蝴蝶派了。这种说法应该是可信的，因为民间常用鸳鸯和蝴蝶来比喻恋人或夫妻，很多民间文学作品中不乏其例。这一比喻非常形象生动，但并无褒贬之意，因此不胫而走。

传到新文学家那里，便加以利用，并赋予贬义，作为贬低对手的武器。但新文学家对鸳鸯蝴蝶派的界定并不一致，大致有两种看法。

一种看法认同民间的比喻说法，即将鸳鸯蝴蝶派小说局限为通俗小说中的言情小说，将鸳鸯蝴蝶派局限为言情小说作家群。鲁迅是这种看法的代表，他在 1922 年所写的《所谓"国学"》一文中说："洋场上的文豪又作了几篇鸳鸯蝴蝶派体小说出版"，其内容无非是"'卿卿我我''蝴蝶鸳鸯'"（载《晨报副刊》1922 年 10 月 4日）。又于 1931 年 8 月 12 日在社会科学研究会做了《上海文艺之一瞥》的长篇演讲，其中对鸳鸯蝴蝶派小说更做了形象而精辟的概括：

> 这时新的才子＋佳人小说便又流行起来，但佳人已是
> 良家女子了，和才子相悦相恋，分拆不开，柳阴花下，像
> 一对蝴蝶、一双鸳鸯一样。

——连载于《文艺新闻》第 20、21 期

此外，周作人、钱玄同也持这种看法。周作人于 1918 年 4 月 19日在北京大学文科研究所小说研究会做《日本近三十年小说之发达》的演讲中，就说现代中国小说"还有《玉梨魂》派的鸳鸯蝴蝶体"（载《新青年》第 5 卷第 1 号）。次年 2 月，周作人又发表《中国小说里的男女问题》（署名仲密）一文，认为"近时流行的《玉梨

魂》，虽文章很是肉麻，（却）为鸳鸯蝴蝶派小说的鼻祖"（载《每周评论》第5卷第7号）。与周作人差不多同时，钱玄同在1919年1月9日所写的《"黑幕"书》一文中也说："人人皆知'黑幕'书为一种不正当之书籍，其实与'黑幕'同类之书籍正复不少，如《艳情尺牍》《香闺韵语》及'鸳鸯蝴蝶派小说'等等皆是。"（载《新青年》第6卷第1号）这种看法后来被人称之为"狭义的鸳鸯蝴蝶派"看法。

另一种看法却将鸳鸯蝴蝶派无限扩大，认为民国年间新文学派之外的所有通俗小说作家都是鸳鸯蝴蝶派，他们的所有通俗小说都是鸳鸯蝴蝶派小说。这种看法的代表人物是瞿秋白和茅盾。瞿秋白从小说的内容方面来扩大鸳鸯蝴蝶派小说的范围，他在《财神还是反财神》一文中说，"什么武侠，什么神怪，什么侦探，什么言情，什么历史，什么家庭"小说，都是鸳鸯蝴蝶派小说（见人民文学出版社1953年10月版《瞿秋白文集》）。茅盾则从小说的形式方面来扩大鸳鸯蝴蝶派小说的范围，他在《自然主义与中国现代小说》一文中认定鸳鸯蝴蝶派小说包括"旧式章回体的长篇小说""不分章回的旧式小说""中西合璧的旧式小说""文言白话都有"的短篇小说（载1922年7月《小说月报》第13卷第7号）。这种看法后来被人称之为"广义的鸳鸯蝴蝶派"看法，而且逐渐成为主流看法，以致后来的文学研究者都接受了这种看法。

新文学家不仅在鸳鸯蝴蝶派的界定问题上分成了两派，而且在鸳鸯蝴蝶派的名称上也花样百出。如罗家伦因为徐枕亚等人好用四六句的文言写小说，便称其为"滥调四六派"（见署名志希的《今日中国之小说界》，载1919年《新潮》第1卷第1号），但无人响应。郑振铎因为《礼拜六》杂志为鸳鸯蝴蝶派的主要刊物之一，便称其为"礼拜六派"（见署名西谛的《新文学观的建设》一文，载1922年5月21日《文学旬刊》第38号）。这一说法得到了周作人、茅盾、瞿秋白、朱自清、阿英、冯至、楼适夷等人的响应，纷纷采用，以致使用频率越来越高，知名度越来越大，终于成为鸳鸯蝴蝶派的别称了。于是"鸳鸯蝴蝶派"和"礼拜六派"两个名称便被新文学家所滥用。如郑振铎在《新文学观的建设》一文中称"礼拜六派"，而在《〈文学论争集〉导言》一文中却称"鸳鸯蝴蝶派"（见上海良友图书公司1935年10月出版的《新文学大系·文学论争集》卷首）。还有人在同一篇文章里既称鸳鸯蝴蝶派，又称礼拜六派。如阿英在1932年所写的《上海事变与鸳鸯蝴蝶派文艺》一文中说：张恨水的所谓"国难小说"，与"礼拜六派的作品一样，是鸳鸯蝴蝶派的一体"，"充分地说明了鸳鸯蝴蝶派的作家的本色而已"（见上海合众书店1933年6月出版的《现代中国文学论》）。

茅盾在20世纪70年代觉得统称鸳鸯蝴蝶派或礼拜六派都不合适，于是提出了一个折中的看法，他在《紧张而复杂的生活、学习与斗争（上）——回忆录（四）》中说：

> 我以为在"五四"以前，"鸳鸯蝴蝶派"这名称对这一派人是适用的。……但在"五四"以后，这一派中有不少人也来"赶潮流"了，他们不再老是某生某女，而居然写家庭冲突，甚至写劳动人民的悲惨生活了，因此，如果用他们那一派最老的刊物《礼拜六》来称呼他们，较为合式。

——载1979年8月《新文学史料》第4辑

事实是该派在"五四"前后没有根本变化，都是既写言情小说，又写其他小说，将其人为地腰斩为两段，既显得武断，又无法掩盖当时的混乱看法。

这些混乱的看法导致后来的文学研究者无所适从：或沿用"鸳鸯蝴蝶派"的说法（如北大本《中国文学史》和《中国小说史稿》、

复旦本《中国文学史》和《中国近代文学史稿》等）；或沿用"礼拜六派"的说法（如山东师院本《中国现代文学史》等）；或干脆别出心裁地称之为"鸳鸯蝴蝶—礼拜六派"（见汤哲声《鸳鸯蝴蝶—礼拜六小说观念的价值取向及其评价》，载《苏州大学学报》1992年第 2 期）。这可真算是中国小说史上的一出有趣的滑稽戏了。

二、如何评价鸳鸯蝴蝶派

鸳鸯蝴蝶派的开山作品是 1900 年陈蝶仙的言情小说《泪珠缘》，因此鸳鸯蝴蝶派应该是指言情小说派，这也就是后来的所谓"狭义的鸳鸯蝴蝶派"，但被新文学家扩大为"广义的鸳鸯蝴蝶派"，实际上也就是民国通俗小说派。

鸳鸯蝴蝶派与同时期的"南社"不同，既没有组织，也没有纲领，而是一个在思想倾向和艺术风格上大体相同或相近的小说流派，连"鸳鸯蝴蝶派"这一招牌也是别人强加给它的。然而客观地说，鸳鸯蝴蝶派确实是一个产生过巨大影响的小说流派。在"五四"以前的近二十年间，它几乎独占了中国文坛；在"五四"以后的三十年间，虽然产生了新文学，但新文学只是表面上风光，而鸳鸯蝴蝶派却一派兴旺发达景象。我对"广义的鸳鸯蝴蝶派"做过不完全的统计：该派作家达数百人，较著名者有一百余人，所办刊物、小报和大报副刊仅在上海就有三百四十种，所著中长篇小说两千多种，至于短篇小说、笔记等更难以计数。在此前的中国文学史上，还没有哪个文学流派有过如此宏大的规模，产生过如此巨大的影响。

鸳鸯蝴蝶派由于规模宏大，又处在历史的一个巨变时期，其成员的确鱼龙混杂，其作品也良莠不齐，但总体来说，它形象地记录了中国二十世纪前五十年的历史，为中国读者提供了丰富的精神食粮，对中国小说的传承起过积极作用，因此应该给予充分的肯定。

鸳鸯蝴蝶派小说已经不是中国传统通俗小说的复制，而是一种改良的通俗小说。在形式方面，它既采用章回体，也采用非章回体，甚至采用了西洋小说的日记体、书信体等，至于侦探小说则更是完全模仿自西洋小说。在艺术手法方面，受西洋小说的影响非常明显，如增加了人物形象和景物描写，结构与叙事方式也趋于多样化，单线和复线结构并用，第三人称和第一人称叙述法兼施，还采用了倒叙法和补叙法。在内容方面，鸳鸯蝴蝶派小说已经扩大了描写范围，反映了当时社会生活的各个方面，甚至已经紧跟时事，及时反映当前的社会现实，被称为"时事小说"。如李涵秋的《广陵潮》描写辛亥革命，而他的《战地莺花录》则描写五四运动，这种及时反映当时发生的重大政治事件的小说，与多写历史故事的古代小说完全不同，显然是一大进步。鸳鸯蝴蝶派的言情小说，也不同于古代的才子佳人小说，而是一种新才子佳人小说。古代的才子佳人小说因面对森严的封建礼教，只能写才子与佳人偶尔一见钟情，以眉目传情或诗书传情的方式进行交流，最后皆是有情人终成眷属的大团圆结局。而这种大团圆结局完全是人为的：或出于巧合，或由于才子金榜题名，皇帝御赐完婚，这就完全回避了封建包办婚姻的问题。而民国年间的封建礼教已经在一定程度上松绑，尤其像上海、北京等大城市得风气之先，恋爱自由和婚姻自主思想已经渐入人心。因此有些鸳鸯蝴蝶派的言情小说也突破了古代才子佳人小说的窠臼，才子佳人已经敢于"相悦相恋，分拆不开，柳阴花下，像一对蝴蝶、一双鸳鸯一样"。其结局也不再全是有情人终成眷属的大团圆，而是"有时因为严亲，或者因为薄命，也竟至于偶见悲剧的结局……这实在不能不说是一个大进步"（鲁迅《上海文艺之一瞥》，连载于 1931年 7 月 27 日、8 月 3 日《文艺新闻》第 20、21 期）。言情小说由大团圆结局到悲剧结局的确是一个大进步，因为前者是回避封建包办婚姻礼制，而后者是控诉封建包办婚姻礼制。而这一进步的开创者是曹雪芹和高鹗，他们在《红楼梦》里所写的婚姻差不多都是悲剧。因此胡适称赞《红楼梦》不仅把一个个人物"都写作悲剧的下场"，而且最后"作一个大悲剧的结束，打破了中国小说的团圆迷信"（《〈红楼梦〉考证》，见 1923 年亚东图书馆版《胡适文存》）。可见鸳鸯蝴蝶派的言情小说在一定程度上继承了《红楼梦》开创的爱情婚姻悲剧模式，因而具有相当的反封建意义。我们可以徐枕亚的《玉梨魂》为例加以说明，因为该小说被新文学家指为鸳鸯蝴蝶派的代表性作品。

《玉梨魂》的故事很简单——清末宣统年间，小学教员何梦霞与年轻寡妇白梨影相爱，但两人均认为他们的这种行为是不道德的。为了得到感情的解脱，白梨影想出个"移花接木"的办法，即撮合何梦霞与自己的小姑崔筠倩订了婚。然而何梦霞既不能移情于崔筠倩，白梨影也无法忘情于何梦霞，结果造成了一连串的悲剧——白梨影在爱情与道德的激烈冲突下郁郁而死；崔筠倩因得不到何梦霞之爱而离开了人世；白梨影的公公因感伤女儿、儿媳之死而一病身亡；白梨影的十岁儿子鹏郎成了孤儿。何梦霞为排遣苦闷，先赴日本留学，继又回国参加了辛亥武昌起义（即辛亥革命），壮烈牺牲。

《玉梨魂》不仅描写了一个爱情婚姻悲剧，而且不同于一般的爱情婚姻悲剧。一般的爱情婚姻悲剧都是由封建势力造成的，即由包办婚姻造成的；而《玉梨魂》所写的爱情婚姻悲剧，其原因却是何梦霞和白梨影自身的封建道德。他们既渴望获得恋爱自由和婚姻自主的权利，又不能摆脱封建道德和封建礼教的束缚，两者激烈冲突，造成三死一孤的惨剧。从而揭露了封建道德和封建礼教的影响力是多么巨大，它已深入人们的骨髓，使其不能自拔。因此，它的反封建意义比一般的爱情婚姻悲剧更为深刻。

其实，新文学阵营也不是铁板一块，虽然大多数新文学家对鸳鸯蝴蝶派全盘否定，但也有少数新文学家态度比较客观，他们对鸳鸯蝴蝶派也给予一定的肯定。鲁迅是其中最突出的一位，他不仅认为某些鸳鸯蝴蝶派的悲剧言情小说是"一大进步"，而且不同意某些新文学家对鸳鸯蝴蝶派消极影响的夸大其词。他说：

至于说他流毒中国的青年，那似乎是过虑。倘有人能为这类小说所害，则即使没有这类东西也还是废物，无从挽救的。与社会，尤其不相干，气类相同的鼓词和唱本，国内非常多，品格也相像，所以这些作品也再不能"火上添油"，使中国人堕落得更厉害了。

——《关于〈小说世界〉》，载《晨报副刊》
1923 年 1 月 15 日

这种客观的观点与前述周作人无限夸大鸳鸯蝴蝶派作品能使国民生活陷入"完全动物的状态"乃至"非动物的状态"的观点形成了鲜明对比。当抗日战争爆发后，鲁迅更提倡文学界的抗日统一战线，主张团结鸳鸯蝴蝶派一起抗日。他说：

我以为文艺家在抗日问题上的联合是无条件的，只要他不是汉奸，愿意或赞成抗日，则不论叫哥哥妹妹，之乎者也，或鸳鸯蝴蝶都无妨。但在文学问题上我们仍可以互相批判。

——《答徐懋庸并关于抗日统一战线问题》，
载《作家》月刊第 1 卷第 5 期

鲁迅不仅提倡团结鸳鸯蝴蝶派一起抗日，而且主张新文学派与鸳鸯蝴蝶派在文学问题上"互相批判"，这种平等对待鸳鸯蝴蝶派的度量，也与那些视鸳鸯蝴蝶派如寇仇，必欲置诸死地而后快的新文学家形成了鲜明对比。

对鸳鸯蝴蝶派给予肯定的不只鲁迅，还有朱自清和茅盾。朱自清认为供人娱乐是中国传统小说的特点，因此不赞成将"消遣"作为罪状来批判鸳鸯蝴蝶派小说。他说：

> 在中国文学的传统里，小说……更是小道中的小道，就因为是消遣的，不严肃。不严肃也就是不正经，小说通常称为"闲书"，不是正经书。……鸳鸯蝴蝶派的小说意在供人们茶余酒后的消遣，倒是中国小说的正宗。
>
> ——《论严肃》，载《中国作家》创刊号

茅盾也承认鸳鸯蝴蝶派小说也"写家庭冲突，甚至写劳动人民的悲惨生活"。他还从艺术性方面对鸳鸯蝴蝶派小说给予一定肯定。他认为鸳鸯蝴蝶派的有些长篇小说"采用西洋小说的布局法"，如倒叙法、补叙法，以及人物出场免去套语、故事叙述"戛然收住"等等，这一切是对"旧章回体小说布局法的革命"。还认为鸳鸯蝴蝶派的有些短篇小说学习了西洋短篇小说"截取一段人生来描写，而人生的全体因之以见"的方法："叙述一段人事，可以无头无尾；出场一个人物，可以不细叙家世；书中人物可以只有一人；书中情节可以简至只是一段回忆。……能够学到这一层的，比起一头死钻在旧章回体小说的圈子里的人，自然要高出几倍。"（《自然主义与中国现代小说》，载 1922 年 7 月 10 日《小说月报》第 13 卷第 7 号）

鲁迅、朱自清、茅盾毕竟属于新文学派，因此他们对鸳鸯蝴蝶派的肯定是有限的。我们应该摆脱成见与束缚，从中国文学史的角度，对鸳鸯蝴蝶派做出客观公正的评价。

三、如何看待冯玉奇的小说

我们澄清了以上有关鸳鸯蝴蝶派的三个问题，等于为介绍冯玉

奇的小说提供了一个坐标，也等于为读者提供了一把参照标尺。读者用这把标尺，就可自行评判冯玉奇的小说了。

冯玉奇于 1918 年左右生于浙江慈溪，笔名左明生、海上先觉楼、先觉楼，曾署名慈水冯玉奇、四明冯玉奇、海上冯玉奇。据说他毕业于浙江大学（一说复旦大学）。1937 年九一八事变后寄居上海，感山河破碎，国事蜩螗，开始写作小说以抒怀。其处女作为《解语花》，由上海春明书店出版。出版后旋即由东方书场改编为同名话剧，演出后轰动一时。那时他才十九岁。由此一发而不可收，至 1949 年 7 月《花落谁家》出版，在短短十来年时间里，他创作的小说竟达一百九十多种，平均每年近二十种，总篇幅应该不少于三千万字，只能用"神速"来形容。这时他只有三十一岁。近现代文学史料专家魏绍昌先生（已去世）所编《鸳鸯蝴蝶派研究资料（史料部分）》（上海文艺出版社 1962 年 10 月出版）开列的《冯玉奇作品》目录只有一百七十二种，也有遗珠之憾。不过我们从这一目录中仍可确定冯玉奇是一位以写言情小说为主的通俗小说作家，因为在一百七十二种小说中，言情小说占有一百二十二种，其他小说只有五十种：社会小说三十四种、武侠小说十四种、侦探小说两种。

冯玉奇不仅是一位写作神速且极为多产的通俗小说作家，还是一位热心的剧作家和剧务工作者。早在他二十六岁（1944 年）时，就担任了越剧名伶袁雪芬的雪声剧团的剧务，并为之创作了《雁南归》《红粉金戈》《太平天国》《有情人》《孝女复仇》五大剧本，演出效果全都甚佳。在他二十七到二十八岁（1945～1946）时，又与他人合作，前后为全香剧团和天红剧团编导了《小妹妹》《遗产恨》《飘零泪》《义薄云天》《流亡曲》等二十多个剧本，演出效果同样甚佳。可见冯玉奇至少写过十几个剧本。

冯玉奇一生所写的小说和剧本总计不下两百五十种，总篇幅可能达到四千万字以上，是名副其实的"著作等身"，是当之无愧的中国最多产的作家，号称多产的同派小说家张恨水也难望其项背。当时的文学作品已是一种特殊商品，冯玉奇的小说如此畅销，其剧本演出又如此轰动，这足可以证明其受人欢迎，这就是读者和观众对冯玉奇的评价，它比专家的评价更为准确，也更为重要。遗憾的是，我们无法看到他的剧作和三十岁以后的作品，也不知其晚景如何，卒于何年。

从冯玉奇的生活年代和创作时段来看，他显然是鸳鸯蝴蝶派的后起之秀，所以尽管他作品如此之多，影响如此之大，而同派的老前辈却很少提到他，这也是"文人相轻"的表现之一。

按说要介绍冯玉奇的小说，应该将其全部小说阅读一遍，但我没有这么多时间，也没有这么大精力，因而只向中国文史出版社借阅了《舞宫春艳》《小红楼》《百合花开》三种，全都是言情小说。因此我只能以这三种言情小说为例加以介绍，这可能会犯以偏概全的错误，因此只能供读者参考。

《舞宫春艳》写了两个纠缠在一起的爱情婚姻悲剧故事：苏州富家子秦可玉自幼与邻居豆腐坊之女李慧娟相恋，由于门第悬殊，秦可玉被其父禁锢，二人难圆成婚之梦。不幸李慧娟生下了一个私生女鹃儿，只好遗弃，自己则郁郁而死。鹃儿被无赖李三子收养，长大后卖到上海做伴舞女郎，改名卷耳。中学生唐小棣先是爱上了姑夫秦可玉家的婢女叶小红，不料叶小红失踪，于是移情于卷耳，但无钱为卷耳赎身，两人感到婚姻无望，于是双双吞鸦片自尽。

《小红楼》的故事紧接《舞宫春艳》：曾经被唐小棣爱过的叶小红的失踪，原来也是被无赖李三子拐卖为伴舞女郎，小棣、卷耳自杀后，小红才被救了回来，并被秦可玉认为义女。经苏雨田介绍，与辛石秋相识相恋而订婚。同时石秋的姨表妹巢爱吾也爱石秋，但石秋既与小红订婚在先，便毅然与小红结婚。爱吾为了摆脱难堪的地位，离家出走，下落不明。石秋奉父命赴北平探望二哥雁秋，在火车站被人诬陷私带军火，被军人押到司令部。可巧爱吾此时已成为张司令的干女儿兼秘书，便设法救了石秋一命。但张司令强迫石秋与爱吾结婚，二人既不敢违命，又固守道德，便以假夫妻应付。后来石秋回到家里，终于与小红团聚。

《百合花开》写了两个紧密相关的爱情婚姻故事：二十岁的寡妇花如兰同时被四十二岁的教育家盖季常和十八岁的革命青年盖雨龙叔侄俩所爱，而盖季常的十六岁侄女盖云仙又同时被三十六岁的银行家杨如仁和十九岁的革命青年杨梦花父子俩所爱。经过许多曲折后，终于两位长辈让步，盖雨龙与花如兰、杨梦花与盖云仙同场结婚。

由以上简单介绍可知，冯玉奇的这三种小说共写了五个爱情婚姻故事，其中两个是悲剧结局，三个是有情人终成眷属。这正如鲁迅所说："有时因为严亲，或者因为薄命，也竟至于偶见悲剧的结局……这实在不能不说是一个大进步。"其次，这三种小说的五个爱情婚姻故事，倒有四个是三角爱情婚姻故事，但它们的情况并不雷同。唐小棣、叶小红、卷耳的三角恋是一男爱二女，辛石秋、叶小红、巢爱吾的三角恋是两女爱一男，而盖季常、盖雨龙、花如兰和杨如仁、杨梦花、盖云仙的三角恋更为异想天开，竟然都是两辈嫡亲男人（叔侄、父子）同爱一个女子。可见冯玉奇极有编故事的才能，从而使作品更具吸引力和娱乐性。又次，这三种言情小说的描写极为干净，没有任何色情描写。除了秦可玉与李慧娟有私生女外，其他人都非礼勿言，非礼勿行。如辛石秋与叶小红因婚礼当天石秋之母去世，为了守孝，新婚夫妻在百日之内没有圆房。而辛石秋与姨表妹巢爱吾为了对得起叶小红，虽被张司令强迫成亲，却只做了几天假夫妻。

从表现形式和艺术手法来看，我觉得冯玉奇的小说与当时新文学的新小说都受了西洋小说的影响，基本相同。譬如：两者都突破了传统小说书名的套路，不拘一格，尤其采用了一字书名和二字书名，如冯玉奇有《罪》《孽》《恨》《血》和《歧途》《逃婚》《情奔》等；而巴金有《家》《春》《秋》，茅盾有《幻灭》《动摇》《追求》。两者的对话方式也突破了传统小说的套路，灵活自如：对话既可置于说话者之后，也可置于说话者之前，还可将说话者夹在两句或两段话之间。至于小说的结构法、叙述法与描写法，更是差不多的。譬如人物描写不再是"沉鱼落雁""闭月羞花""倾国倾城"之类的千人一面，景物描写也不再是"落红满地""绿柳成荫""玉兔东升"之类的千篇一律，而加以具体描绘。这里随便举一个例子：

> 小红坐在窗旁，手托香腮，望着窗外院子里放有一缸残荷，风吹枯叶，瑟瑟作响。墙角旁几株梧桐，巍然而立。下面花坞上满种着秋海棠，正在发花，绿叶红筋，临风生姿，可惜艳而无香，但点缀秋色，也颇令人爱而忘倦。

这是《小红楼》对莲花庵一角的景物描绘，虽然算不上十分精彩，但作者通过小红的眼睛描绘了院中的三样东西——风吹作响的"枯荷"、巍然挺立的"梧桐"、正在开花的"海棠"，从而衬托出莲花庵幽静的环境，曲折地表明了时在秋季。频繁使用巧合手法是冯玉奇小说的显著特点，可以说把所谓"无巧不成书"用到了极致。巧合手法有助于编织故事，缩短篇幅，增加作品的吸引力等，但使用过多则时有破绽，有损于作品的真实性。冯玉奇的某些小说也采用了章回体，但只是标题用"第×回"和对偶句，"却说""且听下回分解"之类的套语已不再经常出现，因此并非章回体的完全照搬。况且章回体并非劣等小说的标志，它在我国小说史上发挥过巨大作用，产生过杰出的四大古典小说。因此用章回体来贬低冯玉奇的小说，也是毫无道理的。

冯玉奇的小说也有明显的缺点。它们与其他鸳鸯蝴蝶派小说一样，主要注重小说的娱乐性，而忽视小说的社会性和艺术性，因此没有产生杰出的作品。他是南方人而小说采用北方话，加之写作速度太快，无暇深思熟虑，导致语言不够流畅，用词不够准确，还有许多错别字和语病。还有使用"巧合"法太多，有时破绽明显，这里不再举例。

总而言之，冯玉奇既不是"黄色"和"反动"小说家，也不是杰出小说家，而是一位勤奋多产、有益无害的通俗小说家，他应在中国小说史尤其是中国现代小说中占有一席之地。

2017 年 6 月 4 日于北京蜗居

图书在版编目（CIP）数据

水性杨花·闺中鹄影／冯玉奇著. — 北京：中国
文史出版社,2018.3

（民国通俗小说典藏文库·冯玉奇卷）

ISBN 978 - 7 - 5205 - 0005 - 0

Ⅰ．①水… Ⅱ．①冯… Ⅲ．①长篇小说 – 小说集 – 中
国 – 现代 Ⅳ．①I246.5

中国版本图书馆 CIP 数据核字（2018）第 008293 号

点　　校：清寒树　旷　野
责任编辑：牟国煜

出版发行：**中国文史出版社**

网　　址：http：//www. chinawenshi. net

社　　址：北京市西城区太平桥大街 23 号　邮编：100811

电　　话：010 – 66173572　66168268　66192736（发行部）

传　　真：010 – 66192703

印　　装：廊坊市海涛印刷有限公司

经　　销：全国新华书店

开　　本：720×1020　1/16

印　　张：15.25　　字数：193 千字

版　　次：2018 年 3 月第 1 版

印　　次：2018 年 3 月第 1 次印刷

定　　价：45.00 元